PERCER LA NUIT

Graphisme de couverture : Odile Chambaut
Image de couverture : © Tamara Lichtenstein

www.lerouergue.com

CAROLE AGARI

PERCER LA NUIT

roman

ROUERGUE
noir

Pour Daniel.

« Outrenoir : noir qui, cessant de l'être, devient émetteur de clarté, de lumière secrète. »

Pierre Soulages, *Les éclats du noir*, écrits et propos.

1

Une douzaine de femmes s'égaillaient dans le jardin, un carré muré sous le guet nord. Les deux plus jeunes couraient après les dernières feuilles virevoltantes du tilleul dénudé. La buée s'échappait de leurs lèvres dans le froid précoce.

Un rouge-gorge qui attendait ses miettes sautilla sur la platebande pour attirer l'attention. Tic, tic, tic. Une détenue se colla au tronc de l'arbre pour l'entourer de ses bras maigres et déclencha la boutade d'une autre.

– Ça y est, elle s'est connectée. Eh dis, Amira, t'as la fibre ?

Amira se contenta de détacher une main de l'écorce et de tendre son majeur, droit vers le plafond nuageux. Il était si bas qu'elle menaça de le perforer.

Vêtue d'un anorak déchiré aux coudes, sécateur en main, Johanne taillait le bois mort d'un rosier. Ses cheveux étaient mêlés de fils blancs et leur coupe imparfaite exposait son profil empâté par six ans de détention. Tout à sa tâche, elle participa de loin à la bonne humeur ambiante et sourit à la blague. Elle l'aimait bien, elle, le rituel d'Amira. Bien que moins démonstrative, elle aussi entretenait une relation avec les plantes. Chaque fois qu'elle les retrouvait, elle froissait une feuille de sauge entre ses doigts ou cassait un brin de romarin pour en inhaler les essences.

Inspiration, expiration.

Là-bas, le corps d'Amira enroulé autour du tilleul respirait avec amplitude. L'étreinte était si parfaite que le tronc semblait se doter d'élasticité pour se caler à son rythme et, bientôt, le lui insuffler.

L'activité espace vert était celle qui leur faisait le plus de bien à toutes. Comme si le fil des saisons qu'elles redécouvraient dans l'enclos raccommodait leur psyché morcelée, en renouant délicatement avec le sens du temps qui passe.

Distraite, Johanne se piqua au rosier et retira l'aiguillon planté dans le gant. Sa plus proche voisine cessa son ratissage.

– C'est mieux armé qu'une ronce cette vacherie-là.

Pour toute réponse, Johanne se souvint.

– Simona disait : « Plus ça pique, plus c'est beau. »

– Beau, mon cul ! Je te les fais sauter ces piquants... d'un coup de lame !

Déjà elle tendait sa main vers la cisaille, mais Johanne secoua la tête. Elle avait adopté la devise qui associait à la virulence des épines de l'arbuste la beauté de ses fleurs.

Simona était sortie depuis cinq mois. La veille du grand jour, elle avait fait promettre à Johanne de continuer à entretenir son rosier. Et pour preuve, elle avait exigé avec malice un bouquet de ses fleurs odorantes lorsqu'elle viendrait lui rendre visite au parloir. Un comble pour elle qui ne sentait plus rien depuis un bail. Plus ou moins dix-huit ans. Johanne avait perçu la peur poindre sous la fanfaronnade de la vieille femme entaulée si longtemps.

Avant de se quitter, il était fréquent que les détenues se racontent qu'elles allaient maintenir ce lien rendu indéfectible par toutes ces années cloîtrées ensemble, mais dès que l'une se retrouvait dehors, les autres n'ignoraient pas, même si elles prenaient alors soin de le taire, que sauf récidive personne ne revenait. Il fallait tourner le dos à cette désolation. Johanne n'avait pourtant jamais manqué de préparer le petit bouquet les jours de visite durant toute la floraison du rosier. Au cas où. Simona n'était pas reparue ni n'avait donné de nouvelles.

Six ans auparavant, c'est elle qui la première avait manifesté un peu d'empathie pour Johanne à son arrivée dans le centre pénitentiaire quand l'instinct des autres les avait détournées d'elle. Trop d'accablement. Et puis cette odeur âcre qui émanait de Johanne. À s'en pincer le nez, mimaient-elles. La prégnance organique du désespoir. Seule Simona qui n'avait plus respiré l'air du monde depuis tant d'années et dont le sens olfactif s'était par précaution ratatiné n'avait pas montré le moindre signe de dégoût ou de crainte. Elle lui avait au contraire tendu une main que Johanne, tout à sa douleur, avait d'abord ignorée. L'avait-elle seulement vue ? Pendant les deux premières années, elle s'était enfoncée dans l'opacité d'une dépression et y avait été encouragée par le système carcéral qui l'abrutissait de neuroleptiques, remplaçant son addiction par une autre. Prisonnière de sa camisole chimique, elle n'avait plus quitté sa cellule. Tout ce temps, Simona l'avait eue à l'œil, sans insistance. Elle venait partager une moitié de clémentine ou un carré de chocolat quand la porte restait ouverte sur son néant.

Et puis avec la crise sanitaire, la longue asphyxie du confinement les avait toutes, sans discrimination, étouffées dans leur solitude. Johanne commençait à peine à relever le menton. Simona aussi avait morflé et sombré dans l'abattement après que la remise de peine supplémentaire qu'on lui avait fait miroiter, très circonstancielle, lui eut été sucrée au prétexte de ne pas choquer davantage l'opinion peu disposée à savoir des individus comme elles dehors. Toutes deux s'étaient épaulées pour ne pas tomber.

La création du jardin dans la prison avait apporté la première bouffée d'oxygène sitôt rétablies les activités collectives. Deux heures durant, trois fois la semaine, le couvercle de la boîte était soulevé, il était permis d'espérer. La doyenne avait joué de son influence et Johanne intégré le groupe des quelques élues qui l'entretiendraient. Ce retour à la terre avait plutôt bien marché, elles s'étaient littéralement raccrochées aux branches. Simona à celles épineuses de ses rosiers, Johanne, les genoux plantés en terre comme deux doigts dans une prise, à la force tellurique capable de la redresser. Peu à peu, elle avait repris le sens des responsabilités. Au bout de deux années d'atelier, on lui confiait la mission de l'entretien des outils et de leur sécurisation. Trois ans auparavant, elle n'aurait pas manqué s'entailler les poignets avec les lames et les tranchants qu'à présent elle recomptait, affûtait et graissait.

Tic, tic, tic. Sa voisine avait lâché son râteau et balançait des petits bouts de pain sec tirés de sa poche. En renfilant son gant, Johanne écrasa entre le pouce et l'index la goutte de sang du même rouge orangé que la gorge de l'oiseau. C'est pour Simona qu'elle prenait soin de cet offensif rosier, elle n'oubliait pas sa promesse. Elle préférait de loin ses aromatiques moins graciles, plus discrets, tout aussi parfumés.

En sortant du jardin, cet après-midi-là, après s'être acquittée de l'inventaire et du rangement des outils, elle fut appelée au parloir. Quelques secondes de panique. *Et si c'était Simona ?* Elle aurait pu prélever un ou deux cynorrhodons rouge vif du rosier dont elle avait observé, avec inquiétude, les fleurs se faner plus tôt dans la saison et les pétales se détacher. *Qu'aurait-elle à offrir à sa visiteuse si elle se décidait enfin à venir la voir ?*

Mais c'est Ida qui pénétra dans l'espace réservé aux visites. Devant elle, deux autres femmes, un enfant et, fait quasi exceptionnel, un homme d'une trentaine d'années vers lequel convergèrent les regards des quatre détenues présentes. De taille moyenne, un peu rond, il n'avait rien de spécial, mais mari, frère ou fils, ça restait un homme. Et ils ne se bousculaient pas pour les visites dans les quartiers pour femmes. Celui-là venait pour la nouvelle. Il présentait tous les signes nerveux de la première fois : ceux qui tentaient de parer et trahissaient en même temps la secousse qui l'ébranlerait de fond en comble quand il serait de nouveau dehors, loin des yeux et du cœur de sa prisonnière. Le choc carcéral, on l'appelait. À tous les coups, ce type-là ne reviendrait pas.

Ida rejoignit Johanne à la table proche de la sortie. Elle venait pour la troisième fois depuis le début de son incarcération. La première visite, celle des débuts, avait tourmenté Johanne au point qu'elle l'avait priée de ne pas renouveler l'épreuve. C'est à peu près tout ce qu'elle avait réussi à exprimer face à sa tante. Celle-ci n'avait pas insisté. Mais elle lui avait écrit une fois l'an, puis était revenue la voir dès que les barrières sanitaires avaient sauté, histoire de rabibocher les deux brins d'un lien déjà bien effilé. Ida était la seule personne de sa famille qui faisait cet effort, sans excès de zèle. Elle estimait sans doute remplir son devoir. Le faisait-elle à l'insu du père ? Johanne le soupçonnait fort. Depuis peu Ida était devenue sa belle-mère. Elle semblait autonome dans ses visites et restait très prudente dans ses évocations de « la maison » et du monde extérieur. Elle prenait soin de parler de l'avenir de Johanne en des termes encourageants, avec un volontarisme et un ton artificiel probablement forcés par la sévérité des lieux. Et aujourd'hui encore c'était la raison de sa venue qui lui avait valu de traverser en train la France du sud au nord.

Avec ses soixante ans bien tapés – Johanne aurait bien été incapable de dire de combien –, Ida restait une femme séduisante bien qu'un peu froide. Elle était vêtue de jeans clairs et d'une parka vert olive au col fourré, resserrée à la taille, dont elle ne semblait pas vouloir se défaire. Sur la table entre elles étaient posés trois paquets de cigarettes sous cellophane. Johanne s'empressa de les repousser.

– J'ai arrêté il y a quinze mois.

– Ah, je ne pensais pas que tu tiendrais... Comment vas-tu ?

Ida avait choisi de poser la question plutôt que de l'esquiver. Johanne haussa les épaules.

– Ça va. Et toi ? Je t'attendais le mois dernier.

Ida balaya d'un geste furtif toute tentative de reproche et en vint au fait.

– J'ai avancé pour ta demande de conditionnelle. Je t'ai trouvé un job.

– Où ça ? réagit Johanne avec méfiance.

– Dans une grosse boîte de distribution publicitaire. Ils embauchent des gens en difficulté, ils sont habitués...

– Je ne veux pas retourner là-bas.

– La ville n'a cessé de grandir, tu ne la reconnaîtras même pas.

– Non. Et puis, qu'est-ce que ça a à voir avec les espaces verts ? Tu oublies ma formation au jardin. Ça n'a aucun sens de revenir !

Ida n'était pourtant pas sans savoir que sa nièce souhaitait intégrer une ferme agroécologique dans les Landes. L'endroit accueillait des femmes sous main de justice. Il permettait une transition de quelques mois entre le dedans et le dehors, prenait en charge le placement de détenues en fin de peine, en priorité les longues, grâce au maraîchage et à l'horticulture. Johanne avait insisté. Les places étaient peu nombreuses, c'est là qu'elle voulait aller. En pleine nature, dans la pinède. Toutes les conditions pour l'aménagement de sa peine y étaient réunies : le travail, l'hébergement, l'accompagnement pour l'insertion. Et c'était loin des lieux du drame, là où elle avait une chance réelle pour un nouveau départ.

– Est-ce que tu t'es renseignée ?

Sur le moment, Ida parut s'y résoudre.

– Je vais voir ce que je peux faire. Je vais les relancer.

Elles ébauchèrent ensuite un plan d'action, se distribuèrent les rôles entre la recherche et le suivi auprès des services pénitentiaires d'insertion et de probation. Dans l'immédiat, Ida contribua à l'apaisement de Johanne. Le reste de la discussion fut réglé en quelques minutes. Elles évoquèrent à peine le père de la détenue et l'absence de message à l'égard de sa fille. Johanne douta de savoir qui de lui ou d'elle-même Ida la protégeait quand elle lui trouvait encore des excuses ou mentait par omission.

La culpabilité des premiers temps relative à la souffrance dans laquelle elle avait plongé sa famille et surtout son père, une nuit, quelque six ans plus tôt, avait au fil des années muté en un fort ressentiment. Le lit de la détestation de soi s'était asséché, son cours détourné pour alimenter un puits de rancœur creusé là, sur le bas-côté, depuis bien plus longtemps. Dans le trou, ce père au magnétisme insidieux qui, attirant l'une et repoussant l'autre, les avait sabordées, elle et Lili. Surtout Lili. Johanne osait enfin s'aventurer sur cette pente, ça lui était salutaire. Prudente, elle ne cheminait pas beaucoup plus loin par peur de la dégringolade et d'écorcher la peau de sensations enfouies dont elle ne gardait aucun souvenir distinct. Juste l'empreinte de gestes anodins et les bouffées de leur humiliation aussitôt chassées par le soufflet de la honte. Elle avait peur d'inventer, de triturer des cicatrices fantômes. Si elles s'ouvraient, elles saigneraient pour de bon et foutraient en l'air ses nuits. Toutes ici dormaient avec leurs ombres et leurs hantises. Beaucoup des femmes enfermées avec elle avaient été victimes avant d'être criminelles, même les plus teigneuses. Et il était fréquent d'entendre des cris nocturnes déchirer la solitude des cellules et ouvrir une brèche éphémère sur un monde de terreur infantile. À l'aube, les cloisons étaient colmatées et les petites filles s'étaient tues.

Au cours des semaines qui suivirent son parloir, elle ne reçut plus de nouvelles d'Ida. Ce n'était pas mauvais signe. Elle devait œuvrer en douce à sa libération conditionnelle. Johanne restait confiante, c'était sa seule alliée. Elle trouva de son côté le courage d'écrire à cette ferme pour futures « ex-taulardes » une lettre de motivation, sans trop s'arrêter sur l'ironie du terme. Elle l'envoya à Ida pour qu'elle la relise et la transmette.

Pleine d'espoir, elle attendait une réponse.

Mais c'est une nouvelle dévastatrice qui lui revint aux oreilles.

Un matin, au jardin, Amira, négligeant sa séance de sylvothérapie, leur fit part de la conversation qu'elle avait surprise entre deux surveillantes en se rendant à l'infirmerie. Celles-ci avaient pourtant pris garde d'échanger dans la discrétion – la divulgation d'une telle information aurait l'effet d'une bombe sur le moral des détenues –, mais c'était sans compter sur l'oreille d'Amira qui s'était tendue à l'affût, prédatrice de toute exclusivité en provenance de l'extérieur.

Simona était morte.

Six mois après sa sortie sèche, elle avait mis fin à ses jours.

Passé le silence épais qui succéda à la déflagration de l'annonce, les spéculations allèrent bon train dans les allées du jardin. À soixante-douze ans, Simona n'avait personne qui l'attendait à l'extérieur, pas de bonhomme – elle l'avait dézingué dix-huit ans plus tôt alors qu'il lui mettait encore la raclée –, son fils, seul survivant des deux mômes qu'ils avaient eus, ne lui rendait plus visite depuis des années, peut-être avait-il continué de l'ignorer une fois dehors – ce que ça pouvait être ingrat un gosse –, elle était trop âgée pour se refaire une vie sociale et, avec son minimum vieillesse, elle avait à peine assez de thunes pour se nourrir et payer sa piaule, si ça se trouve plus maudite encore que celle qu'elle avait occupée ici... Une heure durant les femmes tentèrent de conjurer le spectre de ce qui menaçait les attendre à leur tour en retranchant Simona dans sa singularité.

Johanne ne dit rien. Elle avait défailli sous la douleur. Refusant toute nourriture, elle ne sortit plus de sa cellule pendant trois jours entiers.

Au matin du quatrième, alors qu'elle était de retour dans le jardin, les autres l'observèrent affûter et lubrifier son sécateur. Sans se presser, elle se dirigea vers le rosier devant lequel elle se tint debout immobile de longues secondes. Puis elle s'accroupit et, crac, le sectionna d'un coup net au ras du pied.

L'après-midi de ce même jour, elle reçut la visite d'une conseillère de probation qui lui apprit que sa demande de mise en liberté conditionnelle était acceptée. Mais elle n'avait jamais eu de réponse de la ferme des Landes.

2

Six ans, cinq mois et dix jours plus tôt.

Happy hour. Encline à une douce obsession, elle se répète les deux mots pour leur promesse sensuelle de rondeur et de moelleux. Sa façon à elle de se projeter dans la griserie qu'elle partagera avec deux ou trois amies en fin de journée. Les horaires serrés, la cadence soutenue de ses rendez-vous ne la libèrent jamais pour l'apéro. Mais ce soir, elle s'est promis que son premier verre sera de ceux-là, les bradés qui en appellent un second, quitte à en passer commande à la dernière minute. Pas pour l'économie réalisée, non, cette nuit de fête s'annonce dispendieuse, mais pour en être dès le premier acte et trinquer à l'unisson avec les copines. Un mojito acidulé bien frappé pour commencer ou un whisky sour, tels qu'ils les concoctent au Luna sur les quais.

Le coup de frein sec du conducteur à ses côtés l'arrache à ses rêveries alcoolisées. Cent mètres avant le radar sur la rocade, il ralentit et tourne vers elle son sourire ravageur. Il se réjouit de l'avoir coiffée au poteau. Elle retourne la situation en sa faveur en le félicitant pour ses réflexes. Il est fin prêt. *Un vrai con de conducteur*. Elle ment à peine, il jubile. La fatigue l'érode de l'intérieur, un danger fatal dans son travail. Elle décide d'envoyer un texto pour un rencard. Avec un peu de chance, Lili traîne en ville.

Plus loin, elle ne peut s'empêcher d'observer du coin de l'œil son voisin alors qu'il s'apprête à faire un créneau. *Va-t-il se contenter d'un vague coup d'œil dans le rétro ? Ou tourner la tête à droite pour couvrir l'angle mort ?* Et lui révéler comme une gifle l'insolente beauté de son visage. Elle s'en cache, mais il sait qu'il lui plaît. L'excitation ou la douleur la pique chaque fois au ventre, un trait sous le nombril. Elle doit se ressaisir. *Le charme, ce n'est rien de plus qu'une facilité.* Elle se sent si banale. L'ensorceleur de vingt ans rit en claquant la portière.

– Alors, à ce soir, au Luna ? lance-t-il, sans attendre sa réponse.

Johanne hoche la tête, *peut-être*, mais bien sûr qu'elle y sera.

Il s'éloigne et disparaît tandis que la bruine floute légèrement le parebrise. Elle tourne la clé dans le contact, vérifie l'heure et se détend. 14 h 52. L'appel d'une micropause. Elle se tasse dans son siège, rejette la tête en arrière. Douleurs dans la nuque, grimace et plis d'amertume. Son reflet dans les rétroviseurs additionnels : cernes sous les yeux, teint blafard, cheveu sans ressort. *Trente-deux ans, ça ne peut pas continuer à ce rythme.* Il lui faut enchaîner les leçons jusqu'à l'obtention de son agrément. *Le prix à payer*. L'histoire de quelques semaines tout au plus. Les premières vraies gouttes de pluie picotent les vitres. Leur son feutré pénètre son épiderme comme autant d'aiguilles d'acupuncture.

Le plongeon. Elle s'est assoupie. Cinq minutes à peine. Ça tambourine fort à la vitre, de plus en plus dru. À peine ouverts, ses yeux sont assaillis de mille dards d'abeilles. Elle cligne, ne comprend pas ce qu'elle voit, cette obscénité rose et gluante plaquée sur la glace en ventouse, à dix centimètres de son visage incliné. Une bouche. Celle de Lili qui a collé ses lèvres et sa langue pour un baiser mouillé. Et qui rit de sa provocation. *Qu'elle est con !* L'autre s'essuie la goule et lui fait signe de baisser la vitre.

– T'es dégueu, reproche Johanne à la jolie brune.

Lili lui tend une canette de Red Bull, puis pioche dans son jeans un petit cachet de speed que Johanne s'envoie dans une gorgée. *Plus vite ce serait fait...* Elle n'a trouvé que ça pour tenir. Elle prend des risques. *Allez quoi ? deux mois encore, au pire.* Elle en fait mollement le pari. Dès qu'elle pourra passer à son compte, elle arrêtera tout. Elle s'assumera en patronne. *Irréprochable.* Elle s'est déjà fait prendre en flagrant délit de conduite en état d'ivresse, trois ans plus tôt. Avec à peine moins d'un gramme d'alcool dans le sang, elle a frisé la suspension de permis. Par chance, lors du contrôle, elle n'était ni en séance de conduite ni même au volant d'un véhicule de la société. Le bulletin numéro 2 de son casier sera effacé d'ici peu, elle a fait ses calculs. Il doit être vierge si elle veut gérer à son tour une auto-école.

Déjà le bourdonnement dans sa tête s'éloigne aux côtés de Lili en une nuée évanescente. Sombre présage. À peine ira-t-elle au bout de cette longue nuit, alcoolique et sauvage. Jusqu'à l'aube, muraille où se fracasser. *Et Lili, où va-t-elle ?* En cet instant, sa pourvoyeuse fait le tour du capot et prend place derrière le volant dans un courant d'air sucré.

– Je me ramène ?

Johanne éclate de rire. Lili porte des boots avec d'incroyables semelles compensées.

– Tu crois pouvoir conduire avec des godasses pareilles ?

Le moteur cale, la semelle droite de la jeune femme est à cheval sur le frein et l'accélérateur. Deux autres tentatives, puis elle renonce et se glisse entre les sièges pour passer à l'arrière, la tête la première. Les enclumes qui lestent ses longues jambes manquent d'assommer Johanne au passage.

– De toute façon, c'est pas ton tour, dit-elle en parant le coup.

Elles attendent. Quelqu'un ou l'effet du speed.

Une autre fille se glisse côté conducteur. Johanne termine son soda pendant qu'elle s'applique à vérifier les rétros. Lili pouffe derrière.

– On va où ? demande l'élève après avoir ajusté le siège à sa hauteur.

– Rive droite, lâche Lili à l'arrière comme on s'adresse à un taxi, avant de s'enfoncer dans le moelleux de la banquette.

Les ceintures sont bouclées, les essuie-glaces et le clignotant activés. L'auto-école rouge rubis s'extrait du créneau pour se glisser dans la circulation dense de cette fin d'après-midi.

Sur le pont, une éclaircie et l'éblouissement du bitume presque blanc. Le soleil claque et rebondit sur les rambardes métalliques. Les couleurs sont plus vives et brillantes. Les carrosseries cirées semblent sorties d'usine. Même les fumées des pots ont été rincées, elles s'échappent blanches et légères comme de la vapeur d'eau du cul des bagnoles. Johanne a baissé sa vitre, ragaillardie par la soudaine beauté du monde qui roule des mécaniques tout autour. C'est chez elle, c'est la ville qu'elle aime, elle n'en a jamais connu d'autres. Derrière le parapet, à hauteur d'yeux, les mouettes tournoient au-dessus du fleuve. Elle en suit une du regard, se laisse aspirer, puis porter dans son sillage. *C'est si bon cette brise sous les aisselles.*

– J'ai froid, dit l'élève au volant.

Il lui faut revenir dans l'habitacle, remonter sa vitre. Derrière, Lili ouvre la sienne en grand et passe sa tête dehors, rien que pour emmerder le monde.

Une demi-heure plus tard, Lili rabat la portière du pied et s'éloigne sur ses fers à repasser. Le véhicule stationne en double file dans une rue étroite. La devanture de bois décoloré d'une cordonnerie est adossée à la façade en pierre d'un immeuble à l'unique étage. Lili se dirige vers lui. Johanne se hâte de sortir pour la rejoindre au milieu de la rue. *Trois mots à lui dire pour tempérer ses ardeurs.* L'apprentie conductrice jette des coups d'œil anxieux dans les rétroviseurs. Une autre voiture peut s'engager à tout moment dans la rue, elle l'a laissée seule au volant. Elles ont frôlé la surchauffe dans la carlingue à cause de Lili qui n'a cessé tout du long de provoquer l'élève. Elle l'aurait volontiers éjectée de son siège arrière si elle avait pu presser sur un bouton. Lili en fait toujours des tonnes. Johanne lève la tête vers la fenêtre au-dessus de la boutique. Elle a vu le rideau bouger.

– Faut que tu te décides à partir.

– Où ça ? répond Lili surprise.

– Tu ne vas pas rester chez lui toute ta vie, non ?

— Je suis bien ici, on s'entend bien avec papa. Y'a que toi que ça dérange !

— Mais c'est pas sain de rester avec son père à ton âge ! insiste Johanne. Il t'étouffe.

— Tu comprends rien, lâche Lili en lorgnant l'étage à son tour.

Peut-être se tient-il visible debout derrière les carreaux. En surplomb, mains dans les poches, à les observer. Elle connaît son regard délavé, quasi circonspect, quand il erre sur les choses juste avant de se poser. Tant qu'il est indécis et se perd, elle reste suspendue, comme privée d'existence, captive même du bref instant où il va la tirer du néant.

Quand elle le sent sur elle, alors que son pouls recommence à battre, sa percée magnétique la fore et la cloue sans même l'ébauche d'une excuse.

– Ça va ? demande Lili, inquiète.

— Je ne supporte plus la relation que vous avez.

— T'es jalouse ?

— Arrête, j'ai vu. Tu sais très bien ce que je veux dire.

Lili se referme.

— T'as vu quoi ? C'est quoi ton délire ?

– On en reparlera.

— Je ne vois pas de quoi…

Si, on en reparlera, ça ne peut pas continuer comme ça, retient Johanne. Sa main se crispe sur sa poitrine. Son cœur cogne fort dans sa cage écrasée, il se duplique à ses tempes en petites pompes spasmodiques. C'est sûrement le mélange de psychostimulants, ça la déglingue et ça lui file la migraine à chaque fois. Lili lui caresse le visage de sa main fraîche. Elle laisse glisser la pulpe de ses doigts sur ses paupières jusqu'à lui fermer les yeux, avant de lui cingler la joue d'une chiquenaude du pouce et du majeur. La douleur vive ramène Johanne sur la voie publique. Là-haut, personne ne les regarde. Une voiture a tourné au bout de la rue. Son apprentie conductrice panique, il faut aux deux sœurs se séparer tout de suite et dégager la voie.

– À tout à l'heure ? demande Lili.

– Oui, à ce soir.

Lili lui sort peu à peu de la tête. Le restant de l'après-midi glisse plus vite qu'elle n'a pu le craindre. Johanne est maîtresse sur son terrain. Et celui-ci en particulier se prête bien à ses instructions avant l'examen de passage.

Deux ans plus tôt, elle a repéré cette zone en friche à proximité de l'ancienne base sous-marine. Depuis, elle y entraîne ses élèves à exercer les principales manœuvres en toute liberté. Elle en compte sept qu'ils doivent maîtriser le jour du permis. L'arrêt de précision, la marche arrière en ligne droite, celle en ligne courbe, le stationnement en créneau, en épi et en bataille, enfin le demi-tour. Elle réserve le démarrage en côte à la rive droite où la topographie tout en relief est plus appropriée. Elle aime le quartier des bassins à flot, l'amplitude et la sécurité qu'offre ce vaste espace à ciel ouvert à l'abri des regards et du trafic urbain. Le seul risque, improbable – tant que Lili n'est pas au volant –, est que l'apprenti conducteur plonge la voiture-école dans le bassin dans un moment d'inattention.

Il ne reste des entrepôts démontés jouxtant les docks et les cales de radoub que leur empreinte au sol et quelques bollards d'acier rouillé où s'amarraient autrefois les navires marchands. Une grue américaine Wellman de vingt-sept mètres de hauteur supervise le terrain vague depuis sa plateforme perchée. Johanne adore ce décor portuaire si graphique. Il lui semble que si elle-même y avait appris à conduire, son goût de l'aventure s'y serait aiguisé et qu'elle aurait pu partir ailleurs. En tout cas, elle espère que les lieux graveront un souvenir inoxydable dans la tête de ses élèves. Celle crispée du trentenaire à sa droite, collé au volant, ne conforte pas ses illusions. Son regard ne porte pas au-delà de trois mètres. Elle s'exaspère parfois, mais ses années de pratique l'ont convaincue que tout le monde peut obtenir son permis, sauf réelle incompatibilité médicale. En adaptant les épreuves, un élève dyspraxique peut aussi y arriver. Seule une minorité n'y parviendra jamais. Certains ont une très mauvaise perception mobile de leur environnement, d'autres un niveau de contrôle de soi trop faible. Dans ces cas-là, il est même salutaire de détourner l'objectif de s'asseoir derrière un volant vers un abonnement des transports en commun. *Ne pas le faire serait criminel,* a-t-elle pu à deux ou trois reprises penser.

Coup de chance. Le dernier de ses élèves ne vient pas au rendez-vous et la libère à temps. Si elle garde la voiture, elle peut passer par son appartement se changer. De là, elle n'aura plus qu'un pont à traverser pour rejoindre le quartier des bars et ses amies. Pile pour l'*happy hour*. Quatre suaves syllabes et autant de gorgées pour commencer.

Plus tard, à l'heure encore heureuse où s'invitent l'insouciance et le réconfort, les filles de la bande frappent d'un coup sec leurs shots de vodka glacée sur un comptoir. Elles crachent du feu et rient fort. Elles vont fêter une bonne partie de la nuit l'anniversaire de l'une d'entre elles. Quand Lili les rejoint au bar suivant, le cercle s'est agrandi de quelques connaissances et la bringue bat son plein.

Certains présents ce soir-là se demanderont par la suite à quel moment précis l'ambiance a commencé à riper. Au combientième verre le plan où s'accoudait l'humeur joyeuse s'est-il incliné ? Et qui de Johanne ou Lili a dévalé la pente la première ? Tous s'accorderont à dire que la bascule s'est produite au bar de la Luna, à l'heure où les estomacs et la raison culbutent quand le sommeil n'a pas gagné. Fier de faire couler l'alcool et la sueur jusqu'au petit matin, cet ancien entrepôt sur les quais converti en boîte de nuit emprunte son imagerie au temps des dockers. Sur son parking, les deux sœurs se disputent. Johanne embarque Lili de force dans l'auto-école pour la ramener. Les amies les plus sincères rappelleront du bout des lèvres à quel point Lili était provocante, inconséquente même, cette nuit-là. Elle siphonne tout sur son passage : les fonds de verre comme le désir des hommes qui tournent autour d'elle. Le jeune et charismatique serveur prompt à glisser des bras d'une des sœurs aux cuisses de l'autre n'est qu'une girouette.

Lui, après coup, n'osera pas tant faire aveu de faiblesse que part de cette sensation d'avoir été ravi à Johanne, embrasé par le désir d'une autre fille incandescente. Il reviendra sur son entrée dans le bar. Dès qu'il la voit, Lili chasse chez lui toute autre idée que la baiser. Quand il l'entraîne dans la réserve, Johanne pousse peu après la porte. Un rai de lumière lacère les ténèbres et s'éclipse aussi vite. Elle a vu, mais ne reste pas. Même lui admettra ne pas avoir la taille de l'enjeu. Ce doit être un accident. Et si on resserre juste un peu le cercle de l'amitié, puisqu'aucune ne se reconnaît être sa meilleure amie, deux avoueront néanmoins pour atténuer la peine avoir trouvé Johanne vidée de sa substance, épuisée depuis déjà des mois. Elles mettront sa fatigue sur le compte du boulot et de sa consommation extravagante de psychotropes et d'alcool. C'est forcément un accident. Au fil des témoignages, Lili et Johanne apparaîtront aussi opposées et nécessaires l'une à l'autre que le jour et la nuit. Au final, personne n'y comprendra rien ni n'aura les mots pour avancer une explication à l'événement tragique qui vient saper cette nuit si banale à son commencement.

Au matin, quelques heures après le drame, Johanne se trouve seule dans la voiture. Les semi-remorques défilent sous la pluie battante, pulvérisant des nuées poisseuses sur les bas-côtés de la quatre voies, jusque sur le parebrise et la carrosserie encore rouge de son véhicule à l'arrêt.

Assise côté passager, le crâne renversé sur l'appuie-tête, elle s'est écroulée. Les feux de détresse sont allumés, mais leur cliquetis arythmique se fond dans la musique assourdie qui s'échappe de l'autoradio, une balade de Beth Gibbons, *Out of season*, dont la mélancolie contraste, sublime, avec l'agressivité du transit. Chaque frôlement de poids lourd provoque une aspiration qui, sitôt relâchée, vient secouer en ondes molles son corps comateux.

Il faut le puissant klaxon d'un trente-cinq tonnes pour la réveiller enfin.

Les yeux injectés de sang, elle se redresse sur son siège et tente de se rappeler ce qu'elle fait là, seule dans son auto-école accidentée sur la bande d'arrêt d'urgence. Au moment où les lumières bleues intermittentes et diffuses des gyrophares s'immobilisent, Johanne croit se souvenir. La trahison, la colère et la dispute. Sur un autre parking, la leçon de conduite improvisée, l'impact, les corps choqués, l'incompréhension et la fuite.

Les gendarmes l'encerclent. Elle repousse l'éthylomètre.

Hagarde, elle sort du véhicule sous la pluie. Les moteurs hurlent en traçant leur route et couvrent son cri.

3

« En raison des perturbations dues aux mouvements sociaux, le trafic est interrompu sur la ligne 4... »

Elle avait imaginé le jour de sa sortie des centaines de fois, le temps qu'il ferait – de la grisaille, elle n'avait pas osé convoquer le soleil – et l'heure, tôt le matin pour l'évocation de renouveau. Elle franchissait le seuil de la prison et avançait d'un pas vers la ville, mais elle peinait à visualiser la suite qui pouvait prendre l'allure irréelle d'un panoramique calqué sur un de ces vieux westerns où, de son déhanché si peu naturel, l'étranger hors-la-loi traverse la grand-rue de la banque au saloon. Et crac, le soleil s'éteignait, dernier éclairage débranché sur le plateau d'un tournage à peine commencé. Elle ne voyait plus rien, ça la terrifiait.

Les deux premières années de son incarcération, quand elle projetait le film de sa libération sur l'écran de ses nuits blanches, elle nourrissait la scène d'une imagination plus vive et coupable. La caméra suivait en travelling avant sa silhouette de dos jusqu'à ce qu'elle se fige cent mètres plus loin devant la jeune femme qui l'attendait, plantée au milieu de la rue déserte. Elle faisait encore un pas, hésitait. Aguicheuse, Lili lui souriait et faisait claquer ses talons jusqu'à elle. Johanne observait son beau visage, de trop près, le battement de ses cils très maquillés, tandis que Lili caressait sa joue, lui replaçait une mèche de cheveux derrière l'oreille. Elle pouvait sentir glisser sur sa peau la fraîcheur de son ongle laqué. Quand elle gardait le contrôle, la scène s'arrêtait là, presque joyeuse, elle la rembobinait pour se la repasser encore et encore, jusqu'à ce que son subconscient s'empare du script et tourne au plein régime de la perversité. Tout basculait alors dans un nouveau registre et s'étirait jusqu'à épuisement, *the end.* Johanne roulait sur le flanc dans son cachot, le cœur cognant à tout rompre, des contractions lancinantes dans l'abdomen.

– Salut Jo, poursuivait Lili en approchant ses lèvres ourlées de rouge carmin de son oreille.

C'était insoutenable. Alors qu'elle regardait ailleurs, elle remarquait l'unique voiture tourner au ralenti sur le parvis de la prison. La berline à la caisse ronde et rutilante se transformait pour s'allonger en limousine, parfois en corbillard. Par-dessus l'épaule de Lili, elle pouvait entrevoir un homme d'âge mûr au volant en costume noir dont elle s'acharnait en vain à distinguer les traits vaguement familiers derrière la mèche de cheveux flottante. Quand elle pensait enfin y parvenir, il était trop tard. Le chauffeur remontait sa vitre et son profil disparaissait derrière les reflets des nuages. Lili prolongeait son regard.

– Oui, il est là ! Tu sais que je l'ai obligé à venir ? Il voulait pas.

– Pourquoi c'est lui qui conduit ? s'inquiétait soudain Johanne.

Elle se dirigeait vers le véhicule, mais la jeune femme l'en empêchait. Alors elle criait sans parvenir à se faire entendre.

Va-t'en, Lili. Sauve-toi...

Elle serrait plus fort encore la ligne de ses yeux clos, écoutait le rire rauque et les pas de Lili s'éloigner. La portière claquait, la voiture démarrait dans un rugissement de moteur. Quand elle se retournait, les portes de la prison s'étaient rapprochées, deux mâchoires entrebâillées prêtes à mordre. Avant qu'elles ne se referment sur elle, un sursaut de conscience la plaquait sur la couche de sa cellule, nauséeuse. Condamnée à ne jamais se relever.

À l'approche du jour de sa sortie, le vrai, elle avait recommencé à paniquer. Elle se réveillait la nuit en frissonnant, empoignée par l'angoisse. Elle sortait sur le parking pour attendre et là, plus rien. Fin de budget pour sa série B. Le médecin pénitentiaire avait diagnostiqué des attaques de panique et lui avait prescrit des anxiolytiques, avec un dosage moindre que six ans auparavant. Elle en avait conservé un flacon dans sa poche. Depuis, le temps continuait de s'écouler au compte-gouttes.

« En raison des perturbations dues aux mouvements sociaux, le trafic est interrompu... » Jamais elle n'aurait imaginé que deux heures à peine après sa levée d'écrou – ça avait duré des plombes –, elle se retrouverait bloquée gare du Nord avec des centaines d'autres personnes compressées, à fustiger les grévistes dans l'attente d'un métro qui n'arriverait pas. Ni qu'elle traverserait Paris à pied, poussée par l'urgence de rejoindre sa correspondance à Montparnasse, aspirée dans un cortège de manifestants du côté du Châtelet, puis recrachée sur le pavé des boutiques de luxe à Saint-Germain. Encore moins qu'elle retrouverait rue de Rennes son sens de l'orientation. Il la guiderait droit vers l'esplanade de la gare alors qu'après toutes ces années sans horizon elle voyait floues les perspectives de la longue

rue. Le stress avait charrié un tel flot d'adrénaline dans ses veines qu'elle avait échoué sur le quai des grandes lignes, rejetée par les mouvements de foule, comme shootée. Par chance, le seul train sur trois qui circulait entre Paris et sa destination annonçait son départ imminent. Munie d'un billet réservé par le SPIP, elle s'était embarquée pour ce retour qu'elle n'avait jamais souhaité. Dans un dernier effort, elle avait gagné son siège *solo – avaient-ils pris la précaution de lui éviter toute promiscuité ?* – et s'était trop tôt endormie la tête calée contre la fenêtre, son sac bien serré entre les jambes. Elle s'était réveillée à l'entrée du TGV en gare de sa ville. Elle n'avait rien vu du voyage. Par la suite lui viendrait l'idée que la conscience de ses premières heures de liberté, même conditionnelles, lui avait été volée.

– Vous avez conservé des amis ici ? De la famille ?

Dans le bureau où elle se tenait assise pour son entretien de suivi sociojudiciaire, le premier d'une longue série, Johanne ne répondit pas tout de suite à son nouveau conseiller pénitentiaire d'insertion et de probation. Le CPIP, un homme d'une quarantaine d'années aux yeux gris déjà pochés, patientait. Il observait la femme qui lui faisait face et semblait s'être échappée mentalement par la fenêtre. *Tentait-elle de se dérober ?* Elle portait des vêtements pas tout à fait ajustés à sa taille ni assez chauds pour la saison. Il n'était pas dupe des apparences, devinait la brisure derrière son maintien droit, les heures noires dont elle tairait l'épreuve. Elle n'avait pas un profil courant, à peine celui de récidiviste. *Alcool au volant, quelle bêtise !* Son délai d'épreuve pour cette seule condamnation arrivait à terme au moment des faits. Mais savait-on jamais où venait se recroqueviller la violence quand on l'avait laissé jaillir ne serait-ce qu'une fois ? D'une façon ou d'une autre, cette femme était passée à l'acte. Et ses six dernières années s'étaient écoulées derrière les barreaux. La violence, elle ne la connaissait que trop bien. Il avait feuilleté son dossier, pris connaissance des éléments relatifs à son délit, sa peine – *les juges avaient eu la main lourde !* – et son suivi en détention. Il trouvait ce dernier bien mince, mais il n'était pas surpris. Avec une moyenne de quatre-vingt-dix dossiers par agent, c'était une mission impossible. Lui-même en suivait quarante-deux, rien qu'en milieu ouvert. Très peu de femmes, deux mères pour être exact. Il ferait ce qu'il pourrait pour celle-ci s'il arrivait à entrer en relation avec elle. Mais il ne se faisait pas trop d'illusions, elle continuerait de morfler.

– Madame Méric ? Vous avez quelqu'un ici qui peut vous accueillir ? Vous n'allez pas pouvoir rester au CHRS, il vous faut un domicile pérenne. C'est une des conditions de votre libération anticipée...

Il avait bien noté qu'une certaine Ida, dont le premier des deux patronymes accolés était identique, s'était portée garante, mais il ne voulait pas brusquer l'échange, pas encore, et préférait qu'elle choisisse elle-même d'en dire plus sur l'actualité de leur lien. Il connaissait la fragilité des promesses tenues entre quatre murs loin du foyer et la versatilité des sentiments quand c'était à la porte du domicile que l'ex-détenu venait frapper. Cela faisait longtemps qu'il ne jugeait plus les familles, mais il constatait que les retrouvailles à la sortie de prison, surtout pour les longues peines, étaient inexistantes ou ne tenaient pas. Depuis toutes ces années, il en avait entendu des témoignages de portes restées closes et de téléphones raccrochés à peine la voix identifiée. Dans son boulot, il fallait être vigilant. Les premières semaines d'une libération, la mort des dernières illusions succédait parfois à la mort sociale de la détention, l'envie de se foutre en l'air se faisait plus pressante.

Johanne s'était rendu compte que ce nouveau conseiller attendait qu'elle prenne la parole. Le type était patient, à coup sûr attentionné – c'est lui qui devait donner des graines à ces oiseaux qui grappillaient sur le rebord de la fenêtre. *Mais que pouvait-elle lui dire ? Qu'était-il en mesure d'entendre ?* Elle s'était un peu préparée à ce premier contrôle, parce que c'était bien de ça qu'il s'agissait. Elle n'oubliait pas qu'aussi gentil qu'il paraissait, il pouvait contribuer à la renvoyer en détention. Il attendait une réponse.

– Il y a ma tante Ida, enfin ma belle-mère, et mon père. Le centre d'hébergement d'urgence, c'est juste le temps de trouver les marques au début.

Elle avait attendu le troisième jour de son retour avant de contacter Ida et de traverser la Garonne. Elles s'étaient donné rendez-vous dans un café sur l'avenue commerçante qui dessert les quartiers résidentiels de la rive droite. À quelques encablures de la cordonnerie et de l'appartement au-dessus, où vivaient son père et maintenant Ida, puisqu'ils s'étaient mariés. Ida s'était fendue d'un faire-part deux ans auparavant.

En avance sur l'heure, menée par le besoin sourd d'éprouver ses souvenirs, Johanne s'était pointée au coin de la rue familiale. *Juste pour voir*. Ça n'avait pas vraiment changé, mais la boutique lui avait semblé plus serrée entre les échoppes, comme sur le point d'être avalée. De l'angle où elle se tenait, elle n'apercevait que le rideau de fer baissé sur la vitrine du magasin fermé. Elle avait attendu un signe de vie, présente ou passée. Peut-être rêvé que Lili pimpante lui joue un tour et dévale d'un étage sa mémoire obsessive pour surgir en plein jour et prendre place derrière le volant de l'auto-école stationnée là en double file. Quand la porte s'était ouverte, ce n'était pas non plus son père qui en était sorti muni de la manivelle pour remonter le store, mais simplement Ida qui, la découvrant postée au coin de la rue, s'était alarmée de la savoir si proche et l'avait alors entraînée vers le café. Là-bas, elle lui avait annoncé que son père n'était toujours pas prêt à la revoir. Une simple question de temps.

— Il est vivant ? l'avait-elle coupée.

C'était brutal, mais elle n'avait pas pu s'empêcher de vérifier. Toutes ces années, elle n'avait pas même envisagé qu'il lui soit arrivé quelque chose. Et pourtant cela aurait tout expliqué.

— Je ne t'aurais jamais caché une chose pareille, avait répondu Ida, décontenancée.

Elle lui avait donné un peu d'argent, la promesse d'un hébergement qu'aujourd'hui, depuis le bureau du SPIP, Johanne jugeait bidon. Et puis, elle l'avait encouragée à ne pas se remettre à boire. Un conseil avilissant.

Au fonctionnaire à qui elle tendait l'attestation signée d'Ida, Johanne se contenta de répéter que sa famille lui aménagerait une chambre d'ici quelques jours. Il se demanda si elle se mentait aussi à elle-même. Humain, il décida de laisser la question en suspens pour l'instant et se lança dans le rappel des contraintes et conditions de son aménagement de peine pour les dix mois à venir. Outre l'obligation du logement, elle avait celle de se rendre au travail et à leurs entretiens réguliers, le prochain dans huit jours. Il cita lui aussi l'interdiction de boire, mais ça faisait partie de sa mission. Et tant qu'ils étaient sur le terrain de sa santé, il s'informa sur sa médication actuelle et sa connaissance des effets secondaires d'un sevrage trop brutal. Elle éluda. Enfin, avait-il besoin de le rappeler, Johanne ne pourrait plus exercer son ancien métier ni même conduire, son permis ayant été annulé.

De son côté, elle confirma qu'elle avait commencé ce boulot qui n'avait pas grand-chose à voir avec sa formation en prison alors qu'elle avait tant souhaité rejoindre les ex-détenues de la ferme agroécologique. Il n'était pas au courant de ses démarches, rien ne figurait au dossier. Comment les avait-elle contactés ? Elle lui parla de son courrier que sa tante avait dû faire suivre. Depuis quelques mois, le SPIP avait restreint ses permanences à la prison, négligeant le quartier des femmes. Un silence. Ça lui faisait mal au conseiller de s'entendre rappeler les défaillances de son administration. Il comprenait mieux pourquoi son compte bancaire était toujours bloqué et ses papiers d'identité non renouvelés. Il allait faire son possible, il ne promettait rien. Elle se satisfit des incertitudes de ce premier entretien, il n'était pas homme à lui mettre des bâtons dans les roues.

De retour au foyer pour femmes qui l'abritait temporairement, Johanne n'avait pas eu envie de croiser les mères et leurs enfants bruyants qui faisaient des couloirs leur terrain de jeu. Les manifestations les plus spontanées de la vie l'agressaient. Elle se replia dans sa chambre. Elle remarqua tout de suite le petit sac à dos et les quelques affaires sales qui traînaient sur le lit simple jumeau du sien. Une paire de chaussettes trouées, un pantalon crasseux et un pull ôté à la va-vite en même temps que le tee-shirt tire-bouchonné dedans en disaient déjà long sur la fréquentation de la rue de sa nouvelle voisine.

Très vite, une jeune femme revint de la douche, sa longue chevelure brune tout frais démêlée ramenée sur le devant de l'épaule, un tissu rayé enroulé autour de son corps mince et fleurant bon le savon de Marseille mis à disposition par le centre. Elle tenait à la main un petit sac en plastique dans lequel elle avait emporté ses effets les plus précieux pour se prémunir du vol. Gênée d'avoir laissé son linge sale exposé, elle s'empressa de ranger son bazar tandis que Johanne continuait d'observer chacun de ses gestes, sans même se rendre compte de son indécence.

– *Hey you, where are you from?*

Surprise, Johanne tarda à répondre.

– France. *I come from...* Je suis d'ici !

Elle s'allongea sur son lit et lui tourna le dos afin de la laisser s'habiller tranquillement.

– *My name is Zarrin. You ?*

– Johanne.

– *Who ?*

– *Johanne... my name is Jo.*

Tout étonnée de lui avoir confié son surnom, Johanne se tut.

Peu après, la jeune femme entonna une mélopée. Un sillon de lumière dans l'épaisseur de sa nuit.

4

Le chariot de courses chargé de prospectus n'était pas adapté aux rues du quartier historique. Les pavés gênaient sa progression, il menaçait de chavirer au moindre dénivelé. Johanne devait le tirer en gardant un œil en arrière et clopinait ainsi depuis deux longues heures, le temps total préconisé par l'employeur, alors qu'elle n'avait pas accompli la moitié de sa tournée. Elle manquait d'entraînement et de souffle. Elle serrait les dents, convaincue qu'avec le temps elle parviendrait à tenir la cadence. Elle s'engouffra dans l'ombre épaisse de la porte cochère d'un immeuble résidentiel.

Chez Distreet, le capital humain était plus important que tout : cela lui avait été dit du bout des lèvres avec moins d'assurance que le surlignage gras de la version écrite pour la com clients. Le premier jour, on lui avait imposé un parcours d'intégration non rémunéré. Un tuteur la suivrait pour bien démarrer dans sa nouvelle activité en l'initiant aux techniques et aux bons gestes de la distribution. Dans les faits, c'est elle qui avait accompagné un salarié de confiance sur sa tournée, pris en charge quelques kilos d'imprimés publicitaires qu'elle avait glissés dans chacune des boîtes aux lettres côté pair, sans distinction ni respect aucun du dispositif stop-Pub, tandis que lui s'était chargé des numéros impairs de la rue. Le type blasé s'était fendu de deux ou trois recommandations qu'elle avait écoutées distraitement. Elle n'avait rien appris d'enthousiasmant ni sur l'intérêt de farcir les boîtes d'offres promotionnelles ni sur la réalité des conditions de travail. Quant à lui, il avait pu réduire la durée de sa tournée ce jour-là, petite récompense accordée à sa loyauté et son mutisme. Johanne non plus n'allait pas la ramener, conquise par la nouvelle indépendance que lui faisait miroiter ce job ingrat. Elle serait payée pour marcher seule dans les rues de la ville, promue en quelque sorte de la promenade pénitentiaire à la rando urbaine.

Dès le lendemain, elle avait enfilé le blouson et la casquette couleur aubergine fournis par la boîte, entassé ses quarante kilos d'imprimés dans le cabas à roulettes qu'elle avait empoigné d'une main ferme, puis elle s'était lancée dans la première de ses tournées, secteur géographique numéro 1.

Le soir, fourbue, elle avait massé ses muscles douloureux le long des tibias, calculé la distance parcourue avec un brin de fierté, dix kilomètres ou presque, et s'était endormie sans même dîner bien avant le couvre-feu de l'établissement qui l'hébergeait.

– Vous savez pas lire ?

Le ton était aussi peu amène que le regard de la femme qui s'adressait à elle. Dans le hall de cet immeuble cossu à la lumière tamisée, Johanne n'avait pas repéré l'avis d'interdiction que pointait la gardienne. Elle débourrait déjà les boîtes et balança les dépliants sur le chariot Distreet. Sans un mot, Johanne glissa la pile sous son bras avant de battre en retraite. Son tuteur l'avait briefée sur la gestion des comportements agressifs : surtout ne pas répondre, ne pas insister. Six ans de taule avaient déjà fait le boulot.

Dehors, les imprimés lui échappèrent et se répandirent sur le trottoir. Alors qu'elle se pliait pour les ramasser pêle-mêle, son regard heurta une série de poubelles aux couleurs distinctes, alignées là comme une tentation. Dans la jaune, les papiers. De nouveau, la voix du collègue récita à son oreille : pas de tricherie, pas de gaspi.

Johanne n'était pas dupe. Distreet ne faisait pas dans le social, c'était un boulot pour les parias et les déclassés. Eux préféraient dire les « éloignés de l'emploi ». Elle s'en fichait, elle était libre de manger son casse-croûte sous la pluie si ça lui chantait et elle savourait son autonomie. Depuis trois jours qu'elle évoluait dans ce secteur bourgeois proche du centre-ville, elle avait repéré un banc sous un chêne dans un petit square où elle s'asseyait pendant sa pause déjeuner. Elle y croquait un sandwich composé à la va-vite au foyer à partir d'invendus. En retrait, à l'abri des regards, elle pouvait se fondre dans l'écrin végétal. S'effacer. Cacher son front où chacun pouvait lire qu'elle sortait de prison. Elle tarderait à balayer ce sentiment d'indignité. Mais là sur son banc, un parfait poste d'observation, elle rompait la boucle du repli chaque fois qu'elle déroulait son dos et sa nuque pour observer la vie autour d'elle. La pelouse et les feuilles mortes, les chiens et puis les gens parfois, à l'autre bout de la laisse.

Le premier jour pour paraître occupée, elle avait feuilleté un des catalogues de promos d'une chaîne de supermarché qu'elle distribuait. Les lettres dorées du slogan, *Fêtes-vous plaisir*, incrustaient les doigts de paillettes. Alors qu'elle mordait dans son casse-croûte, elle s'était laissé prendre au jeu de cet abondant menu d'aliments industriels aux couleurs primaires et aux chiffres agressifs. Les prix affichés pour ces produits bas de gamme l'avaient sidérée. Cette année non plus, elle ne ferait pas bombance, elle préférait garder son pécule pour des choses plus substantielles. *Qui a été sage cette année ?* Sur la page consacrée au rayon jouets, la question s'échappait de la hotte d'un père Noël dans l'embarras. Elle lui avait collé le bourdon. Les fêtes de fin d'année la renvoyaient à sa solitude tant elles étaient indécrottablement associées à la famille. La sienne était depuis six ans réduite à son minimum : un père, une tante et belle-mère deux-en-un, pas un seul enfant pour se glisser entre leurs jambes. Elle n'échappait pourtant pas à l'illusion de retrouvailles qu'elle repoussait de crainte qu'elles restent impossibles. Quand bien même ne se serait-elle pas exercée toutes ces années à rayer les jours les uns après les autres, elle aurait connu le nombre exact du compte à rebours engagé. Aujourd'hui, 15 décembre, elle n'était plus qu'à dix doigts de Noël et la pente vers le spleen se présentait plus raide que celle d'une cheminée. Elle préféra accrocher son regard aux circonvolutions d'un dalmatien qui la divertit et l'entraîna à la conquête des fourrés dans lesquels son pelage blanc éclaboussé de noir peinait à disparaître. *Un tel animal avait-il été conçu pour un milieu naturel déterminé, en dehors d'un Walt Disney ou d'un salon Ikea ?* Depuis peu, des pensées incongrues la traversaient lui assurant qu'elle était dehors, bien vivante. Dans sa banalité, le monde extérieur lui réservait de petites surprises. Comme ce jeune chien qui s'était retourné pour la regarder et la mettait au défi de jouer avec lui. Voilà qu'il piaffait et jappait devant elle. Ses aboiements stridents attiraient les regards passants.

– Gustave, au pied !

C'était la deuxième fois depuis sa sortie qu'elle entendait quelqu'un appeler son chien par un prénom. Si c'était une mode, elle la trouvait choquante. Il lui semblait chaque fois qu'un môme échappait à son destin d'animal de compagnie. Elle se souvint alors de Gandhi, un petit berger des Shetlands qu'une association amenait en visite avec d'autres animaux. Rien qu'à se laisser caresser, la bête faisait des miracles dans la prison. Un jour, elle l'avait vu bondir sur les genoux d'une codétenue et lui sécher les larmes à grands coups de langue. Elle en avait été tellement remuée qu'elle n'avait pas osé glisser sa main dans le pelage de l'animal, de peur de s'attacher illico.

– Tsst, bouge pas Gus !

L'homme et son chien se tenaient trop près. *Allez, debout !* Il était temps pour elle d'en finir avec sa tournée et de rentrer au dépôt.

Distreet dépendait d'un grand groupe de livraison e-commerce et marketing publicitaire. Il s'était développé à l'échelle nationale depuis une quinzaine d'années et siégeait dans les périphéries urbaines. Dans sa ville, la succursale était implantée au cœur de vastes chantiers de bureaux en construction. Le périmètre était circonscrit au sud par quelques terrains encore vagues à la limite des bassins à flot, au nord par l'entrelacs des échangeurs d'une immense zone commerciale. Le secteur de la distribution pour lequel travaillait Johanne, leader de la publicité non adressée, occupait un entrepôt situé à l'arrière des trois étages de bureaux. Recto, ceux-ci affichaient leur façade de verre et métal aux automobilistes de la rocade, là où se côtoyaient les grandes enseignes discount. Les hangars au contraire peu exposés et dont la fonctionnalité avait écrasé dès le départ tout élan d'esthétisme, s'étalaient verso sur une surface bitumée, avec pour toute végétation celle, rampante et coriace, qui reconquérait chaque saison ses droits sur la terre colonisée.

Il était tard quand Johanne regagna le dépôt en fin de journée, son chariot vide à bout de bras. Passé la grille, elle croisa de nombreux autres employés sur le parking en train de charger les coffres des véhicules des imprimés qu'ils distribueraient le lendemain. La plupart de ses collègues mettaient à contribution leur propre voiture, elle les avait maintes fois entendus se plaindre des frais d'essence engagés non remboursés. Elle reconnut aisément leurs vieilles bagnoles cabossées, déjà passées de mode avant son incarcération. Ford Fiesta et Peugeot 205 rouges avec leur capot fané, Renault 11 et Clio Campus aux bas de caisse déglingués et même, vieille amie d'un couple de retraités, une Merco 500 classe E première main dont la calandre astiquée miroitait encore au soleil couchant. Pour beaucoup des modèles diesel fumant et rouscaillant, tous s'attelaient aussi vaillamment à la tâche que leurs propriétaires. Les utilitaires de la société, blancs, ronds, au sans-plomb et floqués du logo violet, étaient eux réservés au service des livraisons.

Johanne n'était pas la dernière, ni la seule, à rentrer à pied. Un gros type d'une cinquantaine d'années traversait péniblement la cour devant elle, il brinquebalait un cabas identique au sien. Tous deux s'introduisirent dans l'entrepôt. À l'intérieur, debout sous des rangées de néons, des gens chargeaient ou triaient leurs paquets de réclames. Le capital humain était en majorité composé de vieux, d'allocataires des minima sociaux, de quelques étrangers et autres naufragés du marché du travail. Johanne vint prendre place à la table de tri – d'épaisses planches d'agglo posées sur de hauts tréteaux – face à un jeune gars aussi fin et pâle qu'un haricot beurre. Elle échangea un petit signe de reconnaissance rapide avec la blonde enceinte de huit mois qui lui avait confié la veille faire ses heures pour pouvoir toucher son congé maternité. Le gros type les rejoignit et, prenant appui sur la planche trop haute et bancale, sortit un mouchoir en tissu pour essuyer son front. Il dégoulinait malgré le froid pénétrant. Cette table était réservée aux non-motorisés. Ils préparaient là leurs assortiments d'imprimés prêts à être enfournés dans les boîtes le lendemain. Les autres embarqueraient les paquets et feraient le tri chez eux, si possible en famille pour aller plus vite. Il n'était pas rare que certains y passent leurs week-ends et soirées.

Johanne regarda tout autour et ne put s'empêcher de se demander s'il y en avait d'autres comme elle, homme ou femme. À quoi ça pouvait se reconnaître à coup sûr un taulard dans un tel monde de galériens ? Par exemple, celui-là au fond, avec ses bras noueux aux manches retroussées et ses tatouages bleutés lui lampant jusqu'à la peau de la nuque qu'il avait râblée comme un taureau, elle aurait parié gros qu'il en était. Facile, mais ça déteignait toujours un peu pareil sur les gros durs. C'est sur les autres, les éprouvés, les intempestifs, les timides ou même les sournois que la marque de l'infamie se portait en bandoulière. Mais elle n'en aurait pas juré, elle ne les avait pas croisés tant que ça les hommes en prison et, bien que l'éclairage soit le même, pas regardés sous cet angle. Elle s'inquiétait de savoir si ça se remarquait aussi qu'elle en sortait. Avait-elle une gueule de criminelle ? Elle guettait des éléments de réponse dans le regard des autres, mais ils maintenaient leurs têtes basses, trop occupés qu'ils étaient à différencier les pubs d'hypermarchés plus flashy les unes que les autres.

– Alors, vous avez choisi laquelle ? La jaune ou la grise ?

Le manager du service, la petite quarantaine aux traits marqués, s'était approché dans leur dos.

– Pour les emballages et les papiers, c'est la poubelle jaune !

Johanne se raidit, mais c'est à son voisin que le responsable s'adressait.

– Hein, monsieur Gaillard ? On vous paie pour distribuer ici, pas pour recycler.

Autour de la table, tous s'étaient arrêtés de travailler pour regarder. Juste un instant. Le gros type ne trouva rien à dire pour sa défense.

– Allez, suivez-moi au bureau...

L'autre chercha le soutien d'un regard. Il avait recommencé à suer. Johanne fixa un point devant elle puis se remit au tri avec les autres. Gaillard n'eut pas d'autre choix que d'emboîter le pas du chef qu'il avait moins vif et disparut à sa traîne tout au bout du hangar, derrière les monticules d'imprimés stockés sur des palettes. Personne ne souffla mot. Le malaise était palpable. Ici comme en prison, l'humiliation était reine.

Plus tard, alors que la plupart des autres étaient déjà partis, Johanne se tenait debout dans le bureau du responsable. Il était en train de consulter son ordinateur tandis qu'un jeune coursier raccrochait une clé de voiture sur un panneau. Le chef montrait des signes de fatigue en cliquant à répétition sur sa souris.

– Et les Lidl, Hugo ? Tu les as récupérés à l'imprimerie ou pas ?

– C'était pas prêt. Ça fait déjà deux fois que je passe pour rien !

Hugo avait répondu du tac au tac en levant les yeux au ciel à l'attention de Johanne. Ses bouclettes bondissaient autour de son visage enfantin. Son air narquois remporta son adhésion discrète. Elle ne put s'empêcher de sourire.

– Quand c'est comme ça, faut leur mettre la pression ! insista le responsable qui fit semblant de n'avoir rien vu de leur manège.

– Putain Kamel, ça, c'est pas mon boulot, balança le jeune en quittant le bureau.

Kamel tiqua, mais composa aussitôt un numéro. En attendant qu'il lui prête attention, Johanne parcourut des yeux les murs tapissés de plans de la ville, numérotés, grossis ou cerclés de couleur. Le chef raccrocha, excédé.

– Je ne peux pas être partout...

Il l'interrogea enfin d'un signe de tête. Elle prit son courage à deux mains.

– C'est pour mon avance. Vous m'aviez dit qu'aujourd'hui peut-être...

– On n'est qu'à la moitié du mois, ça ne peut pas attendre ?

– Non.

– Rappelez-moi votre nom ?

– Méric. Johanne Méric.

Il entra ses données sur l'ordinateur et fit durer.

– Bon, ça marchera peut-être, parce que c'est Noël.

Il lui sortit de l'imprimante une copie qu'il lui tendit.

– Voyez avec la compta. C'est la panade, hein ?

Agacée, elle attrapa le bon. Son œil glissa vers le bas de la page : soixante euros.

– Vous auriez pu lui offrir une seconde chance à monsieur Gaillard.

– Vraiment ? répondit Kamel, surpris. La seconde chance, c'est quand on arrive ici.

Le ton n'était pas cynique, pourtant le seul fait qu'il sache ce qu'il sous-entendait mit Johanne mal à l'aise. Alors qu'elle se tournait vers la sortie, il la retint.

– Il faut penser à badger sur votre tournée, madame Méric, qu'on sache où vous êtes...

– J'ai pas de téléphone.

– Ah oui ? Ben, il faudra y remédier.

– Ça attendra, c'est pas avec soixante balles...

Johanne s'abstint d'exprimer toute sa colère. Elle trouvait Kamel difficile à cerner et s'en méfiait. Tandis qu'elle traversait de nouveau le hangar désert, elle se remémora comment, le premier jour, il l'avait déjà encouragée à s'équiper d'un smartphone. Il lui avait expliqué comment télécharger une appli qui la géolocaliserait lors de ses tournées, à défaut de pouvoir lui fournir un badge. Leur pointeuse était en panne. Elle ne savait pas trop en quoi ça consistait, mais une chose était sûre, ils allaient devoir lui faire confiance. La cage n'était peut-être pas loin, mais on ne lui remettrait pas de sitôt la laisse et le collier.

5

18 h 30. L'heure n'était pas bien choisie pour se rendre à l'hypermarché de la zone commerciale. Elle, eux, ils y étaient tous.

Ses trois billets de vingt en poche, Johanne s'était précipitée dans la grande surface, émoustillée à l'idée de faire quelques emplettes. Elle avait déchanté à peine franchi le portillon d'accès. C'était la bousculade, rien que pour saisir le dernier panier à roulettes. Elle l'avait abandonné plus loin, il lui rappelait sa journée de travail. Les promos des bacs de fouille de l'entrée accaparaient toute l'attention. Elle les avait contournés tandis que sa respiration s'accélérait. Les clients s'amassaient en grappe et bouchonnaient aux deux bouts des rayons. Ils avaient suivi à la lettre les exhortations dont elle tapissait leurs boîtes. Effarée, elle tenta d'accéder aux cotons-tiges et gaina son corps pour en réduire la surface de contact avec celui des autres. Çà et là, au gré d'une aisselle ou d'une bouche qui s'ouvrait, flottaient des odeurs nauséabondes qui contredisaient l'intérêt manifeste de la foule pour le rayon hygiène. Alors qu'elle détournait la tête en apnée, son regard l'accrocha. Cinq mètres tout au plus les séparaient.

Elle le reconnut tout de suite. Les années avaient définitivement effacé la rondeur juvénile. Les traits taillés au fil du rasoir, il était encore plus beau. Elle s'était bien sûr interrogée sur la réaction qu'elle aurait si elle croisait une connaissance, mais elle n'avait pas imaginé que ça se produirait si vite. Ni que ça tomberait sur lui. *C'était quoi déjà son prénom à ce salaud d'élève et barman au Luna ? Robin ? Romain.* Il tenait ses deux gamins par une main pour ne pas les perdre dans la foule. Quatre et six ans tout au plus, les mêmes cheveux souples et soyeux. Dans l'autre, il serrait un flacon qu'il examinait. Elle était paralysée quand il se tourna vers elle. Elle fit alors un truc idiot avant qu'il l'identifie. Elle se baissa d'un coup et disparut dans la forêt de jambes. Elle tenta de ramper à quatre pattes à l'opposé, mais il était impossible d'avancer sans se faire écraser ou houspiller. Elle attendit quelques minutes, accroupie au ras du sol, le nez sur les recharges de savon liquide. Au bout d'un long moment, irrespirable, elle se releva pour gober l'air en surface. *Ouf, il avait tourné le dos.* Elle crut voir sa tête flotter au loin.

Elle changea d'allée.

Sa peau hautement conductive transformait le moindre frôlement en arc électrique. Tous ses sens étaient aux abois. Les quelques articles de première nécessité dont elle pouvait enfin faire l'acquisition devenaient superflus, leur liste encore trop longue. Elle fut à deux doigts de renoncer et de tout balancer là dans l'arène. Mais elle devait mener à bien ce simple objectif de faire ses courses et se promit que si le hasard le plaçait encore sur son chemin, elle ferait semblant de ne pas le reconnaître. Tout comme lui, sans aucun doute.

Les files de queue devant les tapis de caisses sinuaient jusque dans les rayons et les caddies pleins bloquaient toute percée latérale. Après avoir attendu dix minutes, Johanne décida de se rabattre vers les bornes de paiement en libre-service où les gens peu nombreux avaient aussi moins d'articles.

Six ans auparavant, à l'instar d'une majorité de clients scrupuleux de préserver l'emploi ou – et c'était moins avouable – simplement réticents au progrès, elle aurait ignoré les caisses automatiques. Mais ce soir le bataillon de consommateurs l'affolait, si ce n'était plus, au moins autant qu'elle craignait de tomber encore sur lui. L'air recommença à lui manquer.

Pressés les uns contre les autres, les gens lorgnaient leurs munitions respectives, estimant ce qu'ils étaient prêts à bâfrer d'ici l'année prochaine. Les regards se braquèrent sur elle, centre névralgique d'une curiosité malsaine. Sa cotte de fausse indifférence menaça de glisser le long de son corps moite et révéler son imposture toute nue. Elle baissa la tête. S'ils soulevaient le pan du masque collé à son anonymat, ils décèleraient la marginale sous des traits d'assassin. Ils spéculeraient sur son histoire, la classeraient renégate et l'excluraient de la communauté. D'un simple coup d'œil.

Quand elle entrevit une issue du côté des caisses automatiques, elle s'éloigna de la tranchée. Debout au cœur de l'enclave robotisée, elle vécut un face-à-face inédit avec la machine, une guerre d'usure en accéléré. Devait-elle poser ses articles sur le plateau à gauche ou à droite de l'appareil ? Avant ou après les avoir scannés ? Le combat s'annonçait inégal. Pas de pourparlers avec le numérique. La voix automatisée la rappelait à l'ordre, lui faisait répéter son geste, scanner l'article ou le passer de nouveau sous le fil rouge du laser. *Erreur, recommencer*. Johanne se pliait aux exigences en jetant de brefs coups d'œil autour d'elle pour s'assurer que Romain ne la regardait pas. Les ultimatums préenregistrés s'interrompaient au cœur des mots, des syllabes même, réglés sur le pas de l'absurde temps de latence informatique qui décoordonnait le moindre de ses mouvements, hachait ses gestes et ruinait toute tentative de contrôle. La musique calée sur la FM avait quitté le fond de tolérance pour mêler à la surface du brouhaha général ses décibels aigus et tranchants. Elle ne comprit plus rien aux consignes. Tout bugga sur l'écran et l'icône de l'alarme clignota. Bientôt, l'hôtesse de caisse annoncée fut à ses côtés, bien réelle, conciliante. Elle débloqua la situation avec son badge, un sourire et s'en fut. Et à peine avait-elle regagné son guet à quelques mètres de Johanne enhardie que tout le bazar récidivait et s'enrayait. Gauche, droite, déposer, *erreur, recommencer, biper, lecture impossible, reposer l'article...* L'autre là-bas s'exaspérait. Johanne dégoupilla. *Espèce de conne, dis-le, dis-le.* La colère déferla sur l'ennemi. Patatras, elle laissa tout tomber sur la caisse automatique et ne retint pas la bouteille d'huile qui roula et s'éventra au sol. Fuir, vite. Impossible. Le tourniquet restait bloqué. Et bing, il fallut encore l'intervention de la caissière pour libérer le portique. La vraie, humaine et méfiante.

– Laissez-moi sortir, explosa Johanne.

Elle se précipita, expulsée par le souffle de sa rage. Dehors, l'air libre ! *Basta ! Allez tous vous faire foutre !* Deux pas et elle balança un grand coup de pied dans les cagettes et les cartons vides laissés là pour les clients. Un vigile sortit du magasin et guida le départ de la rebelle d'un regard ferme. *Connasse.* Beaucoup de bruit pour rien. Interdit, Romain s'était retourné sur le parking pour regarder la scène, un gamin à chaque bout de bras. Elle détala pour aller se cacher derrière l'angle du mur. Là, coincée dans un passage réservé au personnel, sa main toujours serrée sur le billet de vingt balles qu'elle avait espéré dépenser, elle arpenta l'impasse, pulsant l'air avec la puissance d'une forge, son sang brassé bouillonnant. *Bang, bang, bang.* Ça lui tapait toujours dans les tempes quand elle décida de jeter un œil sur le parking. Il y avait tant de monde qu'elle ne les repéra pas tout de suite. Elle reconnut les mômes à l'arrière quand la voiture passa devant elle. Une Audi A3 d'un beau noir métallisé immatriculée dans le département. La classe. *Lui arrivait-il de penser à elle quand il la manœuvrait ?*

Elle marchait et laissait derrière elle la zone commerciale. En six ans le monde extérieur avait beaucoup changé, sa sortie n'était pas préparée. À l'instant, elle venait de perdre. *Déserteuse.* La combustion hormonale prenait fin, le cœur avait ralenti et les paupières s'étaient alourdies. Une mollesse la gagna en même temps que le soulagement. *Pfff... quelle conne !*

Le coup de coude dans son flanc droit accompagna ce rire cristallin qu'elle n'avait plus entendu depuis les quatre murs de sa geôle. Elle aurait pu tourner la tête, mais retarda le moment pour en goûter la proximité exquise. Elle n'était plus seule. Lili se tenait en bordure de son champ visuel altéré, tache floue, colorée et mobile. Un simple signe et elle se fondrait dans sa bulle comme une goutte d'eau est attirée par une autre sous l'effet irrépressible de la coalescence. Réunies, elles pourraient se gausser du contexte, elles avaient toujours ri de concert des situations les plus absurdes. Celles que petites déjà elles prenaient un malin plaisir à provoquer sans se soucier des conséquences.

Une parmi les plus triviales lui était revenue en tête deux jours auparavant en découvrant le nom inscrit sur une boîte aux lettres.

Alors en classe de CP, Lili partageait ses progrès de lecture en relevant les noms de famille les plus cocasses. De cinq ans son aînée, Johanne n'aurait bientôt plus l'âge de ces enfantillages, mais elle ne ratait pas une occasion de s'en payer une tranche avec sa frangine. Ensemble elles tiraient une lettre au sort. Lili sélectionnait un nom dans l'annuaire, puis Johanne décrochait le téléphone et inventait son texte en jouant sur l'homonymie.

– *Allô, madame Lanusse ? Pouvez-vous répondre à la question de notre sondage : avez-vous fait le tour du trou ?*

Oisives et laissées à elles-mêmes, les deux gamines avaient taquiné des pages entières d'abonnés du bottin cet hiver-là. Le démarchage téléphonique n'épuisait pas encore les réserves de patience. La plupart de leurs victimes attendaient qu'éclatent leurs rires de bécasses avant de raccrocher. Le jeu prit fin le jour où un type, las de devoir répondre d'un patronyme embarrassant et plus désœuvré qu'elles encore, s'était targué de retrouver ses harceleuses grâce à l'annuaire inversé. Il est vrai que celui-là, elles le persécutaient. Un samedi matin, il avait frappé à la porte de la cordonnerie et exigé de rencontrer les deux sœurs. Leur père n'avait rien trouvé de mieux que justifier leur bêtise en chargeant l'absence de leur mère « au repos » – ainsi nommait-il les séjours de plus en plus réguliers qu'elle effectuait au service psychiatrique de sa deuxième maison. M. Chicot n'avait pas été plus longtemps rancunier et avait accepté leurs excuses. Mais juste avant de partir, il avait tragiquement laissé échapper un sourire et révélé ainsi sa dentition pourrie. Passé le coup de vent décoiffant de son haleine putride, même leur père n'avait pu s'empêcher de pouffer devant le spectacle.

Johanne se souvint combien l'aventure les avait tous trois rendus complices jusqu'au soir. Était-il possible que ce soit ce même monsieur Chicot qui habitât la ruelle du secteur 1 ?

Oubliant qu'elle était seule, elle s'esclaffa dans la rue sans se soucier cette fois des regards en coin. Pour un temps au moins, elle cessa de raser les murs ainsi qu'elle l'avait toujours fait depuis sa sortie. Protégée par la nuit et l'illusoire vigie de Lili en poupe, elle déambula dans les nouveaux quartiers d'une ville qu'elle ne reconnaissait pas. Peu à peu, calée sur la pulsion urbaine, elle marcha jusqu'à l'approche de décors plus familiers.

Des années plus tôt, les bassins à flot vus du ciel formaient un étrange paysage sur la rive gauche de la Garonne : un patchwork de friches industrielles et portuaires, de blockhaus et de docks cousus de passerelles et de pièces d'eau qui miroitaient sous la lumière. Longtemps considérée de non-droit depuis le déclin du port maritime et du trafic fluvial, la zone progressivement abandonnée à elle-même dans la deuxième moitié du xxe siècle était devenue au début du suivant le laboratoire d'une politique urbanistique vorace. Presque autant que l'appétit des promoteurs. La mise en chantier d'un projet pharaonesque venait d'être lancée au moment où Johanne y donnait les plus techniques de ses cours de conduite. Sa livraison devait prendre fin peu après sa sortie de prison.

À cette époque, elle était monitrice depuis cinq ans et exerçait dans toute l'agglomération. L'école de conduite qui l'employait sous la franchise d'un réseau national maintenait sur le marché sa position concurrentielle en imposant à ses salariés des plages horaires étendues et surchargées. Pour s'épargner des trajets et optimiser son emploi du temps, Johanne avait cartographié les deux rives de la ville et, de son plein arbitre, annexé à sa pratique professionnelle de grands espaces délaissés avec accès rapides à la rocade et aux principales voies de circulation. Elle y avait souvent mené sa sœur dès le début de son apprentissage. Celui-ci avait été long et laborieux, parce qu'elles y étaient aussi mal disposées l'une que l'autre. Johanne apprenait à conduire à Lili en dehors de son planning de travail déjà très serré. De son côté, celle-ci manifestait peu d'aptitude au maniement d'un véhicule. Bien avant le jour funeste et au grand regret de Johanne, son hypothèse la plus probante prédisait qu'il resterait inachevé.

Johanne venait de reconnaître la grue Wellman. Sa carrure d'insecte géant se détachait dans le théâtre d'ombres de l'ancienne zone portuaire. En s'approchant, elle remarqua qu'elle avait été désarmée de son système de levage de charge. Elle datait du plan Marshall, mais on l'avait classée monument historique depuis peu. Le halo de l'éclairage public ne lui permettait pas de déchiffrer plus bas que l'intitulé du panneau ni de sonder les ténèbres que la mante métallique semblait couver. L'endroit paraissait désert. Quelqu'un derrière shoota dans une canette métallique. Un cri fusa donnant l'alarme. Son inquiétude grimpa. Des bribes se décollaient de sa mémoire sclérosée et donnaient aux lieux l'étrange air du déjà-vu. Et quand la nuit se fit plus opaque au détour du parvis qui menait vers une zone en démolition, le signal atteint son niveau sonore maximal. Les vociférations se rapprochaient. Au loin, le moteur d'une voiture gronda, les pneus crissèrent dans un virage pris trop sec. Elle leva la tête et perçut la menace écrasante du portique de chantier à son aplomb. La bagnole se rapprochait. Elle regarda autour d'elle. Elle était seule, insignifiante. Elle fut prise un court instant dans les feux de croisement. Les ombres immenses tournoyèrent autour d'elle. Elle prit peur et s'enfuit. La voiture disparut. Johanne courut encore. Elle déboucha sur une avenue passante et manqua se faire renverser par un véhicule qui freina violemment. Elle entendit un impact et se retourna. Elle vit un corps se désarticuler en travers de la chaussée. Lili. Sa tête rebondit sur l'asphalte tandis que le faisceau de son regard déjà vitreux traversait la rue pour se sceller au sien avant de vaciller et s'éteindre. Quelqu'un tira Johanne sur le trottoir. Elle l'avait échappé belle. Le conducteur furieux klaxonna et vissa son index à sa tempe en passant devant elle. Elle en avait le souffle coupé. Personne ne gisait sur la chaussée. L'espace d'un instant, elle voulut parler, questionner les gens autour d'elle, mais aucun mot n'avait besoin de sortir de sa bouche. Elle le sut. Sa mémoire, rétractée avec les années comme un reptile en hibernation, venait de lui porter un coup terrible. Isolée dans sa cellule, Johanne s'était assoupie sur les replis d'une vérité venimeuse. Soudain réveillé, le crotale frappait et mordait au cœur du traumatisme. En lui sautant à la gueule, il en révélait la chair tendre : elle devait savoir ou elle allait en crever. *L'avait-elle écrasée ?* Le poison agissait déjà dans son sang et la tétanisait. Il fallait qu'elle bouge. Vite.

Et là, d'un coup, elle sut où elle devait se rendre.

6

Des nappes de brume stagnaient au-dessus des quais. Elles absorbaient les pas et estompaient les contours des rares individus errants. La tête engoncée dans les épaules, le col relevé, ils semblaient flotter. Le panneau LED d'une pharmacie afficha 21:21 et 7 °C avant d'être avalé à son tour par le brouillard.

Johanne marchait d'un bon pas depuis près de quarante-cinq minutes. Elle emprunta le long pont de pierre pour traverser le fleuve. L'éclat jaune des candélabres en fonte qui ponctuaient chacune des nombreuses piles de l'ouvrage balisait sa remontée dans le temps. Sur l'autre rive se tenait son passé. Un tramway en surgit silencieux, trois traits de lumière bleue en pointillé. Elle croisa les wagons vides et fantomatiques. Au pays des morts, il en était un qu'il lui fallait réveiller. Son pas résonna sur le trottoir désert de la rue de la cordonnerie. La boutique était fermée, une lueur brillait dans l'appartement à l'étage. Johanne se planta sur le trottoir et, tête levée, épia la moindre ombre ou silhouette qui trahirait sa présence. Rien ne bougeait, mais il était là. Elle appuya longuement sur la sonnette en bas de l'immeuble. Le nom d'Ida, le même que celui de jeune fille de sa mère, était à présent accolé au nom du père. Du bruit là-haut, une fenêtre s'entrouvrit, quelqu'un chuchota. Ida se pencha et s'adressa à elle.

– C'est toi ? Qu'est-ce que tu fais là ?

– Je dois le voir.

– Non, pas maintenant.

– Laisse-moi monter.

– Ce n'est pas possible. Attends-moi en bas, j'arrive !

Elle eut beau tendre l'oreille, elle ne perçut pas d'autre voix. Elle n'était plus très sûre de savoir elle-même ce qu'elle faisait là. Ida mit un temps infini à descendre. Enfin, elle fut dans la rue et prit soin de refermer la porte derrière elle. Enveloppée dans un vieux lainage, elle semblait plus ratatinée que la dernière fois.

– Tu ne peux pas venir quand bon te semble, Johanne. Laisse-lui le temps.

– Combien de temps encore ? Ça fait presque deux semaines que je suis sortie. Plus de six ans qu'on ne s'est pas vus. Il compte faire le mort longtemps ? On ne peut pas se parler ?

– Ça va venir, je te le promets, mais ton père est fragile en ce moment.

L'humidité était pénétrante. Ida s'emmaillota dans son gilet tandis que Johanne ne cessait de s'échauffer.

– Et moi alors ? Si je trouve pas de logement, je suis dans la merde.

Elle fit un pas en arrière pour descendre du trottoir.

– Il sait ça que j'ai besoin d'aide ? cria-t-elle aux oreilles du premier étage.

Comme sa question restait en suspens, elle plaqua ses deux mains sur le rideau métallique de la boutique pour le secouer. Et avant qu'Ida ne l'en empêche, elle ficha un grand coup de pied dedans. Un boucan du diable se répercuta jusqu'au bout de la rue. Ida la calma. Au fond, elle n'était pas si énervée qu'elle voulait s'en donner l'air.

– Je vais revenir. Dis-le-lui... Il ne peut pas continuer à se terrer comme ça !

Sans attendre sa réponse, elle tourna le dos à Ida et fila.

Là-haut, une ombre s'écarta de la fenêtre.

Elle parvint essoufflée au centre d'hébergement d'urgence avant la fermeture des portes. Entendre le cliquetis des clés dans son dos la crispa davantage. Ici, c'était le danger qu'on maintenait à l'extérieur quand on verrouillait les portes la nuit et les victimes qu'on enfermait. Plusieurs des femmes accueillies avaient fui les violences conjugales et il n'était pas rare de voir traîner dans le coin un mari désœuvré.

Plus tard, Johanne s'était recroquevillée sur son lit, les genoux contre la poitrine, les bras enserrant les tibias. Elle avait faim, froid, et se sentait engourdie. Zarrin, la réfugiée afghane qui partageait la chambre avec elle, s'en était rendu compte puisqu'elle revint de la cuisine avec deux cuillères à soupe plantées droit dans son saladier fumant. Elle l'invita dans un anglais mêlé de quelques mots de français à partager son repas, un plat de riz et de lentilles. La conversation s'en tint à l'approximation du langage gestuel sans cesse réinventé par les circonstances. Pour l'essentiel, toutes deux maintenant assises côte à côte sur le lit se comprirent. Elles échangeaient parfois un timide sourire entre deux bouchées gloutonnes.

Johanne ramassa les assiettes pour aller faire la vaisselle dans la cuisine commune. Zarrin lui signifia d'une pression sur le bras que ça pouvait attendre.

– *Don't worry and listen*. Écoute !

Elle lui tendit un des écouteurs reliés à son téléphone. La voix d'une jeune rappeuse scanda sa rage en farsi, tout à la fois fraîche, combative, d'une infinie tristesse aussi. Zarrin, que la chanson semblait toucher intimement, connaissait le texte par cœur. Il rendait ses traits plus durs. Johanne se laissa prendre au débit soutenu et l'accompagna de mouvements de tête en rythme.

– *You like Sonita? You know her?*

– *No*. Connais pas. C'est beau. *Beautiful*.

– *She's like my sister. Khôr*.

– Ta sœur ?

La main sur le cœur, Zarrin tenta d'expliquer les femmes de son pays, le mariage forcé, le prix sanglant de la liberté. Johanne ne comprenait pas tout de l'anglais non plus, les gestes venaient suppléer. Elles se turent après la musique, ensemble recueillies.

Plus tard, pendant que Zarrin vaquait sans bruit aux préparatifs de sa nuit, Johanne continua d'observer son profil bien dessiné et ses mouvements harmonieux. Elle devinait quelle corde meurtrie la jeune femme venait toucher chez elle, mais se contenta de goûter au doux réconfort de sa présence.

Au cœur de la nuit, Johanne émergea en apnée d'un cauchemar abyssal. Quand elle découvrit ses mains ruisselantes d'un sang gluant, elle mit longtemps à distinguer sous le masque verdâtre de Lili aux orbites creusées les traits délicats et la peau brune de Zarrin. La jeune femme inquiète s'était penchée sur elle et lui pressait l'épaule. Ses longs doigts fins la ramenèrent à la surface. Sa réalité restait aussi cruelle que ses rêves.

Johanne quitta le foyer tôt le lendemain avant que la vie des résidentes ait repris son cycle diurne. Elle avait mauvaise mine et se sentait souillée de l'intérieur. La nuit avait laissé une trace profonde et grasse, ses doigts noirs de charbon l'avaient marquée dans sa chair. Les images morbides de Lili continuaient de flotter sur sa rétine. Tandis qu'elle marchait vers son travail, l'angoisse diffuse remonta peu à peu de son ventre jusqu'à ce qu'une vague puissante vienne frapper la digue de son diaphragme. Pliée en deux au milieu du trottoir, les mains sur les cuisses, elle tenta d'expirer un peu du souffle fétide de son mal-être. L'asphalte sous ses pieds tangua, elle se retint au mur. Quand elle se redressa, elle fut surprise de tomber sur Gaillard, le salarié éconduit la veille que personne n'avait soutenu. Le pas leste malgré sa corpulence, il avait un air sournois et accéléra sa foulée quand il la reconnut. Sans un mot, Johanne poursuivit son chemin. Hors de question qu'elle endosse une couche de culpabilité supplémentaire.

Quand elle arriva au dépôt de Distreet, elle remarqua l'inhabituelle effervescence dans la cour. Les livreurs gesticulaient autour des utilitaires blancs de la société. La plupart des véhicules avaient un ou deux pneus crevés. Johanne s'approcha de Hugo. Un cric à la main, il pestait sous ses bouclettes trépidantes.

– Putain, la haine !

Il cherchait comment glisser l'outil sous la voiture et se pinça les doigts. Johanne tendit la main.

– Donne !

Surpris, il la regarda amorcer le déboulonnage en trois tours de clé. Il fit la grimace.

– Tu t'y prends pas à l'envers ?

– Non. Il faut commencer au sol, sinon ça ripe.

L'attitude médusée du jeune homme engagea Johanne à poursuivre.

– Un, desserrer les boulons de la roue dans le sens inverse des aiguilles d'une montre…

Elle tâtonna sous la carrosserie et glissa le cric dans son encoche.

– Deux, positionner le cric sur la marque située vers l'intérieur de la voiture.

Puis elle actionna le levier et hissa la voiture sans difficulté. Hugo fut soufflé.

– T'as fait de la mécanique ou quoi ?

Johanne retira la roue. Derrière eux, Kamel les observait avec curiosité. Ils ne l'avaient pas encore vu.

– Non, mais j'étais monitrice d'auto-école...

Le chef avait tout entendu. Gênée, elle regarda ses mains salies tandis que Hugo, qui ne s'était pas encore rendu compte de la présence de Kamel, glissait un doigt dans la déchirure du pneu démonté.

– Ils ont pas fait ça à moitié. Dix pneus sur huit bagnoles ! Tu devrais voir sa gueule à l'autre !

Puis il la regarda enfin, curieux.

– Mais qu'est-ce que tu fous à la distrib, alors ? Me raconte pas que les gens passent plus leur permis !

Kamel, à présent tout proche, intervint.

– Bravo, vous savez faire.

Johanne s'adressa à Hugo.

– Je te laisse terminer, je vais être en retard. Et pour remonter, tu visses les boulons en diagonale !

Elle dut se glisser entre les voitures et Kamel qui obstruait la voie. Comme il tardait à se pousser, elle se demanda s'il venait de la tirer d'une situation délicate ou s'il allait l'enfoncer. Il libéra le passage. Elle regagna le hangar.

Johanne était seule dans les toilettes. Elle se frottait avec vigueur les mains sous le robinet pour effacer les traces de cambouis. Elle s'aspergea le visage d'eau fraîche et remplit sa bouteille. Le miroir sale et fêlé lui renvoyait en deux parties asymétriques l'âpreté de ses traits tirés. Deux semaines après sa sortie, ils étaient déjà moins empâtés. Mais ce qu'observait Johanne dans le reflet avec inquiétude alors que l'eau continuait de couler dans le lavabo n'était pas tant ce qu'elle y voyait que ce qui ne s'y matérialisait pas. Collée à moins de cinquante centimètres de la glace, elle ne percevait plus ce qui existait autour d'elle. Comme si elle se trouvait face à un petit écran dont tout le hors-champ aurait été plongé dans le noir. Sauf qu'elle n'était pas en train de regarder un film à la télé, mais la projection du monde réel dans lequel elle se trouvait, les sanitaires crasseux d'un boulot merdique. L'expérience sensorielle était troublante. Elle se tourna de tous côtés pour observer les murs des toilettes. Des bouts d'affiches pendaient au-dessus de la pissotière à droite tandis qu'à gauche une porte restait entrouverte sur le cercle de la cuvette au battant relevé. Fixant les puits noirs de ses yeux, elle fit bouger son index sur le côté de sa tempe droite dans une oscillation de plus en plus ample. Quand il sortit des 75 degrés de son angle de vision, elle ne le vit plus. Elle tenta à gauche pour à peu près le même piètre résultat. Ce n'était pas bon du tout. Définir le champ visuel de conduite devant ses élèves faisait partie de l'apprentissage du Code de la route, et estimer le leur en conditions réelles, de sa pédagogie pratique. Une autre bribe de ses leçons arrachée à son passé professionnel remonta à la surface. Elle se mit à réciter à voix basse devant le miroir.

– Le champ de vision correspond pour les deux yeux à un angle d'environ 180 degrés, mais la qualité de la vision ne s'avère optimale que sur 40 à 60 degrés. Tout le reste manque de netteté et de précision. Pour peu que des conditions météorologiques ou d'autres facteurs comme la consommation d'alcool, de stupéfiants, la fatigue ou le stress diminuent la visibilité, il devient nécessaire d'adapter sa conduite à un champ de vision rétréci...

La suite disparut dans un chuchotis. Ébranlée, Johanne reculait maintenant d'un pas et tendait ses bras droit devant elle avec les pouces levés à hauteur de visage. Sans bouger la tête ni les yeux, elle les écarta lentement sur les côtés. Très vite, elle ne vit plus ses pouces nets. Quand ils quittaient la zone centrale de son champ visuel, ils restaient flous en périphérie jusqu'à 90 degrés. Au-delà, elle ne les distinguait même plus. Elle recommença l'exercice. Sa vision latérale s'était considérablement resserrée. L'effet tunnel, ainsi appelait-on le phénomène de rétrécissement du champ visuel quand on roulait vite. Par exemple à 130 km/h, il était réduit à 30 degrés et ne permettait plus au conducteur de voir sur les côtés. *Depuis combien de temps sa vue s'était-elle altérée à ce point ? Continuait-elle à se dégrader depuis sa sortie de prison ?* Elle n'aurait su le dire. Là-bas, tout était si étriqué que l'effet tunnel opérait sans même se déplacer.

– Tu fais ton stretching ?

La voix moqueuse avait fait claquer la dernière syllabe. Cathy, une collègue plus âgée, la surprit les bras tendus. Elle ne l'avait pas vue entrer dans les toilettes. Elle opina à moitié pour ne pas avoir à s'expliquer. Cathy revint sur ses pas.

– T'étais là quand ils ont viré Gaillard hier ?

– Oui.

– Quelle bande de salauds ! Personne n'a réagi ?

Cathy montait sur ses grands chevaux. Elles se connaissaient à peine, mais à plusieurs reprises, Johanne avait eu l'occasion de l'entendre contester les conditions de travail à Distreet. Une des seules à ouvrir sa gueule, bien grand. Cathy laissa la porte des W.-C. entrouverte pour poursuivre la conversation. Bruits de ceinture et froissements de vêtements.

– T'étais là et t'as rien dit ?

Johanne la trouva injuste. Tout ce qu'elle risquait, elle, c'était de ne plus arrondir ses fins de mois, elle était déjà à la retraite. Elle ignorait tout de sa situation, personne ne connaissait son statut ici à part les employeurs.

– Il paraît qu'il a été surpris en train de jeter des imprimés, lâcha Johanne.

– Oh ça va, c'est ce que répète Kamel parce qu'on le lui a demandé. Ils vont pas lui dire qu'il est trop gros à Gaillard, hein ?

– En tout cas, si c'est ça, ils le paient aujourd'hui...

L'urine jaillit sur la porcelaine, Cathy soupira de soulagement. Avant de quitter les lieux, Johanne l'entendit réagir avec un temps de retard.

– T'as dit quoi ? Tu crois que c'est lié les pneus crevés ? Mais qui... ?

Dans le hangar, Johanne entassait des piles d'imprimés publicitaires sur son chariot – une divinité hindoue, tombée de son piédestal, s'était réincarnée en numéro 1 du ménage et repassage à domicile. Elle partit effectuer sa tournée. Dehors, elle remarqua le fourgon d'intervention d'urgence d'un dépanneur et Hugo, au loin, qui lui faisait signe, pouce en l'air. Elle lui répondit par un petit salut. Kamel traversait la cour et obliqua vers elle. Il dut marcher à ses côtés pour ne pas se laisser distancer.

– Vous ne mettez pas votre tenue aujourd'hui ?

Johanne s'arrêta. Elle n'avait pas changé de blouson. Elle portait toujours le sien, en jean, sur un gros pull à carreaux.

– Bon, passons pour aujourd'hui, je ne vais pas vous retarder.

– Je vais mettre la casquette.

– Vous n'avez rien vu de suspect ni croisé personne ce matin ?

– Non.

Johanne se renfrogna. Elle détacha sa casquette de la poignée et regarda de nouveau du côté des véhicules de société. Là-bas, Hugo bavardait avec des collègues et l'observait à la dérobée.

– J'ai appelé le dépannage, c'est pris en charge par l'assurance, précisa Kamel.

– Pourquoi vous me demandez ça ? Qu'est-ce que j'aurais dû voir ?

– J'ai posé la question à tout le monde.

Au moment où Johanne leva enfin les yeux vers lui, elle fut saisie par l'éclat noir de ses yeux obsidienne. Elle ne l'avait jamais observé jusque-là. Lui-même la scrutait. Elle enfila sa casquette et agrippa son chariot de courses.

– J'y vais. Ne me mettez pas en retard.

Très vite, elle le perdit de son champ de vision et se retourna, peut-être davantage pour vérifier s'il la suivait du regard que pour tester son angle mort. Kamel lui avait tourné le dos et interpellait le dépanneur vers lequel il se dirigeait à grands pas.

Une fois dans la rue, Johanne accéléra jusqu'à tenir un bon rythme. Elle avait vingt minutes de marche avant d'atteindre son secteur. Au bout de l'avenue, une voiture klaxonna en couinant comme un jouet et ralentit à son niveau. Cathy, dans sa Twingo fuchsia des années 1990, baissa la vitre et lui tendit sa bouteille d'eau.

– Tiens, tu l'as oubliée dans les chiottes. C'est la tienne, non ?

– Oui, merci. J'oublie tout aujourd'hui.

– Ouais, ben pas moi. Encore bravo !

Johanne ne comprit pas le sourire complice de Cathy ni son clin d'œil.

– On va pas se laisser faire ! Allez, à tout à l'heure.

Tandis que s'éloignait la petite voiture rose, le coffre surbaissé par le poids des cartons d'imprimés, Johanne sentit sa nuit agitée la rattraper. Sa tournée n'avait pas encore commencé qu'elle s'annonçait exténuante. Elle devait tenir bon. Elle redressa buste et menton, s'obligea à rehausser sa ligne d'horizon. *Voir plus loin*. Elle allait s'y exercer.

La vie en prison se calquait sur une routine planifiée à laquelle chacun n'avait d'autre choix que se plier. Les tempéraments indociles ruaient et s'y cognaient plus longtemps que les autres, les irréductibles perdaient la boule ou en crevaient, mais au bout du compte la plupart étaient domestiqués. Dans sa ritualisation indéfectible, c'est le quotidien lui-même qui soumettait. La répétition installait son cadre de sécurité en substituant à la moindre initiative personnelle sa mécanique liberticide. Tout était à suivre, plus rien à décider. Et la révolte quittait les corps, comme pompée, pour se projeter au mieux en promesse édulcorée au-delà d'une date de sortie, elle aussi instituée.

Une fois dehors, c'était à l'ex-détenu lui-même de recomposer l'armature de ses jours afin de maintenir sa propre anxiété hors d'état de lui nuire. À lui de trouver les insignifiances routinières qui le structureraient, et si possible à les réinventer. Dans un parcours de réinsertion après une longue peine, le gros flip c'était, faute d'épaisseur, de passer entre les mailles du filet de sûreté. Pour s'en sortir de la prison, c'est au travail qu'il fallait s'aliéner. D'abord plier l'échine pour survivre. C'est à ce prix que la société accordait sa protection. Et s'évader ensuite, sans garantie.

Johanne était sur les rotules quand elle revint au dépôt quelques heures plus tard. Elle n'avait qu'une hâte, préparer vite fait sa prochaine tournée et se tirer faire une sieste. Dans la cour, elle distingua la Twingo fuchsia parmi d'autres véhicules particuliers. C'était l'heure des chargements. Arrivée dans le hangar, ce fut d'abord la voix vindicative de Cathy qu'elle entendit avant d'apercevoir le petit bout de bonne femme dressé face aux autres. Johanne se glissa derrière le groupe pour s'occuper de ses piles.

– Avec nos petites retraites, on n'a pas le choix, répondit un collègue. C'est comme ça !

Johanne reconnut le timbre du vieil homme du couple à la Mercedes. Elle s'installa à deux tables de distance.

– « Ça » comme tu dis, c'est leur préquantification du temps de travail ! s'insurgea Cathy. Ils ont calculé un temps de tournée théorique qui ne correspond pas à la réalité.

– À nos âges, on tient pas le rythme, confirma l'épouse.

– Même quand on est jeune, maugréa un gars. Moi, c'est le deuxième job que j'enquille aujourd'hui...

– Mais personne ne tient la cadence. Vieux, gros, en bonne santé ou pas. C'est pas possible, c'est fait exprès, c'est la loi du rendement !

Ça y était, Cathy éperonnait son cheval de bataille. Même si la plupart convenaient en silence qu'elle avait raison, beaucoup se contentaient de leur sort et n'avaient pas envie d'agiter la pulpe. Ancienne cégétiste dans l'usine où elle avait passé trente ans de sa vie, elle faisait un peu peur aux autres, Cathy, quand elle renaissait de ses cendres.

– Est-ce que vous vous rendez compte qu'ils ont même obtenu une dérogation au code du travail pour qu'on en chie autant ?

– Mais vous cherchez quoi avec vos revendications ? Ça prendra pas ici, intervint un retraité plein d'allant en chargeant cinquante kilos de dépliants sur son caddie comme s'il soulevait des haltères. Regardez-moi, je suis en forme ! Ça m'entretient et c'est bon pour mon cœur...

– Tu sais quoi ? rétorqua Cathy, piquée au vif. C'est exactement ce qu'a répondu le grand patron du groupe à un journaliste : « rémunérés pour faire du sport » qu'il s'est vanté en parlant de nous... C'est d'un cynisme !

Comme bien d'autres, Johanne avait cessé de prêter attention au discours de Cathy. Viendrait peut-être un temps où elle serait de nouveau dans la marche du monde et pourrait glisser un bâton dans ses rouages. Pour l'instant, elle s'en tenait loin. Après six ans d'arrêt forcé, elle concentrait tout son effort à allonger son pas sur le bas-côté, jusqu'à trouver l'allure. Et c'était déjà une putain de cadence à tenir.

7

Aux abords des bassins à flot, oubliée sous les piles du pont levant, une parcelle sauvage et inaccessible exposait ses ronciers, peupliers et plantes d'eau aux seules brises fluviales. Tournant le dos à la ville, elle était reliée à la terre ferme, celle de l'asphalte, des pavés et des rails de la ligne B du tramway, par une passerelle de bois moulu à demi emportée par les eaux.

Au cours d'une de ses tournées, Johanne avait découvert l'endroit en marge du Pin'Art, le musée du vin, alors qu'elle empruntait le parvis devant la molle architecture, lubrifiée et vacillante en bord de rive, davantage attirée par le fouillis naturel à l'orée duquel elle était coulée. Une simple ganivelle séparait le concept hasardeux de la zone humide préservée. Il suffisait de lever haut la jambe et faire un pas de côté. En se faufilant derrière l'entrelacs des branches dénudées des feuillus qui baignaient directement leurs racines dans la Garonne, le pied s'enfonçait d'abord dans l'emplâtre mou des sédiments renouvelé en continu par les marées. Johanne n'avait pas tenu compte des plastiques et nombreux détritus que charriait le fleuve, coincés dans cette mangrove rappelant les origines d'une ville bâtie sur des marais. Elle était obnubilée par l'idée de découvrir là une île, un refuge.

La première fois qu'elle s'y était aventurée, elle était ressortie des fourrés hirsute et griffée, avec une légère appréhension, accrue par celle de ne pas retrouver son chariot de prospectus abandonné de l'autre côté. Elle ne s'était pas enfoncée bien loin, découragée par les remparts aux bois sombres et austères hérissés au cœur de l'hiver. Tout juste avait-elle entrevu au fond d'une trouée la possibilité d'une plage sur la grève dénudée. Alors que de retour côté ville elle retirait les épines du dos de ses mains, l'adage de sa vieille amie lui était revenu. *Plus ça pique, plus c'est beau.* Simona aussi aurait apprécié la grâce hostile de cette enclave ensauvagée au cœur de la ville.

La fois suivante, un après-midi après qu'elle eut fini de distribuer, Johanne traversa la lisière en passe-muraille, puis traça son chemin vers la berge, un bras protégé par un carton en bouclier, l'autre maniant le bâton pour repousser les ronces. Parvenue au bout de l'étroit tunnel, essoufflée, les cheveux en pagaille, il lui sembla avoir atteint le bord du monde. Deux mouettes prirent leur envol en criant leur indignation.

La plage existait bel et bien, huit mètres de long sur trois de large à marée haute. Plantée droit sur le sable, Johanne n'avait jamais été aussi proche de la Garonne qui courait à trente centimètres sous ses pieds. À aucun autre endroit de la ville on n'était si près de la toucher. Elle ne s'y aviserait pas. Les eaux opaques chargées d'argile et du sel de l'estuaire tourbillonnaient, la violence du courant était stupéfiante. Pendant de longues minutes, Johanne observa le passage de l'eau en spirales hypnotiques et laissa une part d'elle-même s'y enfoncer et disparaître. Ce ne fut pas tant à l'impulsion de s'y jeter qu'elle résista qu'à l'envie de s'y dissoudre mentalement, aspirée par un de ses petits vortex mouvants, de goûter la matière de cette eau épaisse et limoneuse, primitive, peut-être un peu de toucher le fond. Quelque chose tressaillit dans les replis engourdis de sa mémoire alors qu'une forme fugitive traversa le côté gauche de son champ visuel. Elle tourna la tête juste à temps pour apercevoir le corps et la queue encroûtés de terre d'un ragondin filer dans les taillis. Baissant le regard, elle découvrit ses pieds enfoncés de cinq bons centimètres dans le sable et, tandis qu'elle s'en extrayait, observa l'eau remonter à la surface pour emplir ses empreintes, puis les absorber.

L'ombre d'une mouette tournoya au-dessus d'elle dans un va-et-vient haché par le staccato de son cri rauque.

Johanne se souvint comment enfants, Lili et elle, lors de dimanches d'été passés à l'Océan, pariaient sur la durée que le ressac prendrait à effacer leurs traces. Elle trichait en pesant de tout son poids sur ses talons afin que les siennes survivent quelques secondes à celles de sa cadette.

Johanne s'assit plus haut sur le rivage. Peut-être pressentit-elle le déferlement des souvenirs noyés qui bientôt viendraient s'échouer en nombre, tels des déchets sur la grève de sa mémoire. Un froid vif la fit se relever, et c'est avec les pieds et le cul mouillés qu'elle retourna vers la civilisation.

Deux jours plus tard, à la veille de Noël, un matin où elle ne travaillait pas, Johanne décida d'emprunter le pont et traversa de nouveau la Garonne pour se rendre sur la rive droite. Le soleil blanc matinal peinait à réchauffer l'étroite rue familiale. Cette fois, le rideau métallique de la cordonnerie était ouvert. Une lampe éclairait l'établi et les mains d'un homme de soixante-dix ans. Tassé sur son siège au fond du local, il découpait du cuir. Elle guetta son profil familier depuis le trottoir et, en raison de son reflet sur la vitre, se vit en train de le considérer. À cause d'un imperceptible raidissement de son dos, elle devina qu'il avait senti sa présence, mais qu'il ne se retournerait pas. Sans perdre plus de temps, elle entra dans la boutique. Les lieux tombaient en désuétude. Si ce n'était la brillance du métal des trousseaux pendus aux crochets du coin clé minute et la modernité de la machine à les dupliquer rivée au comptoir, elle aurait conclu que l'artisan ne faisait plus qu'un usage personnel de son atelier. Quelques paires de chaussures démodées ne suffisaient pas à remplir les étagères et la poussière accumulée sur les vieux outils trahissait le manque d'activité du commerce.

Johanne s'approcha de son père. Il martelait de petits clous le talon d'un derby. Ses gestes étaient doux et précis. Elle resta debout devant une machine à coudre à pédalier. Elle en caressa la courroie du bout du doigt.

– Papa, prononça-t-elle doucement. Tu travailles même le dimanche...

La main du père, ridée et variqueuse, dérapa. Ses doigts tremblèrent en attrapant une pointe dans la boîte. Il évitait son regard.

– Le travail est une mince consolation...

Johanne tressaillit en reconnaissant cette voix qui ne s'était plus adressée à elle depuis si longtemps, pas même au téléphone. Chaude dans le timbre, froide dans l'intonation, une vraie douche écossaise. Elle s'appuya un peu plus au rebord de la table de l'antique Singer. Sa phrase sonnait aussi faux que s'il s'était entraîné à la dire. *Alors, quoi ? Après six ans de mutisme, c'était là la seule stratégie qu'il avait choisie : la mesquinerie des reproches et des sous-entendus ?* Elle encaissa sans broncher, elle aussi s'était préparée. Il glissa un embauchoir dans la chaussure d'homme surannée, un modèle à l'italienne. Il en lissa le cuir fauve pour qu'il épouse la forme. Puis il laça serré les cordons par-dessus. Ses gestes qui émouvaient tant Johanne enfant l'agacèrent. Il rompit le silence.

– Pourquoi tu es revenue ?

– Quoi, pourquoi ? Tu ne parles pas avec Ida ? Où voulais-tu que j'aille ?

Piqué par le sarcasme, le vieil homme redressa ses épaules. Autant de poids vint alourdir celles de Johanne. Son père avait maigri et s'était racorni, lui aussi avait dégusté. Mais il portait encore beau la mèche de ses cheveux mi-longs argentés négligemment rejetée en arrière.

– J'ai besoin d'aide. Juste une adresse pour assurer ma conditionnelle.

Le père abandonna son activité.

– Je ne peux pas... Je ne veux pas te revoir. Pas après ce que tu as fait. C'est au-dessus de mes forces.

La tête basse, Johanne fit tourner la roue de la machine à double entraînement. L'aiguille monta, descendit, menaça de percer son cœur gonflé à bloc.

– C'était un accident, papa. On avait trop bu.

– Tais-toi ! Comment peux-tu dire ça ? Tu l'as reconnu toi-même au procès.

Il se décida enfin à lever les yeux. Son regard délavé flotta autour d'elle et revint se fixer sur la chaussure qu'il avait gardée en main.

– Et le témoin, tu en fais quoi du grutier ? Tu as fui, tu ne l'as même pas secourue... ta propre sœur !

Johanne était sidérée. Il n'avait pas lu ses lettres, il avait rejeté toutes ses tentatives d'approche, refusé de lui parler, pour tout conserver intact dans le fiel des années.

– Je me suis sentie coupable, mais j'ai jamais voulu la tuer. C'était un accident ! J'adorais Lili tout autant que toi.

Quelque chose se fissura en Johanne qui raffermit son père. Il se leva.

– Non, jamais de la vie, tu mens ! Tu étais aux commandes, tu l'as voulu cet « accident », puisque c'est comme ça que tu t'entêtes à l'appeler.

Il se campa face à elle et la regarda droit dans les yeux. Sa haine était entière, à peine voilée de son mépris.

– Comment peut-on laisser crever quelqu'un qu'on aime ?

Depuis déjà quelques jours sa mémoire lui fredonnait des bouts d'histoires sur un air désaccordé. Choc, freins, pieds, double pédalier, tout se mélangeait. Face à lui, elle pouvait enfin formuler la question : qui conduisait cette nuit-là ? Venait-il de prononcer le mot ? *Criminelle.*

– Lili était pleine de vie, magnifique. Tu ne l'as jamais supporté !

– Quoi ? Qu'est-ce que tu racontes ?

L'assurance du vieil homme était plus virile que paternelle, mais il ne soutint pas longtemps son regard et se retrancha derrière son comptoir. Elle avait saisi la récrimination tout autant qu'elle n'oubliait pas qu'il avait entretenu la rivalité entre Lili et elle, donnant à l'une tout son amour, entier, démesuré, embarrassant même, pour laisser l'autre se cogner au vide. Elle ne savait plus ce qu'il s'était passé durant cette nuit tragique, si ce n'est qu'elle était responsable de la mort de sa sœur et qu'elle en portait depuis le fardeau. *N'en finirait-elle jamais de payer ?* Il revint se placer devant elle et lui tendit une enveloppe remplie de billets.

– Tiens, prends ça ! murmura-t-il. Et va-t'en !

Ce fut aussi cinglant qu'une gifle. Il n'allait pas la priver de ces retrouvailles, pas aussi facilement. Bien sûr, il savait ne pouvoir y échapper, alors il avait tout préparé et ça devait se jouer selon son script. Elle n'était qu'un personnage à qui on attribuait un rôle. Surgie de la bonde du néant pour mieux y retourner. Pendant une à deux secondes, elle prit conscience de ce qui allait suivre sans pouvoir le refréner. Il avait gagné. Ils le surent tous deux quand elle s'empara du marteau et l'éleva dans l'air. *Criminelle.* Elle allait abattre son arme pour écraser son mépris comme un clou. Il avait déjà rentré la tête dans ses épaules. Elle ne vit plus que la crainte dans l'attitude de cet homme âgé si affaibli, en oublia qu'il était son père. Elle se détourna et balança l'outil dans la vitrine. L'espace d'un instant qui la hanterait à jamais, elle l'en avait menacé. Derrière, le verre explosa et se fracassa dans la rue alors que deux passants s'écartaient d'un bond.

Tremblant et livide, le père menaça d'appeler les flics. Ida apparut alors dans le cadre de la devanture mise à nu. Elle se précipita vers lui après avoir jeté un coup d'œil affolé à Johanne.

– Mais qu'est-ce qui s'est passé ? Qu'est-ce que tu as fait, Jo ?

Le père avait porté une main à son cœur et suppliait sa femme en silence. Johanne se saisit de l'enveloppe sans plus un regard pour eux deux.

– Tu as tout fait pour que je revienne ici, Ida. Moi, je voulais pas. Pourquoi ? hurla-t-elle. Pourquoi m'infliger ça ?

Quand elle jaillit de la cordonnerie, un voisin resté en retrait pour l'observer la reconnut. En passant devant lui, elle ne put réprimer un mouvement agressif, juste pour le faire reculer.

– Aaaaahhh !

Quand elle rentra au foyer pour femmes, Johanne trouva les portes closes. Il n'était pas si tard et, sur le moment, elle se demanda s'ils savaient déjà et lui en interdisaient l'accès. En collant son visage à la double porte vitrée, elle aperçut une dizaine de femmes et leurs enfants cachés au fond du couloir. L'index sur la bouche, Zarrin lui fit signe de se taire, puis un autre vers l'extérieur. Johanne se retourna juste à temps pour parer un type nerveux d'une trentaine d'années. Il s'avançait vers elle en bloquant toute issue autre que celle qui menait dans le bâtiment. Il s'agissait d'un de ces maris vicieux qui traînaient autour du refuge dans l'attente d'un moment d'inattention.

– Qu'est-ce que vous voulez, vous ?

Johanne avait aboyé. L'homme hésita à faire un pas de plus vers cette femme dont la rage émettait des signaux survoltés. Il opta pour une autre tactique et tenta de l'amadouer.

– Vous aussi, vous habitez là ? Avec vos enfants ?

Il se rapprocha de la porte, le regard en biais forant déjà la pénombre du couloir. Johanne retint son souffle.

– Ils veulent pas comprendre, mais j'ai pas vu mes gamines depuis trois semaines...

Quand il tourna vers elle son œil torve, il comprit trop tard qu'il avait dépassé son seuil de tolérance et n'aurait aucun ascendant sur elle. Johanne l'attrapa par les pans de sa veste et le repoussa avec brutalité dans la rue.

– Fous le camp, connard. Dégage !

Il n'eut pas le temps de se redresser pour en découdre, la furie dévala les trois marches pour lui balancer son sac à dos en pleine poire. Un objet lourd et dur l'étourdit, l'embout métallique d'une sangle lui fouetta l'arcade sourcilière. Tout aussi surpris que blessé, il ravala sa fierté et détala avant de subir le déchaînement de violence dont il sentit cette chienne capable. Quand il se retourna au coin de la rue, Johanne l'avait poursuivi sur quelques mètres et s'était arrêtée comme retenue par sa laisse.

– Criminel ! cria-t-elle.

Plus tard, fraîchement douchée, Johanne était assise à califourchon sur une chaise dans l'intimité de leur chambre tandis que Zarrin, debout derrière elle, lui pétrissait les trapèzes pour la délester de ses tensions. Peut-être imaginait-elle ainsi la récompenser au nom de toutes pour son acte de bravoure.

Une demi-heure auparavant, la jeune réfugiée l'avait fait entrer par une issue de secours. Son sac à dos empestait le gin qui s'échappait de la bouteille brisée, celle qui avait assommé le type et dégoulinait depuis sur le bas de son dos et l'arrière de ses jambes. Elle venait d'acheter son premier litre d'alcool, elle n'en boirait pas une seule goutte. *Ce connard l'avait sauvée.* Elle s'était refusée à croiser les regards mi-perplexes mi-impressionnés des femmes réunies dans le couloir qu'elle avait dû traverser. Mais elle n'avait pu échapper à celui chargé d'incompréhension des deux petites filles qui l'avaient vue battre leur père.

Le contact des mains énergiques de Zarrin sur sa nuque la bouleversa, puis l'apaisa. La jeune femme l'invita à s'allonger sur son lit et la couvrit d'une étole de laine multicolore. Johanne s'assoupit et Lili vint remplacer l'Afghane à son chevet dans un doux rêve de complicité.

Elles couraient pieds nus et en maillot de bain sur une plage qui, peu à peu, se remplissait de sombres silhouettes. Elles slalomaient entre les gens emmitouflés dans leurs manteaux d'hiver et se poursuivaient en riant sans relâche comme si elles étaient seules à vivre le miracle de la saison estivale. Au moment où tout le monde se levait pour s'effrayer de cette vague immense qui gonflait à l'approche du rivage, celui où le rêve partait en vrille, une main secoua Johanne pour la réveiller.

– Debout ! Allez ! *We have to do,* lui rappela Zarrin avec son curieux accent syncopé.

Elle avait dormi plus de deux heures. La jeune femme avait passé en machine ses vêtements et son sac imbibés d'alcool. Ils séchaient étendus sur la chaise et les têtes de lit.

Ses affaires retirées du sac à dos avaient été réunies dans une poche en plastique. Johanne y retrouva ses documents et l'enveloppe paternelle avec la liasse de billets de cinquante.

Le CHRS garda ses portes fermées tout l'après-midi par mesure de précaution et des vigiles furent appelés en renfort en prévision du réveillon et de son lendemain. Ils le faisaient chaque année depuis qu'il avait ouvert, précisa une éducatrice à Johanne. Noël n'était pas un jour faste pour les familles déchirées. En attendant, à l'abri provisoire des menaces du monde extérieur, les femmes partagèrent un repas. Il rappela à Johanne les traditionnelles veillées de fin d'année en détention à la différence que, ce soir-là, la tristesse fut chassée par les rires des enfants qui déballaient leurs cadeaux.

8

De la rue remontait le vacarme des poubelles entrechoquées par les éboueurs et des coups d'avertisseur compulsifs des conducteurs à la traîne.

Johanne était arrivée en avance dans les bureaux du SPIP et s'impatientait dans le couloir en proie à une double appréhension. Elle serait bientôt sans domicile fixe et ne remplirait plus un des préalables de son aménagement de peine. Mais elle redoutait surtout les conséquences de son accès de violence dans la cordonnerie quelques jours auparavant. Elle n'avait cessé d'y penser et craignait que son père eût porté plainte – une peur sans doute irraisonnée. Après tout personne n'était venu la chercher au centre d'hébergement d'urgence.

Un deuxième client attendait dans les services. Il la reluquait alors qu'elle tournait entre les cloisons punaisées de campagnes préventives. Elle finit par s'asseoir sur l'unique siège disponible en face de lui et fit semblant de ne pas voir le bracelet électronique à moitié découvert par le bas de son jogging. Les petits yeux porcins et avides de son vis-à-vis la mirent très vite mal à l'aise. Ils fouissaient les plis de son pull pourtant large en quête du moindre creux ou relief où décharger un peu de leur frustration. Le mec sentait fort et elle crut l'entendre grogner. Johanne se leva et vint se plaquer contre le mur plus loin. Il se tordit le cou pour la mater, puis y renonça. Elle lut une affiche de communication contre la récidive pour se donner une contenance. Mais les chiffres et les caractères flous dansèrent à la surface de ses rétines. Toute son attention était mobilisée par l'angoisse de revoir les quatre murs de sa cellule. Son aménagement de peine pouvait disparaître sur un claquement de doigts. Une simple pression des mains de la justice suffirait à la faire de nouveau basculer de l'autre côté.

Une fois assise dans le bureau du conseiller, contrainte de révéler que son père ne voulait pas la voir, elle fut en partie rassurée par son absence de réaction. Il ne savait rien de ses débordements et ne lui posa aucune question sur les raisons de ce refus. Il était davantage préoccupé par le fait qu'elle devait trouver un logement et qu'en dehors de la liste de rares adresses qu'il pouvait lui communiquer, il n'avait aucune marge de manœuvre pour l'accompagner. Johanne n'avait toujours pas accès à son compte bancaire ni de garanties suffisantes pour se porter caution. Les démarches auprès de son établissement financier étaient en cours, lui confirma-t-il. Avec une pointe d'espoir, elle le questionna sur une alternative qu'elle n'avait pas écartée : *Et la ferme horticole dans les Landes ? Est-ce qu'elle pourrait y aller ?* Non, puisqu'elle était déjà dehors, elle n'était plus prioritaire. À lui de reconnaître l'absurdité de la situation et les limites de sa mission. Le travailleur social avait l'air sincère. À force de le scruter, Johanne nota même que les valises sous ses yeux gris semblaient s'alourdir à chaque réponse négative qu'il lui faisait. Elle était déçue et ne s'en cachait pas. Il l'invita à se tranquilliser. Elle agitait son pied depuis le début de l'entretien et le mouvement nerveux de sa jambe se répercutait au bureau. Ils décidèrent ensemble de se revoir dans moins d'une semaine afin qu'elle lui apprenne où elle en serait de ses recherches.

En sortant du discret bâtiment des services de probation, Johanne ne sut plus si la gentillesse était venue pallier l'impuissance du bonhomme ou s'il s'était défaussé de ses obligations. Son encouragement n'était ni plus ni moins qu'une injonction judiciaire poliment déguisée, sans recours à la menace. *Comment allait-elle s'y prendre pour trouver un logement si vite ? Avait-elle une seule chance d'y parvenir ?* Vertige. Le panneau coulissant de sa conditionnelle pourrait bien valdinguer et se muer en chausse-trappe.

La sortie inopinée du type placé sous surveillance électronique lui fit accélérer le pas et bifurquer dans la première rue qui se présentait.

Plus loin, dans un quartier commerçant de l'hypercentre, Johanne pénétra dans la boutique d'un opérateur téléphonique. Reformulant la même demande que son chef à Distreet, son conseiller lui avait suggéré de s'équiper d'un portable. Il pourrait la joindre à tout moment pour lui faire part des avancées de son dossier. Là encore une tournure habile.

Le langage technique du vendeur lui demanda de gros efforts alors que lui n'en faisait aucun. La discussion se resserra vite sur un monologue incohérent qui la renvoya une fois de plus à son statut d'inadaptée. Il l'engagea à parcourir toute la longueur du showroom alors qu'elle avait identifié sa demande et la noya sous le vocabulaire et les anglicismes vaseux d'un high-tech commercial. Il lui vanta la puissance de charge et la certification IP68, préconisa pour elle d'abord un smartphone à grande dalle tactile avec deux millions de pixels puis, quand il remarqua enfin le billet de cinquante euros que Johanne avait sorti de son enveloppe, il se tourna vers un basique cellulaire à grosses touches conçu par une marque spécialisée dans l'équipement des seniors et des malvoyants. *Seulement si elle consentait à en aligner un deuxième*, signifiait son air dégoûté. Au bout du compte, Johanne renonça à s'acheter un quelconque appareil même reconditionné et sortit bredouille du magasin au bout d'une demi-heure qui lui avait pompé les batteries pour de bon.

Elle s'était réfugiée dans un snack voisin. Installée sur une banquette derrière la baie vitrée, elle commanda l'assiette spéciale de la maison. Il était encore tôt pour déjeuner, elle était la seule cliente de la minuscule gargote. La serveuse qui était aussi la cuisinière l'invita à patienter en la mettant à l'aise. De retour au comptoir, elle lança sa playlist et ce simple clic eut sur Johanne l'effet d'un coup de baguette magique. Les souvenirs stressants de sa matinée fondirent au fur et à mesure que coulait la voix chaude et enrouée d'une chanteuse de jazz flamenca. Elle n'avait jamais rien entendu de pareil. Son timbre sensuel diluait les pigments colorés de rythmes afro-cubains que contrait un piano clair légèrement dissonant. *Yo creo en mi/Y en mi manera de decir. En lo que digo/Yo creo en mí, en tí, en mí/A mi manera...*

Calée derrière l'écran carré de la vitrine, elle sirota son soda aux agrumes en contemplant les passants. Depuis qu'elle était sortie de prison, elle avait passé davantage de temps à se prémunir du regard des autres qu'à les observer. L'exposition plein sud de l'échoppe la rendait invisible aux regards extérieurs, il était temps d'inverser le mouvement. Elle mit à profit cette séquence de cinéma vérité sur un échantillon de vie sociale dont elle avait été bannie pendant plus de six ans et se reput un moment du défilé qui s'offrait à elle en attendant sa commande. L'occasion se présentait de faire un point sur les tendances vestimentaires et comportementales : l'idée de se mettre à jour à moindres frais la fit sourire. Elle n'aurait su dire si c'était une illusion qui découlait de sa longue absence de ce côté-ci de la vie ou le simple effet de la densité et de l'opulence d'un centre-ville – après tout, les cercles où elle évoluait depuis des semaines la cantonnaient à une périphérie paupérisée –, mais elle trouva la combinaison des gens infiniment diverse et variée. Il lui sembla qu'ils étaient plus libres de se mouvoir, de s'habiller et de s'aimer. Ils affirmaient davantage leurs goûts et leurs singularités. Elle se sentit fade à côté. Bien qu'elle n'ait jamais été vraiment portée sur la mode, elle suivit du regard les personnes les plus élégantes, détailla l'ampleur et la coupe des manteaux, des chevelures, se raconta que certains semblaient avancer dans la vie comme on ouvre un cadeau, avec l'assurance de voir leur désir exaucé. Ce n'était pas tant du ressentiment ou de l'envie qu'une brèche qui s'ouvrait dans sa conscience d'elle-même et cédait du terrain à l'existence des autres. Ses pensées vagabondèrent au rythme des pas de tous ces inconnus qui brassaient et balayaient dans un sens ou dans l'autre ses associations d'idées, pour la ramener à sa solitude et, bien qu'elle ne se l'avouât pas encore tout à fait, à cet auto-apitoiement si familier.

La chanteuse qui puisait à présent dans la soul délaya le soupçon de son humeur maussade en un lavis de tons chauds. La serveuse avait remarqué l'intérêt de sa cliente pour sa musique et monta le son.

– C'est beau, hein ? haussa-t-elle la voix depuis le bar.

Johanne regarda mieux la femme qui lui parlait et comprit qu'elle aussi avait des origines hispaniques ou peut-être sud-américaines, mais elle ne se sentait pas de taille à engager cette conversation. L'autre regagna ses fourneaux.

Bientôt, une odeur réconfortante d'oignons frits s'échappa de la cuisine. Elle porta la main à son cou et à ce joli petit pendentif en lapis-lazuli que lui avait offert Zarrin à Noël, après qu'elles eurent déambulé ensemble tout au long de ce maudit jour férié.

– La pierre du troisième œil, lui avait assuré la jeune femme en tapotant le point entre ses deux sourcils.

Et elle le lui avait glissé dans la paume.

– Pour toi ma sœur, *Khôr*, avait-elle ajouté et traduit du pachto.

Zarrin lui avait confié que ce discret bijou l'avait accompagnée tout au long de sa route migratoire depuis son départ précipité de ses montagnes à l'Est où sévissaient les talibans avant de prendre le pouvoir. Elle était partie avec sa famille vers Kaboul trois ans auparavant, puis seule, s'était jointe à d'autres pour augmenter ses chances de survie. Le voyage avait duré plusieurs mois. Johanne n'avait pas tout compris, la langue de sa nouvelle amie et sa pudeur l'avaient tenue à l'écart des détails les plus éprouvants. Elle n'était pas très calée en géographie, mais il lui semblait avoir toujours entendu parler de ce territoire altier et lointain, l'Afghanistan, comme d'un pays en guerre. En détention, elle avait dû voir un reportage sur le régime de la terreur pratiqué là-bas. Il y avait gros à parier que la jeune femme de vingt-cinq ans avait beaucoup sacrifié pour quitter les siens et parvenir saine et sauve en France. Une survivante, elle aussi.

Où es-tu, sœur d'infortune ? pensa fort Johanne.

Quand elle était revenue du travail le soir du 26 décembre, elle avait découvert la chambre vide et compris que sa nouvelle amie avait quitté le centre d'hébergement. L'éducatrice lui avait confirmé que Zarrin avait reçu la veille de Noël son OQTF – l'implacable décision préfectorale signifiant l'obligation de quitter le territoire. Elle était retournée dans la clandestinité de la rue le jour même. L'offrande d'un bleu intense et lumineux qu'elle caressait du bout des doigts était son cadeau d'adieu. Elle-même n'avait pas eu le temps de lui faire un présent. Y avait-elle seulement pensé ?

– Attention, chaud devant !

L'effluve épicé des tacos débordant de viande hachée et de haricots rouges nappés de sauce dissipa la tristesse. Son estomac grogna tandis que la salive affluait sur ses papilles ressuscitées. Elle attaqua sa « Big Mex » avec les doigts et un appétit féroce.

Quand elle sortit requinquée du restaurant, elle hâta le pas. En faisant un petit détour sur le chemin de son travail, elle pourrait visiter une première adresse de la liste que lui avait fournie le CPIP. Elle marcha plus longtemps que prévu et parvint essoufflée en bas de ce qui ressemblait, au vu des va-et-vient frénétiques, à une résidence étudiante. Elle s'engagea dans le hall jusqu'à un comptoir déserté au-dessus duquel était vissée une pancarte poussiéreuse : « Complet pour l'année en cours ».

Elle avait vingt minutes de retard sur son horaire d'embauche quand elle franchit la grille de l'entrepôt. Elle crut naïvement que c'était la raison pour laquelle Hugo, le livreur à qui elle avait donné cric en main son premier cours de mécanique, traçait vers elle quand il la vit. Il avait l'air de fomenter un plan et par la suite elle se demanda pourquoi elle avait d'abord pensé à une vilaine blague de sa part. Sur le moment, en regardant autour d'elle, elle comprit que l'ambiance au travail était bien trop tendue pour que son retard insignifiant en soit la cause. Hugo était sur le qui-vive, il l'attira à l'écart des autres.

– Les schmitts sont là.

Johanne se raidit. Hugo savait qu'elle savait et vice-versa. Ils n'avaient bien sûr jamais évoqué la fois où elle l'avait surpris en train d'ouvrir des paquets derrière le hangar. Elle fouillait un tas de ferrailles jetées là quand elle l'avait découvert accroupi derrière. Il était en train de retirer des objets d'un colis qu'il avait rescotché. Débusqué, il avait tourné la tête vers elle, mais elle s'était remise en quête d'une tige métallique pour bloquer la roue voilée de son cabas à provisions. Lui-même ne lui avait pas redemandé pourquoi elle ne travaillait plus dans une auto-école. Elle le soupçonnait de s'être informé de son interdiction de conduire auprès de leur responsable à tous deux, Kamel. Et ce dernier d'avoir trahi son secret.

Aussi crut-elle que Hugo venait alerter la détenue en sursis qu'elle était. La police était dans les locaux. Elle avait toutes les raisons de s'affoler, c'en était fini de sa liberté. Ses traits se figèrent sous sa peau glacée. L'un ou l'autre des deux hommes qu'elle avait agressés, son père ou cet autre abruti qu'elle avait cogné, avait porté plainte. Peut-être bien même les deux. Elle se vit de nouveau menottée et sentit le courant d'air de la trappe qui s'ouvrait sous ses pieds. Hugo était en train de lui saisir le bras et de tirer dessus.

– Hé, tu m'écoutes ? C'est important !

Il lui parlait en accéléré et peu à peu elle comprit que c'est pour lui qu'il flippait. Kamel s'était rendu compte de vols au service des livraisons et la direction avait porté plainte. Les flics étaient là pour l'enregistrer. Elle laissa échapper un soupir de soulagement.

– J'suis mal, faut que tu m'aides. Y a que toi qui peux le faire !

Hugo se lança dans une explication alambiquée où il était question de récupérer pour lui du matos volé qu'il avait caché dans un placard de son service.

– Toi, tu seras pas inquiétée, tu travailles pas aux livraisons. Et avec ton chariot, tu peux me les sortir.

– Non, non. Impossible.

Il eut beau agiter ses bouclettes et déployer tout son talent pour la convaincre, elle refusa avec fermeté. Elle était même estomaquée qu'il osât lui demander un tel service. Comment avait-il pu, ne serait-ce qu'imaginer, qu'elle risquerait sa conditionnelle pour lui alors qu'elle le connaissait à peine ? Il insistait.

– Putain, mais tu imagines quoi, Hugo ? Je vais pas retomber pour toi. Chacun sa merde...

Hugo resta interdit.

– T'as fait de la taule, toi ? venait-il de comprendre un peu trop fort.

Elle lui tourna le dos et s'éloigna du danger immédiat qu'il représentait.

La suite de l'après-midi fut un tourbillon de petits évènements qui eurent un écho plus ou moins conséquent dans sa vie. Elle en sortit le soir étourdie, pas tout à fait indemne. Ni plus jamais la même.

9

De l'autre côté du fleuve, direction sud-est, une douzaine de grues roulaient leurs grands bras métalliques de gauche à droite dans un ballet monotone. Johanne les avait comptées. Le chantier était gigantesque. Il faisait émerger des terres alluviales de fastueux complexes résidentiels.

Quand il se mit à pleuvoir des cordes, elle se replia à la lisière du bosquet.

Dès le début de sa tournée, elle avait éprouvé le besoin de venir sur l'île ressasser son humiliation. La présence des flics à Distreet, même si elle ne les avait pas croisés, avait pelé ses nerfs à vif. Après l'avoir tournée en boucle dans sa tête, elle laissa fuir à voix haute la malheureuse phrase de Hugo.

– T'as fait de la taule, toi ?

Il ne l'aurait pas moins hérissée s'il l'avait insultée. Elle était persuadée qu'il avait crié et que tout le monde dans la cour l'avait entendu.

La plage avait gagné un peu de terrain sur le fleuve à marée basse. Johanne avait marché de long en large, puis s'était tournée vers l'autre rive pour accommoder ses yeux. À cet endroit, la Garonne atteignait jusqu'à cinq cents mètres de large et sa vue pouvait porter loin si elle en faisait l'effort. Les premières gouttes étaient tombées alors qu'elle retrouvait son calme. Lourdes, sombres. C'est en se retournant pour aller s'abriter qu'elle l'avait alors remarquée. Elle gisait là, sur le flanc, plantée pour moitié dans l'épaisseur de la boue du rivage découvert, cabossée, exposant à la vue et la pluie son arrière-train rouillé. L'épave. Johanne l'avait considérée sans s'approcher et reconnut au châssis le modèle d'un break. Quand elle avait de nouveau traversé le bois pour rejoindre la terre ferme, le caractère quasi obscène des essieux retroussés l'avait longtemps poursuivie.

Elle distribuait sa pub depuis deux heures. La pluie s'était transformée en fine bruine glacée. La vieille femme vint à sa rencontre sous son parapluie arc-en-ciel alors qu'elle glissait des prospectus dans la fente de sa boîte aux lettres. Elle se prépara à essuyer encore des remarques acerbes sur les retombées environnementales de son job. La mamie la surprit.

– Donnez, ça me fait de la lecture !

Elle avait l'air contente de la voir. Johanne lui tendit la liasse de dépliants.

– J'achète pas, mais j'aime bien feuilleter... ça m'occupe.

Elles se sourirent. Un petit coup de peps au moral alors que Johanne commençait à trouver sa tournée bien longue.

Une demi-heure plus tard, son chef Kamel vint la récupérer en invoquant une livraison dans le coin. Elle avait renoncé à marcher sous la pluie et patientait sous un abribus. C'était bien la première fois qu'elle le voyait sortir de son bureau. Il souleva le cabas à roulettes détrempé et le chargea à l'arrière de l'utilitaire tandis qu'elle restait debout près de la portière. Elle le regardait avec courroux.

– Vous me surveillez ?

Il haussa les épaules, puis d'un mouvement de tête l'engagea à grimper. Elle avait bouclé sa ceinture quand il redémarra.

– Hugo a disparu cet après-midi. Il n'a même pas prévenu ! C'est moi qui me tape son boulot.

Pendant qu'il conduisait, Johanne regardait la route que l'essuie-glace rendait par intervalles plus nette et lisse. Ils restaient silencieux. La circulation sur le boulevard était dense. Kamel conduisait sec, rétrogradant pour freiner, la main collée au levier de vitesse. De temps à autre, il observait Johanne en coin. Elle serrait fort la ceinture dans son poing.

– Vous êtes trempée. Je monte un peu le chauffage ?

– Ça va, on sera bientôt arrivés.

Il se pencha vers elle, fit pulser l'air chaud. Johanne tourna la tête vers sa vitre et se perdit dans la contemplation des quais. Eux aussi étaient en cours de réhabilitation dans cette partie de la ville. Des bureaux flambant neufs alternaient avec des clubs de nuit murés et condamnés. L'un d'eux, *Le bateau ivre*, avait résisté à la débâcle et tenait grand ouvertes ses portes avant l'heure tandis qu'un employé passait la serpillière. Le feu rouge les retenait. Elle croisa le regard froid d'une prostituée perchée sur un tabouret au comptoir où elle prenait son café. Elle avait posé un plaid sur le haut de ses jambes exposées au courant d'air, ses escarpins rouges à talons hauts comprimaient ses pieds. Johanne détourna les yeux et sentit aussitôt le regard de son chef sur elle tandis que le feu changeait de couleur.

– C'est vert, s'agaça-t-elle.

Il fit craquer la première, puis passa sans trêve de la seconde à la troisième.

– Et puis merde, cessez de malmener cette boîte de vitesses !

Ils n'étaient pas rentrés directement, Kamel avait cru bon faire un détour. La voiture de Distreet, garée en double file, bloquait en partie la chaussée d'un quartier résidentiel. Nerveuse, Johanne attendait à l'intérieur. Elle observait Kamel descendre la rue et sonner à la porte d'une échoppe.

Un coup de klaxon retentit, puis deux. Dans le rétroviseur central, les conducteurs s'impatientaient déjà. Devant, son chef parlait avec une femme qui était sortie de chez elle. Il n'avait pas l'air de se presser. Elle activa les feux de détresse. Ce fut le signal, les avertisseurs entamèrent un concert. Elle jeta des regards désespérés vers la maison, mais la discussion entre la femme et Kamel était si vive que ni l'un ni l'autre ne prêtait attention au vacarme. C'est le moment que choisit un conducteur à bout de nerfs pour venir toquer à sa vitre et lui faire signe de dégager. Johanne verrouilla sa portière. Le type s'emballa et l'accabla d'injures. Elle regarda les clés pendre au contact de la voiture, puis à nouveau son chef qui serrait à présent une gamine dans ses bras. Le type frappa la toiture de son poing. Alors elle se glissa derrière le volant après six années sans conduire.

Sa main trembla sur le contact, sa jambe aussi sur l'embrayage. Elle réunit tout son courage et démarra sans caler. Il n'y avait aucune place à proximité. Les mains crispées sur le volant, elle dut s'engager jusqu'au stop au bout de la rue. Derrière, le chauffard qui l'avait incendiée jouait avec l'accélérateur. *Pauvre mec.* Elle lui fit un doigt dans le rétro. Il fit vrombir son moteur. Mais Johanne resta bloquée au stop et se mit à suivre des yeux le mouvement régulier du bras de l'essuie-glace. Il crissait sur le parebrise à présent sec et le raclait à chacun de ses retours. Gauche, droite, gauche, droite, gauche. Ping ! Un léger choc la projeta vers l'avant.

Le gars derrière avait joué du parechoc. Il reculait à nouveau d'un mètre pour mieux recommencer. Avant même la collision, la série de flashes court-circuita la conscience de Johanne et un tonneau d'images *cut* roula devant ses yeux hypnotisés.

À gauche, des pieds chaussés de boots malmènent la pédale de frein.

À droite, les siens appuient sur l'accélérateur.

Gauche, un pied sur le frein pompe dans le vide.

Droite, boots au plancher.

Ce fut bref, tumultueux. Les bribes d'un duel engagé autour du double pédalier de l'auto-école. *Qui conduisait ? À quelle place ? Y avait-il eu changement de conductrice ?*

Pong ! Le type avait recommencé et lui était rentré dedans un peu fort. Malgré le frein à main, la voiture rua d'un demi-mètre et mordit la ligne blanche du stop. Johanne sortit du véhicule utilitaire et le laissa en plan, portière ouverte, moteur allumé. Ce tintamarre autour d'elle l'agressait. Appuyée des deux mains à la carrosserie, elle finit par ne plus rien distinguer. Elle avait si mal à la tête, elle suffoquait. Et puis, tout s'assombrit.

– Qu'est-ce qui s'est passé ?

Kamel l'avait guidée en toute hâte vers la place du passager. Il reprit le volant. Au bout d'un long silence durant lequel Johanne s'était ressaisie, il posa de nouveau la question.

– M'emmerdez pas. J'ai pas conduit depuis des années.

– Combien ?

– Vous le savez très bien. Vous savez aussi que je n'ai pas le droit de le faire. Vous êtes conscient des risques que vous m'avez fait prendre ? avait-elle crié sur la fin, la voix tremblante.

Prudent, Kamel réfléchit avant de répondre, de l'irritation dans la voix.

– Oui, je sais que vous êtes en liberté conditionnelle et que vous n'avez pas le droit de conduire. Désolé, j'ai pas fait attention. Mais non, je ne sais pas combien de temps vous avez passé en prison ni ce que vous avez fait pour y aller ! Moi aussi, j'ai mes problèmes.

Comme elle le regardait, il se crut encouragé.

– J'ai divorcé il y a un an et tous les mois, c'est la même histoire. Je lui apporte son chèque et c'est tout. Je peux à peine voir la petite, je suis juste bon à filer du pognon...

Johanne s'en foutait. En lutte avec elle-même, elle sentit la lame monter des tréfonds et menacer de lui retourner l'estomac. Quand Kamel changea de nouveau de vitesse, elle serra son bras pour qu'il s'arrête sur le bas-côté et n'eut que le temps d'ouvrir la porte avant de vomir dans le caniveau.

Plus tard, quand ils se garèrent sur le parking de la société, ils étaient attendus. Un des policiers voulut s'entretenir avec Kamel de l'enquête de routine sur les vols. Ida vint droit sur Johanne, le visage tiraillé par la contrariété.

– C'est ton père, Jo. Il a fait un malaise cardiaque, il n'est pas très vaillant.

– Quand ça ?

Ida hésita à répondre.

– Quand tu es partie l'autre jour. On a passé Noël à l'hôpital.

Tendue à l'extrême, Johanne accusa la portée de cette information. Elle sortit son chariot du coffre de l'utilitaire.

– Tu viendras le voir ?

– Non.

Elle empoigna son caddie et partit vers le hangar.

Elle était rentrée au CHRS pour se changer et n'avait pas supporté qu'on lui ait déjà trouvé une nouvelle voisine de chambre. Elle avait à peine répondu à la femme usée qui s'était présentée à elle, n'avait retenu ni son prénom ni même la couleur de ses cheveux. L'autre semblait avoir roulé sa bosse et n'y accorda pas d'importance. Son regard déchu parlait pour elle : on arrivait ici avec sa solitude, avec on y restait, puis repartait.

Johanne était ressortie aussi sec et avait marché au hasard une bonne partie de la soirée. À deux reprises, elle avait réfréné son envie d'entrer dans un bar et d'y commander à boire. Elle s'était sentie suivie. Des pas, une senteur fleurie. Une femme, s'était-elle imaginée. Elle tint bon, y compris quand elle eut froid et qu'il fut trop tard pour regagner le foyer qui fermait ses portes à 22 h 30. Un vrai pensionnat, elle n'était pas autorisée à découcher. Elle avait laissé passer l'heure et se retrouvait dehors.

Elle craqua un nouveau billet de son père quand elle négocia une nuitée dans un petit hôtel du quartier de la gare. La chambre était basique. Une table, un lit simple, un lavabo et une tringle pour seul mobilier. La salle de bains commune était au bout du couloir. Elle se prit à rêver d'en trouver une pareille plus durablement. Une chambre à elle. Elle surfa sur l'espoir de dénicher vite un tel lieu, puis sombra avec le doute qu'il reste hors de portée. Autour de minuit et demi, de toute évidence prise dans le guet-apens d'une insomnie, elle sortit prendre l'air encore une fois.

Elle revint moins d'une heure plus tard. Toujours sobre, mais elle était accompagnée.

Le ventre d'une femme pouvait-il être aussi dur qu'une roche et nier jusqu'à son creuset ? Ne plus jamais mollir ni palpiter ? Une pierre de lave éteinte ne rougeoyait plus sur le feu. Aucun homme ne l'avait pénétrée depuis presque sept ans. Johanne redoutait que son ventre se fende au premier coup de boutoir ou que l'homme s'y cogne et fracasse.

Assise sur le petit lit, elle regardait l'inconnu silencieux se déshabiller. Elle avait retiré ses vêtements la première, avec maladresse. Lui les pliait à la perfection sur le dossier de la chaise. Elle l'avait rencontré dans la rue juste en bas de l'hôtel. Il l'avait abordée sans détour et avait manifesté son désir de rapprochement par une allégation météorologique et un regard brûlant. Elle s'était d'abord éloignée, puis sur un coup de tête était revenue vers lui, prête à défier cette nuit trop froide. Il lui avait emboîté le pas.

À présent, elle détaillait chaque partie de ce corps masculin sec et musclé. Avec les yeux, il lui plaisait. Mais avec le ventre, à vrai dire, elle n'en savait rien. Encore eût-il fallu que l'information retrouve le chemin pour descendre jusqu'à lui. Qu'il en traduise la langue, l'intention et qu'il y consente.

Nu, l'homme se tourna vers elle et lui tendit la main pour qu'elle s'approche. Il l'aida à retirer ses sous-vêtements, puis la caressa. Il avait la main douce côté paume et rugueuse sur la tranche. Un long frisson sur sa peau lui révéla que son ventre était toujours vivant. Il la parcourut depuis l'aisselle où l'homme avait glissé son index et frôlé la douceur vierge de la peau à cet endroit repliée, jusqu'en ses chairs électrisées plus bas, derrière le nombril. Quelque chose se mit à remuer de façon concentrique. D'abord dans un sens, puis dans l'autre. C'était tout léger. Un animal lové sur lui-même qui s'éveille après le dégel. Cellule après cellule, une contraction suivant l'autre. Au même rythme que la main qui descendait le long de son buste, englobait la rondeur d'un sein. L'homme lécha avec délicatesse l'espace sous le renflement, puis roula sur le téton tandis que les doigts se dirigeaient vers leur destination. La gêne de Johanne fondit sous leur habileté. La bête dans son ventre tout à fait éveillée se tortillait à présent sur le brasier qui menaçait l'immoler avant que l'inconnu la pénètre. Chamboulée, elle croisa son regard et sut qu'elle pouvait jouir là debout, tout de suite et sans partage. Ils recommenceraient après en accordant leurs rythmes.

Plus tard, tandis qu'en jouant avec l'emballage du préservatif, elle regardait son visiteur se rhabiller, elle eut envie de lui faire part de sa reconnaissance. Il lui avait confié les rênes de leur chevauchée, sans recours à d'encombrants bavardages. Elle avait à son tour senti palpiter dans sa main son sexe doux et chaud, l'avait guidé en elle et imprimé le rythme lent qu'il n'avait pas tenté de forcer avant qu'elle ne l'y encourage. Une promenade au trot plutôt qu'une cavalcade. Tout du long, ils s'étaient tenus debout. Un cri rauque lui avait échappé. Le plaisir avait été soutenu et intense.

Il fut prêt avant qu'elle ait pu dire un mot. Il se tourna vers elle et lui sourit une dernière fois. Il déposa quelques billets sur la table avant de refermer la porte derrière lui. Elle resta interdite, puis se leva pour regarder l'argent sans le toucher. Au bout d'une minute, elle se recoucha et coupa la lumière.

Le lendemain, en milieu de matinée, Johanne sortit d'une énième résidence hôtelière qui louait des studios au mois, trop chers. Elle n'avait plus beaucoup d'adresses sur sa liste déjà courte. Elle s'était levée tôt et les rayait au fur et à mesure. La plupart d'entre elles se trouvaient autour de la gare, à proximité de l'hôtel où elle avait dormi. La quadrature des quelques pâtés d'immeubles et terrains vagues jouxtant les voies de la SNCF, longtemps malfamée, avait elle aussi subi en dix ans les assauts d'un projet d'urbanisme colossal. Les encarts hauts et larges des collectivités territoriales assuraient que le quartier d'affaires ferait de la métropole « l'une des plus puissantes agglomérations d'Europe du XXIe siècle ». Johanne traversait ces parvis immenses de sa vie minuscule.

C'est en errant dans les rues et la partie plus ancienne du quartier en rénovation qu'elle aperçut l'étole de laine colorée familière disparaître au coin d'un chantier. Elle chercha longtemps Zarrin.

10

– Ils ont rien capté, répéta Cathy en riant.

C'est elle qui avait sauvé la mise à Hugo, elle qui avait « exfiltré » du fameux placard le matériel suspect le jour où la police était venue fouiner. Armée de son seul courage et d'un diable qu'elle avait réquisitionné sur son passage, elle avait franchi la ligne du service des livraisons, dissimulé le carton sous des piles d'imprimés, puis était repassée devant les flics en affichant cet air de ne pas y toucher qu'ils avaient par paresse prêté à une femme de son âge.

– Comme une lettre à la poste, plaisanta-t-elle.

Elle était si fière qu'elle ne cessait depuis de se rengorger de son succès.

– Mais quand même, t'aurais pu prévenir que c'était aussi lourd. J'ai cru que j'allais tout renverser sous leur nez !

La prudence avait restreint le cercle des initiés au premier concerné, Hugo, à Johanne, réconciliée pour la cause, et à deux autres personnes que la seule idée de faire la nique aux poulets réjouissait.

– Allez, y avait quoi dans le carton ? demanda à nouveau l'une d'eux.

– Des piles et des batteries, concéda enfin Hugo.

Cathy perdit son air bravache.

– Ah bon, c'est tout ? Et ça valait le coup ?

Quand ils s'étaient revus le jour suivant l'enregistrement de la plainte, Hugo et Johanne s'étaient évités. Cathy qui souhaitait peut-être élargir un peu le public de ses exploits avait interféré en faveur de Johanne. Elle n'avait rencontré aucune difficulté auprès de Hugo. Depuis qu'il avait compris que Johanne avait fait de la prison, le jeune homme lui prêtait le parcours fantasque d'une *Daronne*. Elle avait eu davantage « maille à partir » – une de ses expressions favorites qu'elle allouait à la lutte – avec sa collègue qui n'encaissait pas que son secret soit révélé. Johanne en voulait à Hugo d'avoir trahi sa conditionnelle, *il était trop con*, tout le monde avait pu l'entendre s'exclamer. L'ex-cégétiste qui réservait sa part la plus belliqueuse au patronat n'aimait rien tant que la concorde au sein de sa caste.

– Tu as tort Jo, je peux t'appeler Jo ?

Ça l'avait saisie, Johanne, qu'elle s'empare ainsi de son diminutif. À l'exception d'Ida, personne ne l'appelait plus ainsi. Elle n'avait pourtant rien dit.

– Personne ne sait. À part la direction et Kamel bien sûr, mais eux, ils n'ont pas à en parler, crois-moi, sinon on monte au créneau ! C'est Hugo qui me l'a dit et rien qu'à moi, parce que j'ai insisté et je lui ai promis : « Tu me dis ce qui te tracasse avec Johanne et je vais te le chercher ton paquet. »

Encore un peu méfiante, Johanne avait fini par céder. Cathy avait bon cœur et au fond elle l'aimait bien cette femme bavarde, toujours prête à défendre le plus faible. La retraitée avait aussi négocié avec elle.

– C'est pas un méchant Hugo, tu l'impressionnes, c'est tout. Si tu renoues avec lui, je me rencarde pour ta piaule. Je ne te promets rien, Jo, mais j'essaie !

Et c'est grâce à Cathy qui avait fait jouer son réseau d'entraide que Johanne avait enfin trouvé un domicile. Grâce à Cathy aussi qu'elle avait pu s'y installer les jours suivants. Il s'agissait d'une studette dans un hôtel meublé excentré, non loin de la rocade, à un quart d'heure de marche à peine de son travail : un endroit défraîchi, mais propre qui selon les étages accueillait des familles en difficulté ou des gens de passage fauchés et serait facilement validé par le SPIP. Le gérant – à moins que ce ne soit le réceptionniste, Johanne n'avait pas bien saisi – connaissait Cathy et lui était redevable. Il avait accepté de réduire la caution à trois cent cinquante euros et de reporter au mois suivant le versement du premier loyer. Un poids considérable avait glissé des épaules de Johanne.

– Tu paies ta bière ? avait suggéré Cathy en lui claquant la paume.

C'est comme ça qu'ils s'étaient retrouvés à boire un verre après le boulot au comptoir du Météor. Plusieurs d'entre eux semblaient avoir leurs habitudes dans le bistrot. Ils y prenaient parfois un café sur leur tournée ou s'y retrouvaient pour un canon en fin de journée. Quatre demis pour Cathy, Hugo et deux autres qui s'étaient greffés, une eau pétillante pour elle malgré les encouragements.

– Mieux vaut lever le coude que baisser les bras, avait tenté l'un d'eux.

Johanne n'avait pas cédé. La discussion avait tout de suite tourné autour de la consommation des uns et des autres en esquivant la sienne, puis l'effet appelant la cause, s'était axée sur les conditions de travail, l'inflation et l'art de garder la tête hors de l'eau – celle-là, on en buvait une tasse plus souvent qu'à l'envi. Enfin quelqu'un avait demandé ce que chacun avait fait pour Noël, Cathy évoqué ses deux petits-enfants, Hugo ses premières langoustines – décongelées pleines de flotte ! –, l'un des deux autres buveurs de bière balayé l'évènement d'un geste.

– Allez, bonne année ! avait coupé l'autre, pressée de trinquer.

– On tâchera d'en faire quelque chose, avait ajouté Cathy avec un clin d'œil pour sa voisine.

Johanne avait payé son coup.

Cadeau de l'entreprise, on leur avait offert à chacun un calendrier. La première date qu'elle y avait entourée était ce jour du mois de septembre où prendrait fin sa conditionnelle, celui de sa libération définitive. Une année commençait où elle était dehors, le moment était propice aux bonnes résolutions. Elle avait repoussé l'échéance depuis des jours.

Un matin de tout début janvier, Johanne rendit enfin visite à Ida pour prendre des nouvelles de son père. Sa tante et belle-mère lui apprit qu'il était alité et toujours très faible. Elle la devança dans le couloir au bout duquel il reposait. Johanne la retint.

– Laisse, je sais où c'est.

– Tu ne veux pas que je t'accompagne ? avait demandé Ida, contrariée.

– Ne t'inquiète pas, je veux juste le voir.

– Il dort beaucoup, il ne faut pas le fatiguer.

C'était plus facile parce qu'elle le dominait. Debout à son chevet, elle l'avait longtemps regardé. Il dormait, la tête inclinée vers la fenêtre aux volets entrouverts derrière un fin rideau tiré. Les angles saillants de son profil captaient la lumière grise que filtrait le voilage. Sa mâchoire inférieure bien dessinée dans cette posture paraissait contractée. Sa peau était tavelée de petites taches brun-rouge sur le haut de la pommette, lisse et blanche sur le front, là où la mèche de ses cheveux d'un blond argenté s'était retournée en un pli peu naturel. Dressée à rebours sur l'oreiller, alanguie, elle exposait au regard la brillance satinée de sa courbe. Johanne avait tout de suite eu envie de la repositionner, mais s'était abstenue. Elle se pencha vers lui.

– Tu dors ?

– Oui, il dort, murmura une voix derrière elle.

Ida n'avait pas pu s'empêcher de venir voir et se tenait sur le seuil de la chambre. Elle se faisait du mauvais sang. Johanne réalisa à quel point elle leur avait fait peur la dernière fois qu'elle les avait vus, ça lui mordit le cœur rien que d'y penser. Elle s'était comportée comme une furie. Elle avait remarqué en arrivant que la vitrine n'avait pas été réparée, le store métallique masquait son éclat de violence. Elle parvint malgré tout à afficher un air calme, car Ida s'éloigna et Johanne perçut bientôt la conversation d'une radio qu'elle avait branchée à l'autre bout du couloir dans la cuisine. Elle tira une chaise sans faire de bruit et s'assit tout près du lit.

Une carafe d'eau, un verre et des médicaments en tubes et tablettes étaient posés sur la table de chevet. Johanne retourna une des boîtes et l'ouvrit. Elle reconnut les comprimés bleus sécables de forme allongée. De la zopiclone, la molécule qui avait bercé sa détention. Là le dosage du somnifère était plus faible : 3,75 au lieu des 7,5 mg qu'elle s'envoyait chaque soir. Si son sommeil était aussi difficile aujourd'hui, c'était en partie parce qu'elle n'en était pas totalement sevrée. Il manquait deux comprimés dans la plaquette. L'idée qu'il était dangereux de donner des benzodiazépines à un cardiaque la traversa. *Les prenait-il déjà avant son malaise ? Avait-il lui aussi perdu le sommeil ?* Elle reposa la boîte.

La main droite de son père gisait sous ses yeux, toute bleue des hématomes des perfusions. Les articulations de ses doigts étaient gonflées et tordues, mais ses ongles aussi lisses et propres que s'ils avaient été manucurés. C'est en fixant cette main que Johanne commença à lui parler et se laissa peu à peu aller.

Sa rancœur fit place au désarroi, puis le sommeil de son interlocuteur laissant augurer que plus rien ne viendrait maintenant remplir le silence, au chagrin. Presque étonnée, elle sentit les larmes perler à ses yeux. Elle lui demanda pardon, puis se tut. Le silence absorba ses derniers mots. Quand elle posa sa main sur la sienne, elle la sentit sursauter sous sa paume. Elle la lâcha.

– Tu ne dors pas ? s'alerta-t-elle.

Retenant son souffle, elle attendit. De là où elle se tenait, Johanne percevait très bien l'accélération des mouvements du globe oculaire sous la paupière droite qui restait délibérément fermée et la mâchoire en dessous qui se desserrait. La respiration n'était pas celle d'un dormeur, elle aurait dû s'en rendre compte avant. Elle reçut le coup au cœur à bout portant, dur et net comme une balle. Son père faisait le mort. À partir de là, elle ne se contrôla plus. D'abord les signes avant-coureurs du raz-de-marée : le retrait, profond en deçà du sol, puis la vague ravageuse qui engloutit tout.

— Tu m'as laissée croupir toutes ces années... Jamais un signe, rien. Et là, tu fais semblant de dormir ?

Elle se leva d'un coup.

— C'est toi, le criminel ! C'est toi qui aurais dû aller en prison.

À l'autre bout du couloir, Ida dut l'entendre hausser la voix et coupa la radio, mais elle n'intervint pas de suite. Johanne hurla et envoya valdinguer la chaise et le plateau de la table de chevet.

Ida réagit quand elle entendit le verre se briser.

Dans la chambre, Johanne avait jeté un coussin sur la tête de son père pour cacher cet œil laser qu'il avait un instant ouvert et dirigé sur elle. Cyclope d'outre-tombe. Il l'avait jugée depuis longtemps et à jamais.

Elles se croisèrent dans le couloir alors que Johanne fuyait. Ida la retint.

— Qu'est-ce qu'il se passe, Jo ?

— Rien. T'as qu'à lui demander…

— Qu'est-ce que tu as encore fait ? Pourquoi tu agis comme ça ?

— Laisse-moi, j'ai rien fait. Et lui, tu lui as déjà demandé ce qu'il a fait ?

— Comment ça ?

— Avant de l'épouser, tu lui as demandé ce qu'il a fait à Lili ?

— Tais-toi ! Tu as toujours été jalouse de ta sœur et de la relation étroite qu'ils entretenaient.

— La relation… T'appelle ça comme ça, toi ?

Ida prit peur et se précipita vers la chambre. Johanne sortit.

Elle se retrancha dans *sa suite* aux confins de la ville. Elle avait témoigné sa reconnaissance à Cathy en qualifiant ainsi son nouveau logement quand celle-ci l'y avait conduite deux jours auparavant. Une petite chambre de douze mètres carrés au dernier étage d'un bâtiment sans charme, simple, mais très fonctionnelle. Les hôteliers l'avaient surclassée en studio. Un lavabo en plastique plus très blanc faisait office d'évier, une plaque de cuisson électrique était posée sur le frigo table top à côté. Le lit double occupait une bonne partie de la surface de la pièce à vivre. Heureusement, le placard était encastré. Il y avait même une étagère amovible qui pouvait servir de table quand on l'abaissait devant un tabouret. La minuscule salle de bains lui offrait l'intimité d'une douche et de toilettes privées. Johanne avait serré sa collègue dans ses bras sans un mot. En bonne samaritaine, Cathy avait senti l'émotion l'étrangler.

Johanne avait longtemps marché en sortant de chez son père et s'était effondrée sur son lit quand elle était rentrée chez elle en fin de journée. Trop épuisée pour trouver le sommeil, elle resta les yeux fixés sur le plafond. Tandis que le soir tombait, la pénombre effaça une à une les fissures qui le traversaient. Elle restait perméable à tous les sons de l'hôtel. Les autres occupants regagnaient leurs pénates. Pas lourds dans l'escalier, cliquetis de serrures et portes plus ou moins claquées, tous rentraient s'enfermer après une journée de travail éreintante – les tenues d'ouvriers et les blouses séchaient à certaines fenêtres. Les plus désœuvrés ramenaient à leurs basques l'ennui qu'ils avaient traîné des heures durant, les poches vides, le long des quais. À l'exception de la famille comorienne dans la chambre sans doute plus spacieuse en face de l'escalier, une femme et ses trois enfants qu'elle avait entendu jouer dans le couloir, son étage était réservé à des travailleurs, comme elle, isolés. À peine arrivés, certains branchaient la télé en sourdine. Ils s'étaient équipés, elle n'était pas comprise dans le loyer. Les chambres étaient mal insonorisées, mais après avoir connu la détresse nocturne qui résonnait dans toute la prison, elle s'en fichait pas mal.

Quand le calme se fut installé, tard, elle sortit les plaquettes de zopiclone du fond du sac où elle les avait jetées en vrac avant de fuir la chambre de son père. Elle s'était tournée et retournée dans son lit. Elle céda et avala deux des comprimés volés à la hâte au prétendu moribond. Ils mirent du temps à agir, mais elle dormit ensuite cinq heures comme une masse. Les dernières heures somnolentes de sa nuit furent hachées de cauchemars obscènes.

L'un en particulier vint clore la série qui l'avait repoussée au bord du lit et laissée échouée sur le flanc au petit matin. Les poumons comme essorés entre ses deux poings fermés, elle étouffait. Son front, sa nuque et son buste s'étaient couverts d'une sueur glacée dont un mince filet acide coulait entre ses seins. À fleur de cage, son cœur battant menaçait de jaillir tel un diable à ressort. Elle ne pouvait déglutir tant sa bouche était sèche, sa langue pâteuse collée au palais. Ses yeux piquaient le noir de sa chambre de petits points blancs luminescents et mobiles qui l'étourdissaient dès qu'elle tentait de les maintenir ouverts pour ne pas sombrer de nouveau dans ce rêve à la fois délétère et torride.

Dans une autre chambre, à l'aube, sur un matelas à même le sol aux draps chiffonnés, un homme et une femme baisent avec frénésie. Par la porte entrouverte, en la poussant un peu, elle voit le dos fin et musclé d'une jeune femme. Se sachant regardée, celle-ci plie la cambrure de ses reins jusqu'à la rompre et rabat son bassin élastique dans un va-et-vient encouragé par les rugissements de plaisir. De l'homme, elle ne voit que les deux jambes poilues étalées dessous. Sur un instantané, l'assemblage serait à la fois porno et cubiste. Mais ces parties de corps entremêlés ne cessent de se mouvoir au rythme croissant d'une volupté sulfureuse. Chaque fois qu'elle rejette un peu plus la tête en arrière, les longs cheveux mouillés de Lili – car elle est sûre maintenant que c'est elle – effleurent sa croupe provocante que l'homme empoigne à pleines mains. Elle voudrait ne pas regarder, mais ne peut s'en empêcher, entraperçoit là sous les fesses souples et toniques qui s'abaissent et se relèvent, la queue brillante de l'homme, dressée violacée et tendue à l'extrême, sur laquelle sa sœur vient s'empaler. Elle franchit le seuil et s'avance dans la pièce mue par l'irrépressible désir d'y porter la main. Puis, elle veut distinguer le visage de l'homme, lire sur ses traits au paroxysme du plaisir un infime indice qui lui permette de comprendre pourquoi elle est tenue écartée. Elle devine d'abord la bouche aux lèvres molles dans laquelle Lili a plongé deux doigts, puis la longue mèche souple de cheveux blond argenté qui se soulève sous les assauts répétés et révèle soudain un œil bleu pâle révulsé.

Johanne se réveilla en aspirant l'air à grandes goulées, la main glissée entre ses cuisses humides. Il lui fallut dix minutes pour s'extraire de l'emprise poisseuse de son rêve, refouler la nausée et la honte, puis s'asseoir au bord de son lit, encore groggy. C'est alors qu'elle remarqua que sa main était tachée d'un sang sombre et visqueux. Sous la douche, il s'échappa d'entre ses jambes en caillots épais. Elle les regarda se dissoudre dans l'eau, la colorer de rouge tels des résidus secs d'acrylique avant de disparaître en tourbillon dans la bonde. Ses règles étaient de retour. La détention les avait asséchées dès la première année en verrouillant le circuit. Au cours des suivantes, à peine larguait-elle une saignée tous les six mois. Le robinet était encore grippé et ce qui était expulsé des canalisations ressemblait aux déchets organiques du bouchon qui les avait si longtemps obstruées : impuretés ni vivantes ni tout à fait mortes.

Elle en fut pourtant soulagée. Bientôt la pression retrouverait plus de régularité et l'actuel magma sombre et pâteux, la fluidité vermeille des cycles.

La température avait chuté dans la nuit jusqu'à descendre bien en dessous de zéro au petit matin. Johanne arriva très tôt au travail et attendit devant la grille que Kamel, un peu surpris, vienne lui ouvrir. Il remarqua sa mine blafarde, mais n'osa pas lui parler et se contenta de lui proposer un café pour se réchauffer. Elle emporta la tasse jusqu'à son poste de travail et la posa sur la table à hauts tréteaux.

Elle était en train de trier seule ses imprimés en piles régulières dans le froid du hangar quand elle les vit.

– Johanne Méric ?

Ils étaient tous les deux en uniforme et le plus grand s'adressa sans détour à elle dans un nuage de buée glacée. Inquiet, Kamel sortit de son bureau. L'autre le tint à distance, tandis que le premier engagea Johanne à les accompagner après l'avoir menottée.

– Mais pourquoi ? demanda Kamel autant aux policiers qu'à Johanne.

Elle-même impuissante lui jeta un bref regard avant de deviner la réponse.

Son père était mort.

11

Johanne avait toujours pris soin de Lili. Petites, elles jouaient beaucoup toutes les deux malgré leurs cinq ans d'écart et Johanne veillait chaque fois à ce que sa sœur soit prise en considération si d'aventure d'autres enfants se joignaient à elles et proposaient des activités pour les plus grands d'entre eux. Tout le temps où elles n'étaient pas à l'école, elles le passaient ensemble. Lorsqu'une manifestait le besoin d'une occupation solitaire – dessiner, lire et plus tard téléphoner ou s'épiler –, l'autre ne se tenait jamais loin dans l'attente de l'intérêt qu'elle susciterait de nouveau.

La conjonction de deux évènements fragilisa leur entente quasi gémellaire et entailla par ricochet la membrane qui les tenait jusque-là finement soudées. Elles perdirent leur mère avant que Johanne atteigne quinze ans, Lili venait d'en avoir dix. Affligée de troubles dépressifs persistants, elle flottait et dérivait depuis quelques années déjà au large du ponton familial et n'offrait pour toute figure maternelle qu'une pâle représentation. Elle n'était pas rentrée de sa dernière hospitalisation. Un coup de lame sur les amarres et le vaisseau fantôme avait à jamais levé l'ancre. Si la mort de leur mère resserra encore le lien entre les filles, elle changea la nature et l'intensité des sentiments qu'éprouvait leur père à leur égard. La puberté fit le reste. Discrète chez Johanne, elle fut tapageuse et précoce chez Lili et transforma la gamine douce et affectueuse en une bombe hormonale prête à pulvériser toutes les retenues.

Le premier à s'enflammer fut leur père. Après la disparition de sa femme déjà évanescente de son vivant et la métamorphose spectaculaire de Lili, alors qu'il leur avait prêté jusque-là une attention à peu près égale, il s'énamoura de sa fille cadette et n'eut plus qu'un intérêt très modéré pour son aînée. Johanne partageait elle-même sa fascination pour la mue subite et gracile de sa sœur. À douze ans, Lili avait hérité de la beauté vaporeuse de leur mère, mais avait par bonheur échappé à l'atavisme de sa mélancolie morbide. Une vitalité contagieuse et un appétit à toute épreuve ne tarderaient pas à la parer d'une épaisseur charnelle. Johanne admirait Lili d'avoir retourné son deuil comme un gant, mais surveillait la fragilité des coutures exposées. À tant l'observer, elle les savait de fil blanc. Malgré la différence de leurs tempéraments et les accès d'humeur que leurs frictions occasionnaient, les deux sœurs s'adoraient et ne tardaient pas à se raccommoder quand elles se disputaient. Seul le regard du père avait tranché dans leur connivence, de la même façon qu'il avait scindé l'amour qu'il pouvait leur distribuer. Bien ras d'un côté, pour laisser l'autre déborder. Déjà amputée de la part maternelle, Johanne en avait gardé une blessure chronique qui suppurait encore.

Au commissariat, elle reconnut les effluves de transpiration et d'excréments que la senteur piquante de détergent industriel peinait à couvrir. L'odeur du stress et de l'enfermement imprégnait jusqu'à la chair sous les habits. Tout son corps se contracta. On l'entraîna dans un bureau non chauffé à l'étage, une pièce adjacente à celle où Ida était déjà installée. La porte restée ouverte entre les deux permit un contact visuel. Quand Johanne croisa ses traits défaits et l'interrogea du regard, Ida opina. Ainsi était-il parti.

On l'avait fait attendre une demi-heure dans le froid et l'inconfort jusqu'à ce qu'un fonctionnaire entre et l'invite à décliner identité, âge, adresse et situation judiciaire, toutes questions dont il détenait déjà la réponse. Puis il en vint à la principale : *Où se trouvait-elle depuis la veille dix heures ?* Il lui fit répéter son emploi du temps, les lieux où elle s'était rendue, le nom des personnes pouvant confirmer sa présence à leurs côtés. Jamais il ne répondit à ses questions qu'elle cessa de poser, se réfugiant peu à peu dans un silence vaincu. Les jeux étaient faits, elle ne lutterait plus contre l'implacable machine qui l'avait une fois broyée et attendait la qualification pénale du délit pour lequel on l'avait amenée ici. Bientôt l'OPJ rejoint par un autre aussi froid lui signifia sa garde à vue.

Elle eut droit à une fouille au corps expéditive. Le retour de ses règles détourna l'attention vers un inventaire plus consciencieux de ses affaires personnelles. On inspecta l'intérieur de ses chaussures et de ses chaussettes, on lui confisqua son écharpe et son soutien-gorge avant de la descendre en cellule où on lui retira enfin ses menottes. Moins de quatre mètres carrés de béton, avec paillasse et couverture sales. Elle y passa des heures, se retenant d'uriner dans le trou empli ras la gueule d'une toilette à la turque. Le bouton d'appel des gardiens ne fonctionnait pas ou alors ils avaient choisi de ne pas répondre. Elle dut croupir dans son jus.

Quand on revint la chercher en début d'après-midi, elle s'était rétractée tout au fond de sa coquille. On la fit grimper les trois étages sans ascenseur et assoir dans un bureau aussi impersonnel que le premier. Son conseiller de probation tarda à la rejoindre. Bien que rodé aux gardes à vue, il s'indigna de l'état dans lequel on l'avait laissé mariner. L'insécurité psychologique transpirait de tous ses pores. Une agente emmena Johanne et lui remit dans les toilettes du service un kit d'hygiène et une protection périodique.

Quand elle fut réinterrogée, elle répondit de nouveau par monosyllabes. Alors seulement, elle sut qu'Ida avait retrouvé son père sans vie dans son lit la veille, avec une boîte de somnifères vide et de l'écume aux lèvres. Aux dires de sa belle-mère, elle était la dernière à l'avoir vu conscient – lapsus ou tactique, le policier qui rapportait les faits avait d'abord prononcé *vivant*. Tous depuis la cherchaient. Elle n'avait pas fait connaître son changement de domicile au SPIP et puisqu'on ne l'avait plus vue au centre d'hébergement d'urgence depuis deux jours, on se demandait raisonnablement si elle avait dérogé à sa conditionnelle. Dans le doute, sa disparition avait été signalée. La procédure voulait qu'une enquête soit ouverte. Sur le moment, Johanne comprit qu'ils allaient la ramener en prison et sortit enfin de son mutisme.

– Vous croyez vraiment que j'ai tué mon père ? s'insurgea-t-elle.

Face au silence suspicieux qu'ils lui opposèrent, elle eut la soudaine idée d'évoquer les tablettes de zopiclone qui traînaient au fond de son sac. Manquait celle qu'elle avait laissée chez elle, ils n'avaient qu'à vérifier. Ils ne pouvaient pas l'accuser de les lui avoir fait avaler de force. Mais elle n'avait pas eu le temps d'emporter son sac quand ils l'avaient embarquée le matin, il était resté au travail.

Sa garde à vue fut maintenue. Les heures suivantes s'écoulèrent avec une lenteur exaspérante. Confinée dans la minuscule cellule, elle comprit qu'elle y passerait la nuit.

Elle refusa le repas qu'on lui distribua. Ce fut la seule fois où elle croisa un autre être humain.

Trois pas en long, un en large. Elle tourna sur elle-même jusqu'à épuisement.

Elle avait commencé par s'inquiéter pour son job, puis considéré combien la situation était vicieuse : les mêmes lui imposaient un travail et menaçaient sa conditionnelle en l'empêchant de s'y rendre. Au moins n'aurait-elle pas à justifier son absence auprès de Kamel, il en connaissait la raison.

Tard dans la nuit, un autre détenu s'était mis à marteler la porte métallique d'une cellule voisine. Il protestait qu'il n'avait rien à faire là et réclamait à cor et à cri qu'on prévienne sa famille. Personne ne vint. C'est elle qui le fit taire en réclamant le silence. Et quand il s'imposa, elle ne sut qu'en faire. La pensée de son père la submergea. *Elle l'avait perdu, elle était à présent orpheline.* Son œil mort révulsé la scrutait et balayait la cellule, aussi vif qu'un sémaphore. Elle tenta de se convaincre que c'était celui du gardien dans l'œilleton pour ne pas succomber à son tour. Mais à force d'éclipses, le postulat triompha. *C'est elle qui l'avait tué. Orpheline et parricide.*

Au petit matin, on lui apporta un jus d'orange à peine buvable. Vingt-quatre heures après lui avoir signifié sa mise en garde à vue, plutôt que de l'y prolonger, on la libéra. Ida n'avait pas révélé ses accès de violence ni son conseiller infirmé qu'elle avait tenté de le joindre – leur prochain rendez-vous était initialement prévu le jour même. Sa nouvelle adresse était confirmée et recevable. L'avoir trouvée sans difficulté à son travail la veille en obtenant la garantie de son supérieur hiérarchique qu'elle n'avait jamais été absente joua en sa faveur.

Ida, prévenue par le conseiller, lui avait apporté un pantalon propre. Elles se retrouvèrent dans le froid, plantées devant le poste de police, les jambes molles et l'esprit gourd, ne sachant trop quelle direction choisir pour s'éloigner au plus vite ni même s'il fallait la prendre ensemble. Le départ précipité d'une voiture en intervention et sa sirène à deux tons tirèrent Ida de son silence.

– Tu vas faire quoi ? Retourner au travail ?

– Je sais pas.

– Viens, marchons. Accompagne-moi jusqu'au tram.

Aucune ne dit rien sur les trois cents mètres qui les séparaient de l'arrêt. Ida attendait peut-être que Johanne s'exprime la première, mais elle n'était qu'une ombre docile.

Quelques mois après le suicide de sa sœur, elle aussi cadette et disparue prématurément, Ida s'était rapprochée de ses nièces en emménageant dans un appartement voisin de la cordonnerie. Et si les premiers temps son cœur s'était serré chaque fois qu'elle voyait Lili, tant la ressemblance avec sa jeune sœur au même âge était saisissante, elle avait veillé à ce que Johanne, moins extravertie et plus autonome, puisse épancher le sien auprès d'elle en cas de besoin. Ida n'avait pas d'enfants et reconnaissait dans l'indépendance de sa nièce aînée une part d'elle-même dont elle avait en secret souffert qu'elle soit toujours mésestimée par les autres. Le drame avait changé la donne, mais elle avait résisté à la facilité du rejet et maintenu un lien avec Johanne en détention.

Ida observait sa nièce en silence. À l'approche du tramway, elle posa enfin la question qui lui brûlait les lèvres.

– Il s'est passé quoi dans la chambre avec ton père ? Vous vous êtes parlé ?

Johanne releva la tête, soudain attentive à l'expression d'Ida. *D'où venait cette réserve qu'elle avait perçue dans la voix de sa tante ? Avait-elle peur ?* Ida la regardait avec une dureté qu'elle ne lui connaissait pas. *Était-elle en train de la soupçonner ? L'en croyait-elle capable ?*

– J'ai parlé, mais il n'a rien dit. Pas un mot. Rien.

– Mais pourquoi tu t'es énervée ? Il était déjà si faible.

– Il faisait semblant de dormir ! Il faisait semblant pour ne pas avoir à m'adresser la parole… parvint à articuler Johanne. Peut-on être aussi dur ?

Elle sentait les sutures de sa vieille blessure sauter une à une. Ida posa une main sèche sur son épaule et la serra.

– Je lui ai crié dessus, mais je n'ai rien fait de plus. Tu me crois ?

– Ce n'était pas à lui de te pardonner, ça ne l'a jamais été, conclut Ida avant de grimper dans la rame.

Elle l'abandonna sur le trottoir avec sa plaie de nouveau béante.

Johanne n'avait pas eu la force de marcher. Elle avait pris le tramway suivant, puis une correspondance sur les quais pour rejoindre Distreet. Personne ne traînait plus dans l'entrepôt, tous ceux de la distribution s'étaient répartis sur leurs secteurs de factage.

Dans les toilettes, elle s'était frotté vigoureusement les mains au savon noir, rincé le visage malgré le froid pour chasser l'odeur prégnante du commissariat. Sa propre odeur soufrée l'incommodait. Pourtant, le yoyo de ses règles s'était de nouveau suspendu. À l'image du mercure dans le thermomètre sous le hangar, la vie en elle s'était une fois de plus rétractée.

Elle surprit Kamel la tête cachée entre les mains. Assis à son bureau, il fixait son téléphone dans l'attente d'un appel ou d'un message qui ne venait pas. Il sursauta à son entrée, étonné de la voir de retour après les évènements de la veille. Mal à l'aise, il lui présenta plus ou moins ses condoléances et l'informa qu'elle avait droit à des jours de congé pour le décès de son père, il faudrait qu'il vérifie le nombre exact. Elle acquiesça quand le portable de son chef émit un bip. Il répondit à sa fille. Elle n'existait déjà plus.

Alors qu'elle traversait la cour, elle croisa Hugo au volant du véhicule de société et ne répondit pas à son petit signe de la main. Peut-être ne l'avait-elle pas remarqué.

Cinq minutes plus tard, le livreur ralentit à son niveau dans la rue et s'adressa à elle par sa vitre baissée.

– Y'a une place au chaud à côté de moi. Je t'emmène ?

Johanne continua de marcher, puis changea d'avis et grimpa dans la voiture. Hugo, presque surpris qu'elle ait accepté, observa le profil fatigué de sa passagère.

– J'ai appris pour ton daron. Je...

– Allons boire un coup, le coupa-t-elle.

Huit cents mètres plus loin, Hugo se gara sur le parking de la zone commerciale. Ils traversèrent le rond-point à pied et s'engouffrèrent dans le Météor. Le long comptoir était quasi désert à cette heure de l'après-midi. Un type éclusait son pastis. Hugo fit ce qu'il put pour tenter de redorer son blason devant Johanne.

– Tu sais, je me tiens tranquille depuis l'enquête. Y'aura plus de blèmes. Ils reviendront pas les nuggets...

Johanne regarda les bouteilles alignées au-dessus du bar, puis se rabattit sur la tireuse de bière.

– Je prends un demi, et toi ?

– Tu veux pas un truc plus fort pour te remonter ?

Johanne hésitait.

– Un petit shot de tequila ? Ou un Bailey ? C'est doux ça, avec une pointe de café, les meufs elles kiffent...

Mais il avait perdu son attention et remplissait seul le silence de propos futiles. Johanne dérivait loin, cramponnée au comptoir. Enfin, elle se redressa. Elle avait pris sa décision.

– Désolée, Hugo, c'est pas une bonne idée. Une autre fois...

Avant même d'avoir commandé, elle le planta là. Il maudit sa maladresse tandis qu'elle quittait le bar.

Elle orchestra la suite de façon très méthodique.

D'abord se rendre au rayon alcools du supermarché voisin. Prélever trois bouteilles de gin au degré d'alcool inversement élevé au prix. Saisir deux canettes d'Indian Tonic dans la travée parallèle. Puis porter le tout jusqu'à une caisse automatique : scanner, déposer dans le bac, payer.

Elle avait vérifié que la machine acceptait les billets de cinquante. Sur ce coup-là c'est son père qui régalait.

De retour au meublé, elle veilla à ne pas trop faire tinter les bouteilles dans l'escalier.

Entrer dans la chambre, prendre soin de verrouiller la porte derrière soi.

Il faisait froid. Elle ôta sa veste, ses chaussures, et se prépara à la suite du programme.

Aligner le trio de bouteilles d'alcools forts sur la tablette. Forcer un peu avec la paume pour dévisser le bouchon de la première qui, *clac*, céda au premier quart de tour. Attraper le gobelet en plastique dans la salle de bains, l'emplir jusqu'à la moitié sans faillir. Décapsuler la canette, laisser reposer le geyser du soda secoué par le trajet, ajouter un trait pétillant à l'eau-de-vie.

Effervescence, transparence, reconnaissance.

Sans tergiverser ni même humer le cocktail, boire cul sec. *Go !*

Ce fut foudroyant. Les larmes montèrent aux paupières, le liquide à peine coulé dans l'œsophage. Le temps se suspendit, les poumons vides. Son cœur contracté battit de nouveau, galvanisé. Elle cracha le feu dans un râle puissant. La chaleur se répandit dans tous ses circuits. L'étourdissement fut immédiat.

Johanne vida le deuxième verre en trois gorgées. Un long spasme la parcourut. Elle sentit son squelette se tordre et danser comme un feuillet sur la flamme d'un autodafé.

Vivre et crever sous l'effet du poison incendiaire.

Elle n'avait jamais douté qu'elle ranimerait un jour les braises du démon – elle l'avait réalisé au comptoir du bar. La brûlure corrosive du troisième verre enflamma la plus enfouie des cellules. Alors seulement, elle la sentit tressaillir, roulée en boule au fond de ses tripes. La bête cavernicole à l'étroit dans sa crypte se réveillait. Racornie et aveugle à la lumière, elle daignait enfin s'étirer. Sa taupe. La douleur. Empruntant d'abord la voie royale du sang, elle creusa ses tunnels et se propagea dans tout l'organisme. Emportant sur son passage les dernières résistances, elle rompit la surface. Johanne se laissa tomber à genoux, secouée de sanglots secs. Puis toutes ses larmes jusque-là gelées en un glacier d'émotions incompressibles fondirent sous l'effet radiant de l'alcool. Même l'eau qui ruisselait sur ses joues était chaude.

La première heure, elle but et dégoulina tel un alambic. Elle distillait en continu. D'un côté, elle versait l'alcool de genièvre. Il se vaporisait sur le foyer de la peine qu'il alimentait. L'hydrolat du chagrin s'écoulait de ses yeux rougis. Amblyope à son tour, elle n'y voyait plus rien.

La première bouteille vidée, la crue se résorba pour révéler l'aridité de sentiments rongés par l'acide du ressentiment et du dégoût de soi. À partir de la deuxième, Johanne ne compta plus les verres, mais les lampées qu'elle buvait à même le goulot, alternant entre la bouteille de gin et celle de tonic. Le programme n'avait qu'un but, oublier, détruire. Par la suite, Cathy lui raconterait qu'elle avait bien failli le mener à son terme.

Elle picola deux jours durant. Ne survécut de l'expérience qu'un patchwork de scènes vécues, rêvées ou hallucinées qui mêlaient crûment les genres. La tentative de montage ultérieure n'aurait ni cohérence ni grâce et n'aboutirait qu'à un rapiéçage absurde des bribes de sa projection privée. Quelques indices aideraient à combler les trous qu'elle s'empresserait d'oublier : la flaque éthylique vomie sur le sol de la salle de bains, le sang coagulé à sa main entaillée, les bris de verre et l'énigmatique hématome qui doublait le volume de son sein gauche meurtri. Le regard noir de son voisin la fois où, enfin sobre, elle le croiserait dans le couloir.

Par deux fois, Cathy était passée frapper à sa porte. La première, dans l'après-midi du dimanche. Comme Johanne ne répondait pas, elle avait collé son oreille sans rien percevoir, actionné la poignée de la porte qui était restée close. Elle n'avait pas osé insister.

La seconde fois, elle avait pris les choses en main. C'était tôt le mardi matin. Johanne ne s'était pas pointée au travail la veille et nul ne savait trop à quoi s'en tenir. Hugo avait fait part de l'étrange état de Johanne la dernière fois qu'il l'avait vue. Kamel hésitait à affirmer qu'elle avait pris son congé décès et, contacté par le conseiller de probation et d'insertion, avait partagé ses doutes avec Cathy. Plus personne ne savait où elle était ni ce qu'elle fichait.

Ni une ni deux, celle-ci s'était pointée à l'hôtel et avait obtenu du gérant qu'il vienne ouvrir la porte. Ils avaient retrouvé Johanne par terre semi-inconsciente au milieu des bouteilles vides. Cathy avait insisté pour qu'ils la soulèvent jusqu'à la salle de bains. Ils l'avaient tant bien que mal maintenue au-dessus du bac à douche pendant qu'elle lui passait la tête sous l'eau froide. Puis elle avait fait couler un café fort et avait continué seule de s'occuper de Johanne en s'entendant avec l'hôtelier pour que tout ça reste entre eux. Pas moins de trois heures lui avaient été nécessaires pour mener à bien son opération de dégrisement à l'issue de laquelle Johanne tenait à peu près droite sur le plancher des vaches. Elle avait d'abord insulté Cathy qui l'avait sèchement giflée.

– Tu ne me laisses pas le choix. Tu vas m'écouter maintenant, c'est fini les conneries !

Une partie éthérée de son cerveau continuait de divaguer. Une séquence de ce long délire surnageait. Sa force et sa beauté accaparaient l'écran du souvenir de ces quarante-huit heures tremens. Elle avait reçu la visite de Lili et refusait de la voir s'effacer. *Surtout ne pas oublier. Lili était en train de partir... Mais, ah, pourquoi Cathy la secouait-elle comme un cocotier ? Elle allait s'évanouir.* Encore une claque, plus légère, mais elle se débattait.

– Ça suffit Jo. Faut retourner au boulot, moi aussi j'ai ma tournée...

Elle la sermonnait en lui maintenant le visage à dix centimètres du sien pour qu'elle s'accroche bien droit à son regard.

— Ils ne laisseront rien passer, tu m'entends ? Si tu veux pas te retrouver en taule, fais ce que je te dis !

Oh beurk. Johanne voulait l'esquiver. Elle trouvait moches ses gros yeux et ses sillons nasogéniens creusés dans la cire molle de son visage.

Lili, ne t'en va pas, je t'en prie. Reste !

Cathy ne s'était pas découragée. Et elle l'avait emporté.

12

Elles s'étaient arrêtées en chemin une première fois. La voiture rose de Cathy avait fait une embardée pour stopper net à cheval sur le trottoir. Johanne ne pouvait plus du tout respirer. Elle s'était extirpée de la Twingo en urgence. Redressée nez au ciel, bouche en carpe, elle tentait d'avaler l'air. Attaque de panique ? Bouffée extralucide ? La révélation l'avait fauchée dans l'habitacle. Ses pensées, tout ce qu'elle était, son âme, allaient s'envoler tel un ballon léger et se séparer d'elle à jamais. Déjà la nacelle se détachait. Arcboutée sur le tableau de bord, le buste lesté, elle agrippait de ses poings les filins imaginaires. Le sentiment de se dissocier était atroce. Elle décollait de son enveloppe corporelle. Elle aurait préféré en crever. Mourir de tout son corps là, d'un coup, terrassée sur le bitume pour ne pas disparaître là-haut, perchée à l'infini.

En la voyant ainsi se battre contre elle-même, Cathy s'était sentie totalement démunie. Elle ne pouvait ni l'approcher ni lui parler. Johanne la repoussait et continuait de déambuler sur le trottoir, le souffle court, les mains tordues sur son angoisse. Elle n'avait pu qu'attendre que ça passe sans la perdre de vue.

Quand Johanne avait retrouvé un peu de son calme, elle s'était tournée vers Cathy, avait cligné une fois pour la rassurer, avant de remonter en voiture. Le malaise avait gagné Cathy. Elle avait vu le niveau de détresse clapoter dans ses yeux naufragés. À quel combat trouble et intime se livrait cette femme alors qu'il y avait déjà tant d'ennemis extérieurs à affronter ? *Ce n'était plus une enfant. Personne ne lui avait donc appris à se dominer ? À vivre avec ses blessures et ses manques ?* C'était le genre d'attitude irritante qui réveillait son jugement primaire. Dans la liste des batailles à mener de Cathy, celle contre soi était bien la dernière. Souffrir et se réparer seul, socialement ça ne tenait pas. Pas plus que trouver son bonheur chacun pour soi. *La preuve, on en crevait tous de cet individualisme.* Dans la Twingo, elle avait regardé Johanne qui peinait à boucler sa ceinture tant ses mains tremblaient. Alors, balayant d'un geste ses réticences, elle l'avait aidée.

Plus loin, elle avait de nouveau coupé le moteur. C'est elle qui était sortie acheter un litre d'eau gazeuse. Elle y avait pressé un citron avec sa clé de voiture, avant de tendre la bouteille à Johanne. Histoire de ne pas être en reste, elle lui avait confié en savoir long sur les cuites. Non pas qu'elle y eût goûté elle-même, à une exception près, un simple coup dans l'aile trop médiocre pour fonder ses connaissances, mais durant une période de son mariage son bonhomme avait su partager l'expérience. Elle conservait du temps de ses beuveries le souvenir de ses fermentations d'ivrogne, parfois lubriques, et gardait toujours en nez son haleine nécrophage. Sans compter les nuits de victoire où elle avait vu ses collègues du syndicat rouler sous la table ou beugler de désespoir, celles de défaites, le foie engorgé de colère. Dans les deux cas, ils finissaient par pleurer l'enfant qu'ils avaient été sur son giron quand elle les ramenait chez eux. Cathy était plus qu'au parfum des ravages de l'alcool sur la communication entre les êtres. Elle les blairait tant qu'un sens minimal du collectif était respecté. Mais voir une femme s'isoler pour boire en loucedé dans le seul objectif de se détruire, ça non, elle n'en supportait pas même l'idée, elle refusait de comprendre.

Voilà, elle s'était permis de lui faire la leçon. Pas longtemps. Le sujet était clos.

Derrière la grille de Distreet, le conseiller de probation était déjà sur place pour contrôler Johanne. Cathy développa son plan de sauvetage en trois points.

– Tu me suis, tu me laisses faire, tu acquiesces.

Johanne n'y trouva rien à redire. Un sac de lest avait dû se percer à l'intérieur, elle avait l'impression de bouffer du sable.

Engoncé dans une doudoune bleu roi, le CPIP parlait avec le responsable du service. Il semblait avoir chaussé des lunettes rondes et fumées tant ses cernes étaient marqués. Kamel fut soulagé de les voir arriver. Johanne découvrit que lui et Cathy étaient de mèche. Pour la tirer d'embarras, ils avaient inventé une histoire de livraison que ce retour à point nommé venait créditer. L'alibi consistait en ce que sa collègue expérimentée, promue chauffeur pour la cause, l'avait emmenée et, *tenez*, les voilà justement qui revenaient. Le mensonge pouvait tenir la route, bien davantage qu'elle qui résistait pour ne pas tanguer. Johanne suivit à la lettre les consignes de Cathy qui déballait déjà les aléas de leur tournée, pourquoi elles avaient dû faire un crochet par l'imprimerie avant de rentrer, combien on les avait fait poireauter sur le quai de chargement, puis laissées seules devant une palette entière, etc. Johanne se planquait derrière sa bouteille d'eau citronnée dont elle buvait de longues rasades en rotant avec discrétion. Quand le conseiller voulut la prendre à part, Cathy manigança encore pour que l'échange soit de courte durée. Les paquets d'imprimés étaient bien trop lourds pour qu'elle les porte seule, elle avait besoin de son aide. Qu'il eut froid, peu de temps à lui consacrer ou qu'il fut encore une fois conciliant, il choisit de croire la version qui lui était exposée.

– On se revoit dans deux jours, madame Méric, d'accord ? D'ici là, vous faites bien de boire de l'eau, il n'y a rien de meilleur, avait-il ajouté sans ciller.

Elle avait déjà sifflé sa bouteille aux trois quarts.

Quand il fut parti, Johanne nauséeuse se précipita aux toilettes pour vomir sa bile. Elle mouilla son front au-dessus du lavabo et fut saisie en relevant la tête de la forme qu'épousait son reflet dans le miroir. Vision monoculaire de sa gueule avariée pendue en médaillon. Elle s'agrippa au lave-mains, ferma les yeux et s'obligea à prendre trois longues inspirations. Une main encourageante sur son épaule lui fit rouvrir les paupières. La tête jumelle de Cathy flottait à son tour dans la glace.

– Pourquoi t'es gentille comme ça, Cathy ? On se connaît à peine...

Le ton fut plus agressif qu'elle ne l'avait vraiment souhaité. Blessée, Cathy fit demi-tour.

– Y'a Kamel qui veut te voir.

Dans son bureau, le responsable pointa le combiné décroché de la ligne fixe.

– Un appel pour vous.

Johanne dut se pencher par-dessus la table de travail encombrée et s'accommoder de la posture en déséquilibre. C'est Ida qui l'appelait. L'analyse toxicologique de son père n'avait a priori rien révélé de suspect. Il absorbait beaucoup de molécules ces derniers temps à cause du stress et de *son insuffisance au cœur*. Elle avait dit ça tel quel, Ida.

— *On va pouvoir l'enterrer.*

– Quand ça ?

— *Après-demain.*

Allait-elle enfin se procurer un téléphone portable ?

Kamel aussi eut l'air de le lui demander quand elle raccrocha. Au lieu de quitter le bureau, elle resta debout, les bras ballants.

– Est-ce que j'ai encore droit à un jour décès ?

– Votre période d'essai est terminée depuis longtemps, s'étonna Kamel. Mais faudrait pas que ce qui s'est passé ce matin se reproduise, si c'est ça que vous demandez...

– Non. Enfin, je veux dire, est-ce que j'ai encore droit à un jour pour les obsèques de mon père ?

– Ah, comprit-il enfin. Peut-être... Quand ça ?

– Après-demain.

Il vérifia son agenda.

– Vous préviendrez votre contrôleur judiciaire alors ? prit-il le temps de s'enquérir en relevant la tête. Ça fait perdre du temps à tout le monde cette histoire...

Johanne retint un haut-le-cœur.

– Ça va aller ? s'adoucit-il, conscient de sa maladresse.

– Merci pour tout à l'heure, parvint-elle à lâcher.

– C'est surtout Cathy qu'il vous faut remercier. C'est elle qui a le mieux compris votre situation et qui s'est inquiétée... Moi, j'aurais pas parié !

La voiture fuchsia était toujours garée sur le parking. Johanne, qui regrettait son ingratitude, avait longtemps cherché Cathy avant de quitter le travail, mais ne l'avait trouvée nulle part. Au lieu de cela, elle s'était retrouvée nez à nez avec Hugo qui recomptait ses bordereaux. L'un et l'autre embarrassés, ils s'étaient jaugés, puis Johanne avait mis fin au malaise.

– T'as fini de bosser ?

– Ouais, dans cinq minutes.

– On repart ensemble ?

– Si tu veux, mais j'ai pas de caisse. Je peux pas te ramener.

– OK.

Elle avait caché sa déception. Épuisée, elle s'était appuyée au mur en l'attendant et avait résisté pour ne pas se laisser glisser tout du long.

Ils avaient marché côte à côte jusqu'au rond-point, là où leurs chemins se séparaient. Ils jetèrent un coup d'œil simultané vers le Météor.

– Trop tôt ? osa Hugo.

– Non.

Johanne fut la première à s'accouder au zinc et commanda une vodka frappée. Hugo n'avait pas saisi son verre qu'elle s'envoyait le sien cul sec. Trois centilitres de chaleur et de bien-être propagés, sensation de réconfort immédiate. Elle sentit couler la douche intérieure qui dissipa momentanément tout ce qui la brouillait. Sa vue s'ouvrit et s'éclaircit. Hugo avait souhaité la suivre et, enhardi par l'alcool, s'avança en territoire miné.

– T'as pas bu pendant combien d'années ?

– Six. Si c'est ça ta question, j'ai fait six ans de taule.

– Je voulais pas demander, excuse-moi, c'est ta *life*...

– Ben maintenant tu sais.

– Six ans, putain c'est long. Qu'est-ce que tu as...

– Non. Je n'ai pas envie d'en parler.

Ça moulinait fort dans la tête de Hugo pendant qu'elle renouvelait la tournée. Il devait faire ses calculs, élaborer son hypothèse, comparer avec ce qu'il avait pu glaner çà et là de l'expérience des caïds de son quartier. Johanne entendait les rouages de ses méninges entraîner son excitation. Cette fascination naïve qu'exerçait un séjour en prison sur les plus crédules la blessait davantage qu'elle ne la décevait. Comment pouvait-elle forcer l'admiration de Hugo par sa seule détention ? Il s'imaginait comme tant d'autres imbéciles dehors que tout homme en sortait grandi, alors que la réalité était plus ordinaire. Lorsqu'elle ne cassait pas, la prison anéantissait. Au moins, son jeune collègue mettait-il à pied d'égalité hommes et femmes quand la plupart tenaient à la distinction des genres. On fantasmait peu sur les femmes sortant de prison. À peine sur les plus endurcies d'entre elles qu'on assimilait à de pâles copies de leurs homologues masculins dont elles auraient usurpé les attributs. On les élevait rarement au rang d'héroïnes. On les méprisait, au pire on les craignait. Hugo, lui, n'était pas effrayé, juste intimidé. Six ans de taule. De quel schéma expéditif avait-il bien pu s'emparer pour ne pas fuir le danger qu'elle représentait ? Que se figurait-il qu'elle avait bien pu commettre ? Elle se força à faire la conversation pour mieux la détourner.

– Et toi, ça fait combien de temps que tu bosses à Distreet ?

Hugo fut déçu du changement de cap que prenaient leurs échanges.

– Bientôt dix-huit mois.

– Tu as commencé à la distribution, toi aussi ?

– Ça va pas, non ? pouffa-t-il mi-indigné mi-moqueur. Direct livreur !

En avalant son deuxième shot d'un seul trait, Johanne sut que c'en était fini de cet illusoire sentiment de mieux-être. L'alcool lui parut plus lourd et épais à son passage, chargé d'une menace. Au troisième verre offert par Hugo, tout s'étrécit de nouveau, elle entrait dans le tunnel. Il parlait, elle n'écoutait plus. Elle fut incapable de mesurer combien de temps s'était écoulé depuis qu'il avait renoncé et filé. La note qu'elle régla au serveur en compta un peu plus d'un demi-litre.

Dehors, la nuit avait coulé sa chape liquide sur la zone commerciale d'où saillaient çà et là les poteaux d'un faible éclairage public. Titubant d'un halo à l'autre, Johanne ne savait plus dans quel sens emprunter le rond-point tant elle était désorientée. Kamel repéra sa démarche chaloupée sur la voie publique alors qu'il repartait tard du travail. Elle avançait à tâtons entre les points de lumière. Il n'eut pas le cœur de l'abandonner à son sort et la ramena chez elle. Il l'aida à monter l'escalier, à glisser la clé dans la serrure et s'empressa de repartir avant qu'elle n'insiste. Elle extravaguait et lui faisait des avances en se maintenant au chambranle de la porte alors que derrière elle le tube fluorescent clignotait au-dessus de l'évier. Mal amorcé, il créait un étrange effet stroboscopique qui plongeait un temps sur deux Johanne dans le noir révélant dans l'intermittence de l'autre sa réalité spectrale. Seule sa voix continuait d'élucubrer ce que Kamel estima relever d'un état de détresse pitoyable, un morse alcoolisé auquel il ne donna pas suite. Il lui souhaita bonne nuit et partit.

Johanne s'était assoupie sur le lit tout habillée quand elle entendit remuer le trousseau. Quelqu'un sur le palier tardait à ouvrir la porte qu'à présent réveillée, elle fixait avec intensité. C'était étrange, elle était pourtant sûre de détenir la clé et d'avoir verrouillé de l'intérieur. Entrée en catimini, Lili referma avec précaution la porte derrière elle.

– Qu'est-ce que tu fais encore là ? s'étonna Johanne.

Lili portait ses boots à grosses semelles et des vêtements tape-à-l'œil qui mettaient en valeur ses hanches fines et son corps de liane. Elle jeta son sac à main d'une fantaisie outrée sur le lit et s'affala près de sa sœur. Jambes en l'air, elle ôta ses chaussures pour se masser les pieds. Elle était heureuse de voir Johanne, elle lui souriait. Quand elle enroula son bras souple autour de ses épaules, Johanne se dégagea d'abord de son étreinte. Lili recommença, élastique, et fut de nouveau repoussée. Alors elle bâilla bruyamment en se vautrant sur le lit.

– Je n'ai pas besoin de toi, s'énerva Johanne.

Lili se grattait la plante des pieds.

– Si je n'étais pas là, tu ne te souviendrais de rien.

Elle revint à la charge. Cette fois, elle tenait un coussin entre les mains qu'elle plaqua sur le visage de Johanne. Fort. Quelques secondes à peine, juste pour lui faire peur. Puis à l'image d'une petite fille qui a quelque chose à se faire pardonner, elle se laissa glisser jusqu'à caler sa tête sur ses genoux. Johanne n'opposa plus de résistance. Le visage au-dessus du sien, elle l'observa sans la toucher. Elle aimait le tracé dense de ses sourcils qui épousait naturellement l'arcade et se terminait en fin duvet soyeux. La légère asymétrie de sa bouche largement fendue qui relevait la commissure droite et, quelle que soit son humeur, y plaquait un poinçon de malice. Le grain de sa peau poudrée resté si délicat.

– T'es contente qu'on se retrouve, Jo ?

Attendrie, Johanne caressa enfin son visage. Le bout de ses doigts retrouva la familiarité et la douceur des traits. Elle sentit le sommeil la gagner, souhaita plus que tout s'endormir comme ça, tout doux, près de sa sœur.

– Tu as vu papa ? s'enquit soudain Lili en se redressant. Bien sûr, tu l'as vu, tu as voulu l'étouffer.

Tout bascula. En bas, la trappe s'entrouvrait. Johanne retint son souffle. Lili avait glissé la main dans son absurde sac à cabochons pour saisir quelque chose qu'elle brandit alors sous le nez de Johanne interdite. Une tablette entamée de zopiclone.

– Tu l'as tué ! Il est mort de chagrin.

Lili n'en finissait pas de sortir de son sac des plaquettes de somnifères en veux-tu en voilà. Johanne identifiait parfois un nom – Stilnox, Valium, Xanax –, mais jamais la forme ni les couleurs et s'en inquiétait. L'assortiment psychédélique formait à présent un tas sur le lit.

– Il est mort, tu l'as tué ! la harcelait Lili.

Elle brassait les pilules. Celles-ci s'animaient pour prendre la forme de coléoptères ou de cancrelats. Tous déployaient leurs élytres et dépliaient leurs pattes. Ils prenaient leur envol, galopaient et rampaient sur le lit, tout autour de son corps tétanisé. Des colonies d'insectes caparaçonnés qui sifflaient et crissaient partout dans la chambre. Lili en grouillait de la tête aux pieds. Johanne hurla en se précipitant vers sa sœur pour chasser ces hordes suceuses qui allaient la vider de sa substance. Elle en balaya les plus gros, pinça les autres entre ses doigts, les écrasa à pleines poignées. Ils tapissaient toute la surface de son rêve, en dégringolaient le dévers. Leur contact fut craquant et coupant comme du verre, puis la masse de débris se transforma en mélasse dans laquelle Johanne s'empêtra. Elle se dégagea de cette fange, dégoulinante, les bras ouverts haut et ployés. Lili rit aux éclats en mimant sa sœur, oiseau mazouté. Puis, avec une lenteur délibérée, elle se tint nue, debout sur le lit. Elle glissa une main entre ses cuisses et la remonta vers son sexe en stridulant. Johanne se précipita sur elle pour la frapper, mais elle resta engluée. Lili la renversa sur le lit et se colla à elle.

– Salope, eut juste le temps de souffler Johanne avant que Lili ne l'embrasse sur la bouche et ne force de sa langue douce le barrage de ses lèvres.

Sa sœur était nue à califourchon sur elle, ondulante, ointe d'un sang rouge épais. Elle ne put résister à la vague de désir que celle-ci imprimait à son corps prisonnier. Enlacées, elles se laissèrent emporter et tomber dans la trappe. Au fond du trou, le cadavre du père gisait, le sexe pointé vers le nombril.

Pour s'arrêter, il faut freiner. Pour cela, le conducteur doit lâcher la pédale d'accélérateur à droite et appuyer sur la pédale de frein au milieu. Il faut faire attention que le talon soit bien placé devant la pédale de frein, pour éviter le risque de freiner et accélérer en même temps. Pourquoi se retrouvait-elle à réciter une bribe entière de leçon de conduite qui lui revenait comme ça en pleine nuit si ce n'était pour ne pas devenir cinglée ? Debout dans la douche, elle saignait sans le voir et balbutiait plus qu'elle ne répétait ses souvenirs de monitrice auto-école. *Le risque de freiner. Accélérer.*

Pour s'arrêter de boire, sur quelle pédale appuyer ?

Le néon au-dessus du lavabo peinait à démarrer. Son ballast défectueux produisait un sifflement désagréable. Johanne fronça les yeux. Enroulée dans sa serviette de bain, elle frissonnait. Elle ne savait plus comment s'habiller. Elle avait perdu du poids depuis sa sortie, peut-être cinq à six kilos. Elle ne possédait que peu de vêtements et tous ses pantalons étaient à présent trop grands. Celui de sa garde à vue, le jeans usé et poché aux genoux, était si crasseux qu'il paraissait confectionné dans de la toile enduite. Piquée d'un brusque accès de honte, elle le balança dans un coin de la chambre. Le mouvement ranima la pulsation algique dans ses tempes et lui souleva le fond de l'estomac. À l'exception de l'alcool ingurgité, il était vide depuis plusieurs jours. Elle s'assit sur son lit et attendit que ça passe. Sa nausée concentrait le peu d'intérêt qu'elle pouvait porter à elle-même et les choses qui l'entouraient. Le tube fluorescent cessa alors d'émettre sa lumière froide. Seule persista l'insidieuse fréquence qui vrillait ses tympans sensibles. Dans le noir, aux aguets, elle dirigea toute son attention sur les pas qui empruntaient l'escalier et le couloir. Ils s'arrêtèrent de l'autre côté de la cloison. Oubliant ses vertiges, elle s'avança vers la porte, la main en quête de la poignée.

L'oreille plaquée au mur, elle déverrouilla sans bruit sa serrure. Et elle ouvrit grand sa porte pour prendre sur le fait sa voisine en train de chercher ses clés. Celle-ci renversa son sac avec un petit cri aigu. Sans s'excuser, Johanne referma la porte sur sa méprise.

Le palier, maintenant désert, fut de nouveau plongé dans le noir. Deux traits de lumière hachaient l'obscurité. Celui du studio où la femme était entrée s'éteignit. Seul persista le néon de la chambre de Johanne. Signal intermittent.

13

Le permis de conduire représentait le sésame incontournable pour accéder à l'âge adulte et confirmer son droit à l'indépendance. D'autres auraient jugé bien ordinaire cet objectif, mais Johanne le prisait parce qu'il était concret et marquait un virage symbolique. Elle s'était démenée dès sa majorité pour s'inscrire aux vingt leçons obligatoires, pas une de plus. Elle l'avait obtenu du premier coup l'année de ses dix-neuf ans, le temps nécessaire pour réunir chacun des centimes qu'il lui avait coûté, sans le moindre recours à un tiers.

Habitante d'une métropole bien desservie depuis son plus jeune âge, elle n'avait jamais eu à dépendre de ses parents pour se déplacer et utilisait les transports en commun. Le sentiment de liberté que le permis de conduire exaltait bien avant qu'elle ait l'âge de s'y préparer lui venait en grande partie d'un film déjà culte qu'elle et Lili avaient adoré quand elles l'avaient vu à la télé, à peu près au moment du décès de leur mère. Elles s'étaient tout de suite identifiées aux deux personnages féminins de *Thelma et Louise*. Johanne en particulier, qui avait projeté dans le rôle incarné par Susan Sarandon le modèle de la femme forte et libre qu'elle se jurait d'être, à l'exact opposé de la fragilité soumise de la figure maternelle. Et il ne lui avait pas échappé qu'en grandissant, Lili épousait de plus en plus le tempérament insouciant et passionné de la belle Thelma. D'une certaine manière, le destin des deux sœurs partageait avec le célèbre scénario la cascade automobile et le saut dans l'inconnu. Mais à la différence de Louise, magnifique et tragique, Johanne avait lâchement survécu. Elle expiait depuis la fin absurde de sa copilote, convaincue d'en être responsable.

Du jour de l'accident et des heures qui l'avaient précédé, Johanne n'avait plus conservé six ans après que des souvenirs très confus. À vrai dire, elle n'avait jamais pu faire la distinction entre ce qu'elle avait bel et bien vécu cette nuit-là, sous l'emprise de l'alcool et des psychotropes qui avaient passablement troué la réalité, et ce qu'elle avait tenté de rapiécer par la suite. Les temporalités se croisaient sur une seule et même trame, lacérée par le triple traumatisme de l'accident, de l'homicide, puis de l'incarcération. Chaque année passée en prison avait en outre déposé sa strate de sédiments et enterré plus profond encore le filet de sa mémoire.

Une chose était sûre. Après le moment immédiat de déni associé à sa fuite, Johanne n'avait plus douté de sa culpabilité. Elle avait assumé la mort de sa sœur, même si elle n'en connaissait plus les circonstances exactes. En apprenant ce matin-là que Lili venait de succomber à ses blessures, elle avait dessaoulé et endossé tous les torts. Depuis, elle n'avait jamais cessé de plaider coupable. Mais elle avait toujours rejeté la préméditation. Elle chérissait tant sa sœur que la seule évocation du grief de calcul aurait souillé de façon indélébile la sincérité de leur relation.

Lors de son procès en correctionnelle, elle avait écopé d'une peine de huit ans pour homicide involontaire au volant avec deux circonstances aggravantes : une forte alcoolémie et le délit de fuite. Le grutier qui n'avait pu identifier le petit panneau de toit invisible depuis son poste avait, en décrivant la scène de façon expressive, jeté le doute sur un homicide volontaire. Un temps, son témoignage laissa planer la possible requalification du délit en crime et celle du véhicule en « arme par destination ». Bien que rejetée, cette intention de tuer avait été suffisamment débattue pour placer Johanne, rongée de culpabilité, dans la visée d'une hostilité grandissante. Elle s'était peu et mal défendue. Et s'il n'y suffisait, son activité professionnelle avait de façon irrémédiable enfoncé le plus lourd des plateaux de la balance dans l'ombre d'une longue peine.

Les premiers mois après le drame, alors en détention provisoire dans l'attente de son jugement, Johanne avait connu la surpopulation carcérale d'une maison d'arrêt régionale. Occupant la cinquième place d'une cellule aménagée pour trois, elle avait dû contenir dans deux mètres carrés sa solitude et ses pensées incontrôlables. Peur, horreur intense, flash-back obsédants, troubles du sommeil, la violence des assauts n'avait d'égales que la colère et la nervosité réactive de ses codétenues. On avait tenté de calmer tout le monde à renfort d'anxiolytiques. Une fois son jugement prononcé, son transfert en centre pénitentiaire effectif dans une cellule individuelle et la prescription médicale renforcée, elle avait sombré dans l'apathie. Zombie dépressif, puis pénitente docile, cinq ans s'étaient écoulés avant qu'elle n'envisage la perspective d'un aménagement de peine. Le choix revenait toujours au détenu qui devait en faire la demande. Ida l'avait encouragée, Simona avant elle. Cinq ans au bout desquels elle estimait enfin avoir payé une part de sa dette, celle plus sociale qu'intime, et être en mesure de formuler une première demande de libération conditionnelle. Plus d'un an était passé avant d'accéder à sa requête.

Au bout du compte, que se rappelait-elle de ce petit matin d'avril meurtrier ? Sa psyché avait brassé des années durant les images mentales les plus obsessionnelles, traité sur un même plan les saillies cauchemardesques, les éclats de réel et les flashes d'une conduite alcoolisée. Recluse, la monstruosité de ses actes aurait pu vite la déborder. La camisole chimique avait d'abord contenu la bête jusqu'à ce qu'elle affleure. Puis elle en avait raboté les terminaisons nerveuses, remodelé et poli le contour, et le temps passant, l'avait laissée reposer comme dévitalisée par l'oubli. À l'approche de sa sortie de prison, Johanne l'avait de nouveau sentie tressaillir.

Accélérer. Freiner.

Le double pédalier. La leçon de conduite.

Elle avait infligé ce cours à Lili, le dernier qu'elles avaient partagé. Il l'obsédait. Le ton montait dans l'habitacle entre elles deux alors qu'elles étaient toujours sous l'influence de l'alcool et de sentiments contrastés. Johanne avait pris plaisir à l'effrayer sur le terrain vague en bordure du bassin où elle aimait manœuvrer. Assise sur le siège avant droit, à la place théorique du passager, elle contrariait chacune des actions de Lili au volant en jouant de la double commande de freinage et d'accélération dont elle avait la priorité dans l'auto-école.

Lili freinait, elle accélérait.

Lili calait, elle tendait la main vers le contact, tournait la clé et redémarrait. C'est elle qui embrayait et accélérait de nouveau.

Il était probable alors, vu du ciel, que le manège ait viré rodéo et intrigué un conducteur d'engins matinal sur un chantier voisin. L'homme ne savait pas qu'il observait une auto-école. De sa cabine, il avait vu le véhicule avancer trente mètres plus bas, puis stopper sec, ruer de nouveau par à-coups, chaque fois que Lili freinait pour descendre et que Johanne abusait de son autorité en appuyant sur l'accélérateur dont elle avait la commande à droite.

Dans la voiture, le duel engagé autour du double pédalier avait été violent et saccadé. Mais avait-il vraiment duré ?

Johanne était sûre de s'être à un moment glissée côté conducteur, car une image persistait. Sa sœur marchait devant sur le parking et cherchait la sortie du no man's land. À travers le parebrise, Johanne la voyait se retourner vers elle, l'air perdu, puis se mettre soudain à courir. Son regard terrifié l'avait longtemps hantée. Le jeu devenu trop pervers n'avait-il donc pas pris fin à cet instant ?

Freiner...

Black-out total sur l'attaque décisive et le choc responsable de la mort de Lili. Elle gardait les traces réelles ou inventées de l'avant ou peut-être même de l'après, dans l'ordre et le désordre, enchevêtrées, elle ne savait plus qui des deux conduisait ni à quelle place – l'avaient-elles échangée ?

Des secondes de son monstrueux passage à l'acte, s'il existait, elle ne se rappelait rien.

Des mois après, elle avait voulu revenir sur l'instant précis de l'impact qu'elle avait d'abord fui et refoulé. Elle s'était arrêtée net au bord de la faille où il avait sombré. Le trou noir l'avait définitivement absorbé.

Accélérer ?

Elle avait au contraire passé des heures à visionner une scène, spéculer sur ce qu'elle signifiait.

Lili gisait alanguie dans les draps froissés d'une chambre aux persiennes tirées. Elle l'épiait par la porte entrebâillée, subjuguée par sa sensualité. Le tableau rayonnait d'une puissance transgressive. Elle arrivait après la bataille amoureuse et les jeux sexuels. Elle redescendait l'escalier sans bruit et retournait attendre Lili dans la voiture-école garée en retrait de la cordonnerie. Leur père ouvrait sa boutique au rez-de-chaussée. Une fois dans la voiture, Johanne recommençait. Elle se voyait monter l'étage et pousser de nouveau la porte de la chambre. Lili était seule et nue, debout devant le lavabo et se lavait. Se sentant observée, elle se retournait, un gant de toilette glissé entre les cuisses.

– Tu pourrais frapper, quand même !

Elle s'essuyait, impudique. Dans le miroir qui surplombait le lavabo, Johanne distinguait son propre reflet, une intruse dans l'encadrement de la porte.

– Je t'attends en bas dans la voiture.

– Tu ne devais pas passer plus tard ? s'inquiétait Lili.

Johanne patientait dans le véhicule, côté passager. Lili traversait la rue, se retournait et envoyait un baiser vers la cordonnerie. Puis elle se glissait derrière le volant et hésitait en regardant sa sœur.

– T'es là depuis longtemps ?

– Non, mentait-elle. Allez, démarre ! Tu ne seras jamais prête…

– Tu le fais exprès de venir si tôt ? Je suis pas en forme moi, à cette heure-ci.

– Ah bon, pourquoi ? Regarde, d'autres sont déjà en train de travailler.

Leur père remontait le rideau métallique sur le trottoir. Johanne se penchait vers sa sœur et bouclait sa ceinture de sécurité. Au passage, elle la humait. Lili s'alarmait. Des mois et des années après, la scène tournait en boucle.

Elles s'étaient disputées fort le matin de la mort de Lili. Johanne doutait pourtant qu'un simple mec dragué dans un bar en ait été le véritable motif. Que s'étaient-elles dit ou avoué ? Avaient-elles parlé de lui, leur père ? Johanne avait-elle fait part de ses soupçons ? Quelque chose n'avait pas tourné rond et venait subtilement enrayer depuis qu'elle était sortie de prison la mécanique de son récit. Elle ne doutait pas d'avoir provoqué la mort de Lili. Mais depuis des jours, ce n'était plus à la question de savoir comment c'était arrivé qu'elle cherchait une réponse, mais pourquoi. Elle avait reconnu, puis étalé sa culpabilité, tel un tapis sur le sol. Aujourd'hui l'envie d'en soulever le coin se faisait plus impérieuse, mais elle craignait tout autant la sidération que ce que la découverte risquait de provoquer. Se pouvait-il que son aveu cache un déni plus effroyable encore ? Avait-elle pu avoir l'intention de tuer sa sœur pour de bon ? Mais pourquoi ?

Peu après son transfert dans le centre pénitentiaire où elle avait purgé la plus grande partie de sa peine, elle avait eu un entretien avec une psychologue. Elle s'était scarifié l'intérieur des cuisses avec un peigne en plastique qu'elle avait affûté contre le béton de sa cellule. Des coupures fines et profondes qu'elle n'aurait jamais osé se représenter avant son emprisonnement tant la vue du sang l'impressionnait. Au détour des questions auxquelles elle répondait à peine, la thérapeute avait abordé celle de la violence : avait-elle réfléchi à quels moments se manifestait la sienne et quelle forme elle prenait quand elle ne la retournait pas contre elle-même ? Johanne était restée muette.

Bien plus tard, dans la solitude nocturne de sa cage, elle s'était souvenue d'un incident lors d'une période douloureuse de son adolescence.

Cet hiver-là, la carence affective se faisait cruellement sentir, car sa mère s'absentait beaucoup pour « se reposer » – le raccourci paresseux qu'avait adopté leur père pour minimiser l'enjeu de ses séjours de plus en plus réguliers à l'hôpital. L'information était tombée dans l'oreille d'une collégienne deux niveaux au-dessus d'elle. Une de ces gamines qui adorait torturer plus faible qu'elle et qu'elle détestait. Johanne évitait de la croiser, mais la fille malfaisante se débrouillait pour se mettre chaque jour en travers de son chemin et la harcelait.

– Elle est folle ta mère, elle est folle !

Odieuse, elle allait jusqu'à lui prédire le même sort.

Les premières fois, Johanne crevait d'impuissance et ravalait sa rage. Jusqu'au jour où l'autre, la tarabustant de façon trop crue, elle s'était jetée sur elle et l'avait frappée de toutes ses forces avec une pierre acérée. Un pion les avait séparées et Johanne n'avait jamais avoué qu'elle se baladait avec le caillou dans sa poche depuis plusieurs jours. La fille s'en était tirée avec une balafre et Johanne des remontrances plutôt clémentes. Personne n'ignorait la perfidie de la victime. Mais aucun ne sut le plaisir coupable que Johanne avait pris à se venger. Des soirs durant, elle se remémora la bagarre avec excitation et la poussa plus loin encore en retardant l'arrivée du surveillant après qu'elle ait écrabouillé l'ennemie.

Cela faisait-il d'elle une fille dangereuse ?

14

Aucune balance ne tient compte du poids des sentiments, mais au lendemain de sa deuxième cuite, Johanne sentit peser sa honte. Sur le calendrier, elle nota : *stop alcool.*

Au travail, ils la regardaient de biais ou l'ignoraient. Cathy, Hugo, Kamel, sans s'être donné le mot et chacun l'un après l'autre, fuyaient dès lors que la nécessité du job imposait sa présence dans leur périmètre. Ce ne pouvait être une impression. Elle-même faisait tout pour les éviter, sans mesurer la charge de sa paranoïa. Ils la méprisaient pour sa déchéance et craignaient la menace qu'elle incarnait. Jamais pourtant leur dégoût n'atteindrait le niveau d'exécration qu'elle avait d'elle-même ce matin-là. Il plafonnait inversement proportionnel à sa capacité à tenir debout. Elle voulait s'aplatir et ramper dans la pénombre d'une encoignure. Elle sombrait et se voyait le faire. Si sa conditionnelle n'avait pas été en jeu, elle n'aurait jamais plus fichu les pieds à l'entrepôt. Sa seule force résidait là : tendre vers sa liberté. C'était ça la pédale pour arrêter.

Au creux de la vague nocturne, elle s'était pourtant imaginée céder et retourner à l'abri de sa cellule. Au moins n'y était-elle pas obligée de donner le change et n'avait pas à simuler le jeu de relations sociales auxquelles elle ne comprenait rien. Elle réprouvait sa faiblesse. Les quatre murs de sa geôle l'avaient, en l'y soustrayant, protégée du regard des autres toutes ces années. Alors quand bien même lui jetterait-on l'anathème et resterait-elle seule au monde, elle y ferait face dehors. C'était la condition totale et sans réserve de sa liberté.

Pour l'heure, elle avait hâte de charger son cabas et de filer dans la rue.

Elle perçut l'agitation à l'autre bout du hangar après ses collègues. Elle comprit aussitôt qu'elle les vit. *Les keufs étaient de retour*. Ils traversaient l'entrepôt en direction des tables où elle se tenait avec quelques autres. Ils venaient encore pour elle. *Qu'avait-elle pu faire la veille dont elle n'avait plus le souvenir ? Avait-elle eu un comportement agressif au bar ? Avec Hugo ? Ou plus tard avec Kamel quand il l'avait ramenée chez elle ?* Au petit matin, elle avait en toute hâte chassé de son esprit le rappel humiliant qu'elle avait pu draguer son chef. Une tonne de ridicule la clouait au sol.

Les flics – un homme et une femme différents de ceux qui l'avaient conduite au commissariat – s'avançaient le long de la travée. Quelque chose clochait, leur regard fixe la traversait. Elle croisa l'œil inquiet de Hugo quelques mètres derrière quand elle se retourna. Lui aussi semblait surpris. Ils approchaient. *Et si Ida lui avait raconté des bobards ? Venaient-ils la confronter après avoir relu le rapport d'autopsie ? Avaient-ils rouvert l'enquête sur la mort de son père ? Ce n'était pas le moment de se morfondre*. Les flics n'étaient plus qu'à une dizaine de mètres devant elle.

Elle n'eut pas à mobiliser davantage ses maigres capacités logiques. Le corps de Hugo s'interposa entre elle et les policiers, éclipsant la menace de son interpellation. Pétrifiée, elle ne voyait plus que son dos. Elle crut d'abord qu'il cherchait à la protéger et sentit une bouffée de gratitude dilater ses bronches. Jusqu'à ce que son regard soit attiré par un mouvement du livreur au niveau de ses reins. Il tenait caché entre ses mains jointes à l'arrière de son dos un paquet dont il lui faisait signe de s'emparer. Elle mit une à deux secondes pour comprendre sa demande, puis planqua le colis sous une pile d'imprimés dans son cabas à roulettes. Hugo laissa passer les policiers et ferma leur marche vers le secteur des livraisons. Alors qu'il dissimulait Johanne, elle sortit du côté opposé, par là même où ils étaient entrés. Dehors, elle poursuivit son chemin vers la grille. Elle croisa Cathy qui vitupérait dans la cour, mais ne s'arrêta pas. La voix musclée de l'ex-déléguée syndicale s'indignait.

– Qu'est-ce qu'ils font encore là les poulets ? La direction va-t-elle nous obliger à bosser sous surveillance ?

Un petit groupe s'était constitué autour de Cathy, rameuté davantage par la curiosité que l'envie d'en découdre.

Ce n'est pas le moment de la ramener, pensa Johanne en s'éloignant.

– Madame Méric !

Une masse d'air froid dans son dos. L'intention de la voix masculine ne pouvait être plus claire, mais elle ralentit à peine.

– Johanne !

Soulagement quand elle se retourna. Kamel se dirigeait vers elle d'un pas sûr, mais il venait seul.

– Attendez, j'ai modifié votre tournée aujourd'hui, précisa son chef en lui tendant une feuille stabilotée de jaune.

Loin derrière à l'entrée de son bureau, les deux flics étaient occupés avec Hugo et trois autres livreurs qu'elle reconnaissait, la fille était nouvelle.

– Vous l'avez réduite ? se rendit compte Johanne en rapprochant le plan sous ses yeux.

Elle n'en distinguait que le tracé. Le souffle court, elle n'osait pas affronter le regard de Kamel. Elle reporta son attention sur ce qui se passait là-bas dans le bureau.

– Ils sont revenus pour les vols. Il y en a eu de nouveaux ce matin.

– Vous savez qui c'est ? dit-elle en se déplaçant devant son caddie.

– À eux de nous le dire, ils vont tout fouiller...

Cathy s'était rapprochée.

– Alors ils sont comme chez eux ici ? On peut pas travailler avec la menace que l'un d'entre nous se fasse arrêter à tout bout de champ !

Elle s'était immiscée dans leur discussion et s'adressait à Kamel. Elle parlait trop fort.

– C'est quoi cette histoire de vols ? Qu'est-ce qu'on peut bien faucher nous à la distrib quand on n'a même pas une chaise pour poser son cul ?

– Du calme, Cathy. Vous savez très bien que ce problème concerne en priorité le service des livraisons...

– Mais on est aussi suspectés. Ça nous concerne tous, sans exception ! Non ?

Elle s'était soudain tournée vers sa collègue et attendait confirmation. Johanne vit bien qu'elle ne lâcherait pas le morceau, elle allait attirer l'attention des policiers. Depuis le bureau, la femme flic les observait.

– Je pars distribuer, je ne peux pas rester ici.

Johanne avait d'abord fixé Cathy, puis baissé les yeux sur son chariot de courses. Mais sa collègue ne comprit pas et, déçue, lui tourna le dos. Elle rejoignit les quelques autres qui stationnaient, désœuvrés au milieu de la cour. Ils avaient ouvert les coffres de leurs guimbardes en attendant la suite. Avant de regagner son bureau, Kamel s'adressa une dernière fois à Johanne.

– Vous me confirmez pour demain ?

Sur le moment, elle fut déboussolée. Elle n'osa concevoir qu'ils aient prévu quelque chose ensemble. Elle regarda enfin Kamel dans les yeux et ne lut rien d'autre qu'une interrogation polie.

– Ce sont bien les obsèques de votre père, non ?

Le rappel soudain de l'évènement l'aspira dans un trou d'air. Elle se retint à son caddie au risque de renverser là au milieu des tas de publicités le paquet d'objets volés. D'une main ferme, Kamel le maintint en équilibre. Le temps qu'elle se ressaisisse.

– Oui. Demain après-midi.

– Alors, rentrez chez vous après votre tournée. Prenez le temps de vous remettre. Je vous attends lundi matin, d'accord ?

Johanne opina. Elle avait remarqué le bref éclat argenté qui avait réchauffé un instant la minéralité de ses yeux et y avait lu l'adresse fugace d'un réconfort.

Loin derrière, Hugo tentait d'attirer son attention, mais elle l'ignora tout comme elle fit semblant de ne pas voir Cathy l'observer quand elle prit la tangente. Elle espérait ne pas focaliser une attention qui la placerait en ligne de mire.

Elle atteignit la grille de la cour de Distreet et sortit enfin du périmètre de danger imminent. Bien que le chariot fût chargé à bloc, elle se sentit aussitôt plus légère.

Le téléphone n'arrêtait pas de sonner. Cela avait commencé un quart d'heure après son départ et n'avait cessé depuis de ponctuer sa tournée. Elle n'avait pas identifié tout de suite la provenance du sample de rap qui tournait de façon insistante. Le portable ne s'interrompait que pour recommencer son cycle toutes les cinq à six minutes, quelque part sous les imprimés. Il fallait qu'elle se débarrasse du paquet de Hugo au plus vite. Elle aurait pu tout bêtement le jeter avant qu'ils ne la géolocalisent – si c'était bien les flics qui étaient en train d'appeler un appareil volé. Elle en doutait, ils l'auraient déjà retrouvée. Elle pensait davantage à Hugo, il devait flipper comme un malade en se demandant ce qu'elle avait pu faire de son matos. *Tant mieux, crains ta race, c'est tout ce que tu mérites.* Il avait joué avec le feu, elle se brûlait à sa flamme. Sa conditionnelle ne souffrait pas le moindre écart.

Dans la frange végétale en bordure de fleuve, elle repêcha parmi les déchets à marée basse un bidon en plastique encore bouché. Un de ses flancs avait été découpé au carré pour le recycler en bac de vidange – la première fonction qu'elle lui attribua. Elle creusa le sable de sa plage pour l'y enterrer. Elle avait glissé dedans le petit carton de Hugo après l'avoir ouvert et refermé. Sous le papier bulle, elle avait compté pas moins d'une dizaine d'iPhone dont certains flambant neufs dans leur emballage. Il y en avait pour un paquet de fric. La rengaine instrumentale jaillissait du seul téléphone déballé, d'un noir laqué – l'éclat métallique de la coque lui rappela le regard de Kamel. Le vingt et unième appel en absence effectué par un autre portable, un 07, toujours le même. Elle recouvrit l'ensemble d'une pile d'imprimés et de sable jusqu'à ce qu'elle ne perçoive plus de la sonnerie que la boucle du piano étouffée par les basses dont elle avait reconnu sans pouvoir la nommer le célèbre début d'une musique classique. Mozart ou Chopin, elle ne savait plus très bien. Elle profita alors des rares rayons du soleil et, assise sur la grève de son île, s'accorda un moment de répit.

De larges rubans de lumière blanche tombaient en rideaux d'un nuage qui suivait le cours de l'eau. Son ombre dansante et fragmentée flottait sur le puissant débit du fleuve tandis que celle empressée d'un cumulonimbus la rattrapait pour s'y agréger. Dans l'éclaircie, Johanne crut voir la carcasse du break aux trois quarts englouti tanguer. Depuis la dernière fois, elle s'était déplacée de quelques mètres vers l'aval. Peut-être n'était-ce qu'un effet dû au brassage continu de l'eau. Elle se demanda quel volume en mètres cubes pouvait bien représenter la pression exercée sur le tas de ferraille, chaque seconde qui passait. Elle ne mesurait que l'étendue de son ignorance. Ce devait être phénoménal et l'épave réfractaire ne lui en parut que plus forte. Puis elle regarda le trou qu'elle venait de combler à côté d'elle et pensa tout à coup au lendemain. Elle allait enterrer son père. Ramassée sur elle-même, elle résista une heure durant à la pression du chagrin.

Johanne n'assista pas aux funérailles.

Elle avait rejoint Ida chez elle dans la matinée et décidé ça au dernier moment, juste avant de partir pour le salon funéraire où le mort était exposé avant la mise en bière. Ida avait insisté une unique fois et compris qu'elle ne reviendrait pas sur sa défection. À peine avait-elle poussé un soupir. De soulagement, avait estimé Johanne. Mais Ida avait paru hésiter quand elle lui avait fait la demande de rester seule dans l'appartement.

– Qu'est-ce que tu comptes faire ?

Johanne n'avait pas su quoi répondre. Ida l'avait alors guidée vers un petit secrétaire dans un coin du salon. Elle avait ouvert le grand tiroir sous le panneau amovible et retiré les deux albums de photos de famille qu'il contenait. Puis en dépliant l'abattant, elle avait révélé un compartiment secret duquel elle avait extrait une chemise cartonnée peu épaisse. Elle l'avait posée en évidence sur l'écritoire avec les albums.

– Tout est là, avait-elle tenu à préciser.

Il s'agissait d'une copie de son dossier d'instruction.

Elles étaient reparties vers la cuisine récupérer le sac et le manteau d'Ida. En l'aidant à enfiler la manche sur son épaule voûtée, Johanne avait pris la mesure de l'affliction de sa tante.

– Je ne peux pas t'accompagner, s'était-elle excusée.

Elle l'avait embrassée sur la joue, puis avait refermé la porte derrière elle.

Seule, Johanne ressuscita d'abord les souvenirs en parcourant les pièces de l'appartement familial à présent déserté. La chambre de Lili, qui avait été aussi la sienne avant qu'elle ne quitte le foyer l'année de ses dix-huit ans, n'avait conservé de leur enfance que les deux lits jumeaux à présent rapprochés en un seul, repoussé dans un angle. Sur le mur au-dessus était restée punaisée l'affiche d'un film des années 1990. Uma Thurman la narguait, Lili l'adorait. Ida avait libéré le centre de la pièce pour y déplier la table à repasser et poser dessus la centrale vapeur, ainsi qu'une pile des chemises paternelles. Johanne réalisa qu'elle n'avait participé à rien et abandonné à Ida le soin de choisir les vêtements qui habilleraient le mort, les souvenirs qui le suivraient dans le cercueil. Y aurait-elle pensé plus tôt qu'elle aurait été bien en peine d'associer à la sentimentalité supposée de son père le moindre accessoire ou objet qui n'ait d'abord appartenu à Lili. Et elle n'était toujours pas prête à imaginer qu'après les avoir séparés, elle puisse être aussi celle qui les réunirait, même symboliquement, pour l'éternité.

Sur le seuil de la chambre de son père, elle eut un sursaut de panique, le visage pris dans une toile d'araignée. Le souvenir du dernier regard paternel, dur et précis comme un laser, l'empêcha de faire un pas de plus. Elle sentit pendre l'oreiller au bout de son bras. *En avait-elle eu vraiment l'envie ?*

Seul l'atelier de la cordonnerie au rez-de-chaussée avec son odeur de cuir et ses outils était en mesure de lui offrir un refuge. Mais elle devait auparavant retourner dans le salon et rouvrir ce dossier confiné si longtemps dans le secrétaire. Ida avait laissé entendre qu'elle y trouverait des réponses.

Le matin même autour d'un café, Johanne lui avait confié qu'elle ne comprenait pas comment son père avait pu rester si catégorique jusqu'au bout alors qu'elle-même doutait de ce qui s'était passé presque sept ans plus tôt. Elle lui avait fait part de sa difficulté à formuler et ordonner les questions qui tournoyaient dans sa tête depuis sa sortie de prison. Ida était restée pensive et silencieuse.

Elle ouvrit d'abord un album au hasard. Le rire de Lili, huit ans, lui sauta à la gorge, elle le referma aussitôt. Elle repoussa le second qui contenait lui aussi leurs photos et ôta l'élastique qui scellait la chemise en carton.

Bien après sa lecture, elle sifflerait tout l'alcool qu'elle pourrait trouver dans l'appartement. Des fonds de bouteilles éventées à l'élixir précieux réservé aux fins de repas des fêtes de famille qui n'avaient plus jamais rien honoré, et confit comme elle, près de dix ans dans un placard. Elle boirait *pour accompagner l'âme du vieux en enfer*. Il restait encore un peu de cette gentiane interdite où flottaient des moucherons, elle ferait l'affaire pour les derniers mètres.

Les éléments constitutifs de son jugement étaient peu nombreux. Sa curiosité croissante au fil des pages n'eut d'égale qu'une sourde inquiétude. Elle passa sur sa propre déposition et celle du grutier pour s'intéresser aux pages les plus objectives. La lecture factuelle du procès-verbal rédigé après l'accident ainsi que celle des relevés effectués sur les lieux la rassérénèrent. La vérité existait. Écrite et extérieure à elle. Elle pouvait se la réapproprier. Brute, dépouillée de toute invention ou interprétation de son cerveau malade, circonscrite aux quelques heures qui englobaient l'accident, elle s'étalait sans atours sous ses yeux. Charge à elle de les garder dessillés.

Une des pièces du dossier, qu'elle ne se rappelait pas avoir été maîtresse durant le procès, était le compte rendu sec et technique d'une contre-expertise du véhicule. Deux simples feuillets agrafés encore sous pli, adressés au domicile de son père. Il lui fallut y revenir à plusieurs reprises pour enfin saisir l'importance de l'information qu'ils recelaient et le sens inédit que celle-ci donnait à la tournure des évènements. L'examen de l'auto-école carambolée n'avait pas révélé de défaut au niveau des commandes du double pédalier actif. Mais il était clairement apparu une défaillance de l'airbag avant droit dont l'ouverture ne s'était pas déclenchée malgré la violence de l'impact. Il était noté que ce dysfonctionnement pouvait être à l'origine de la sévère commotion cérébrale ayant entraîné la mort de la victime bien après la collision. Elle lut et relut le document jusqu'à ce qu'elle puisse dérouler son raisonnement sous forme interrogative. *À quel moment Lili était-elle sortie du véhicule ? Était-il avéré qu'au moment de l'accident elle était assise à droite dans l'auto-école, autrement dit à la place de l'instructeur ? Et si la commande du double pédalier était activée, cela signifiait-il que c'est elle qui avait provoqué l'accident ? Enfin, la question cruciale : si son père était à l'origine d'une demande de contre-expertise, pourquoi n'en avait-il pas fait valoir le résultat ?*

Pour répondre aux premières questions, Johanne avait encore besoin de temps pour réorganiser le puzzle de ses réminiscences, si jamais elle y parvenait un jour. Mais concernant la dernière, force lui était de constater que son père n'avait rien fait qui puisse aider à la disculper ou alléger sa peine. Au contraire, il lui avait fait porter toute la responsabilité de la mort de Lili – injustement ou pas, elle n'était pas encore tout à fait capable d'en décider. Lui seul aurait pu la délester un peu du poids de sa culpabilité. Au lieu de cela, par omission, il l'avait enfoncée.

Derrière le rideau métallique ajouré de la cordonnerie, la lumière du jour déclinait et pénétrait en petits points dorés, en même temps qu'un air froid. Avachie contre un mur, Johanne avait mis sa main en coque sur son œil droit et son œil gauche s'étourdissait de ce scintillement de lumière aussi féerique qu'une pluie d'étoiles filantes. Avec son œil droit, elle n'en distinguait qu'un, tout petit, mais brillant comme un phare quand elle cachait son œil gauche. Elle ne voyait pas la même chose d'un côté et de l'autre. *Merde, elle était vraiment bourrée.* Elle devinait maintenant les cuirs et les outils de la cordonnerie plus qu'elle ne les percevait. Les phosphènes continuaient de pétiller. Encore une fois, elle ferma l'œil gauche avec sa main et elle ne vit plus qu'un point lumineux discontinu de plus en plus faible – certainement un effet de la persistance rétinienne de son œil droit – jusqu'à ce que le petit phare s'éteigne complètement. Ce fut le noir complet. Elle s'affola. Son cœur palpita dans son nerf optique engourdi. Elle ne pourrait plus jamais la rattraper. L'âme de son père s'enfuyait. Il était une fois pour toutes parti.

Tard, elle avait senti Ida la recouvrir du poids d'un édredon et lui glisser un oreiller sous la tête. Elle n'avait eu ni la force ni le courage de bouger et s'était renfoncée dans sa nuit.

Au petit matin, elle se réveilla fébrile, couchée à même le sol de la cordonnerie dans son sarcophage de plumes, les photos d'un des deux albums, éparses autour d'elle. Certainement celui de leur plus tendre enfance, car on y distinguait les deux gamines entourant parfois leur mère diaphane dont l'existence paraissait déjà si peu matérielle qu'elle peinait à impressionner la pellicule elle-même.

Quand Ida la rejoignit, elle s'inquiéta de son état prostré et appela un médecin. En l'attendant, elle lui passa de l'eau fraîche sur le visage et tenta de lui en faire avaler un plein verre. Ida dut au préalable parler à la femme qui vint consulter Johanne, car celle-ci prit le temps de l'ausculter avec beaucoup de sérieux, et de la mettre en garde contre la rechute et les risques d'une alcoolisation aiguë. La cécité fugace dont elle se plaignait pouvait être un symptôme d'amaurose, une affection causée aussi bien par un glaucome qu'un mauvais alcool. Elle lui fit une injection sous-cutanée au niveau du foie d'une ampoule qu'elle dit remplie de vitamines et de magnésium. Elle attendit qu'elle se requinque et, lui confiant avoir travaillé un temps en milieu fermé, plaisanta sur le fait que l'alcool n'était qu'un dépresseur du système nerveux central, bref un insidieux agent coercitif de plus. Face à l'incompréhension de Johanne, la médecin fit valoir que le seul remontant qui vaille était la jouissance de sa nouvelle liberté. Pour ça, elle devait être en bonne santé. Elle le dit calmement, sans relent moral ni familiarité déplacée. Johanne ne répondit pas. Les paroles de cette femme d'autorité trouvaient leur direction sans l'agresser ni l'infantiliser. Quant à ses pertes de vision subite, elle lui recommanda de prendre rendez-vous avec un ophtalmo et l'informa d'un centre médical où consultaient des spécialistes conventionnés. Là aussi elle estima qu'il n'était peut-être pas trop tard, la liberté pouvait contribuer à rouvrir le champ visuel que la détention avait resserré.

Quand elle fut en mesure de se lever, Johanne rejoignit Ida à l'étage dans sa cuisine. La vieille femme avait pris quinze ans d'un coup. Johanne, dont la nuit avait également accéléré le compteur, s'enquit pourtant de son état. Ida n'était pas d'humeur et reporta cette discussion. Elle avait besoin dans l'immédiat de rester seule. Cela convenait aussi à Johanne qui but son café et partit.

15

Elle avait traîné rive droite avant qu'un rythme plus naturel délie sa marche et le cours de ses pensées. Alors qu'elle traversait le pont, elle tentait de se remémorer les mots de la femme de SOS Médecins. Tout à la fois sans concessions et revigorants, ils produisaient un effet paradoxal. *L'alcool exerçait sur l'individu imbibé son pouvoir répressif en ralentissant l'activité de son système nerveux central.* Johanne n'ignorait pas les méfaits d'une consommation excessive ni la duplicité de la dépendance qui soulageait et rongeait la plaie tout à la fois. Mais les propos de l'agitatrice avaient tracé leur chemin en marge des sempiternelles alertes de déchéance qui conduisaient à une flagellation publique en règle, au mieux à un aveu de faiblesse. Il avait suffi d'une phrase.

Boire, c'était se soumettre.

La formulation avait fait mouche en piquant le point gâchette de sa rébellion. Johanne avait amorcé un raisonnement parallèle et en répercutait l'impact à tous les systèmes qui avaient contrôlé sa vie. Elle/on – étant entendu qu'« on » agissait à travers « elle » – attentait à sa liberté depuis le début. L'évidence ébranlait jusqu'à ses fondements mêmes, elle avait perçu une rupture immédiate dans le tempo de son pas qu'elle avait sur-le-champ décidé d'allonger. Elle eut l'intuition de tenir le bon bout, d'aller de l'avant tout autant qu'à l'essentiel. *Elle avait cru se battre et œuvrer pour son indépendance jusqu'à ce qu'on l'incarcère, mais il n'en avait jamais rien été. Elle n'avait été qu'obéissante pour ne pas dire servile tout au long de son existence. À sa condition sociale, à sa cellule familiale – ou ce qui passait pour l'être –, à la législation et à son travail. Avant même son job à Distreet ou la prison, elle avait trimé douze heures par jour pour un agrément qu'au vu des circonstances elle n'obtiendrait jamais, mais qui, l'eut-elle remporté et ouvert sa propre auto-école, ne l'aurait pas moins asservie aux chiffres et à l'obligation de rendement. La vie entière n'était qu'une vaste entreprise de soumission. Elle n'avait pas même eu un rêve qui crève le plafond.*

Tout en arpentant les quais, boostée d'une énergie nouvelle, Johanne taillait sa piste introspective à grands coups de serpe. La lame n'était pas encore très affûtée, les ratés la ramenaient sur ses pas réflexifs et le premier d'entre eux – pas le plus facile, elle avait attendu des années avant de le faire – retournait la coupable en victime. Il lui revenait des bouts de phrases de Cathy et elle piochait allègrement dans son vocabulaire militant les bases discursives de son monologue pour mieux désigner l'ennemi. *En recommençant à boire, elle livrait de son plein gré les clés de sa souveraineté – sans conteste un tout petit royaume – à l'hydre assoiffée de pouvoir dont elle comptait les têtes. En premier lieu s'imposait celle à deux faces de l'Institution avec ses systèmes judiciaire et carcéral. Là sur le billot de sa vengeance, elle coucha la marionnette à l'effigie du juge qui l'avait lourdement condamnée, puis celle d'une matonne inflexible qui l'avait provoquée jusqu'à ce qu'elle réagisse et perde trois mois de sa réduction de peine.*

– Qu'on leur coupe la tête !

L'injonction absurde avait jailli tout droit d'un livre pour enfants, elle ne savait plus lequel. Elle s'imaginait despote et souriait de son nouveau pouvoir arbitraire. Munie de sa faux revancharde, elle allait enfin s'attaquer à plus grand qu'elle. Sur sa liste grand-guignolesque suivait l'Organisation sociale – elle ne savait comment mieux nommer cette instance insidieuse qui décidait de qui ferait quoi et où, avec sa porte-saloon par laquelle on entrait aussi vite qu'on sortait. Son parcours de réinsertion allait à rebours de sa vraie libération et la conduisait à l'échec. Enfin quoi, quel mérite pouvait-il y avoir à se laisser contraindre ? C'était complètement bidon. Mais qui était responsable ? Son conseiller de probation avec ses yeux de panda ? Non, bien sûr, mais une série de têtes sans visage tombèrent quand même. *Schlak, schlak, schlak !* Qui suivrait ? Les banquiers, les patrons, les gouvernants ? Elle les laissait à Cathy, ils étaient trop nombreux et son bras mollissait. Pourtant, elle comprenait mieux la colère et le combat de sa collègue plus âgée. Quand Gaillard avait été viré tel un malpropre et, vu son âge et son faible taux d'employabilité, condamné à une misère sans appel, elle avait entendu Cathy soutenir que le droit du travail devrait être considéré comme un véritable droit humain. Le verbe haut, l'ex-syndicaliste dénonçait ceux qui infligeaient de la détresse au travailleur et portaient atteinte non pas seulement à sa dignité ou à son corps, mais à tout l'homme en lui. Sur le moment, le discours de Cathy l'avait frappée, mais, tout juste sortie de prison, elle avait substitué au cadre économique du travail celui privatif de la détention. Elle prenait conscience aujourd'hui de sa portée. N'avait-elle pas elle-même littéralement hypothéqué sa liberté contre la garantie de trouver n'importe quel boulot et de le conserver coûte que coûte ? Les deux termes entraient dans l'équation de son avenir, mais elle doutait de l'ordre dans lequel les placer. Se plier à un travail avilissant lui permettrait-il d'accéder à sa pleine liberté ? Ou devait-elle d'abord conquérir sa liberté pour avoir des chances – même infimes – d'obtenir un travail à peu près décent ?

Elle se promit d'en reparler avec Cathy si elle parvenait à regagner son estime. Dans l'immédiat, il était une tête qu'elle avait envie de voir s'incliner sous son bras flanchant. Oserait-elle ? *Il n'est jamais trop tard.* Elle retrouva un regain d'énergie et commença par trancher la mèche. Ah, la reine rouge était intransigeante, car la sentence sortait droit des aventures d'Alice, elle s'en souvenait mieux à présent qu'elle aussi était passée de l'autre côté du miroir. *Qu'on lui coupe la tête !* Elle leva son bras encore plus haut pour lui donner l'élan comme elle avait quelques semaines auparavant élevé le marteau au-dessus de sa tête. *Schlak ! Il mourrait deux fois.* Elle s'effraya elle-même de cet ultime passage à l'acte, puis s'en gargarisa. Enfin elle grimpait sur les barricades de ses frustrations. Elle pouvait tout se permettre. Ça restait dans sa tête, mais c'était grisant.

Deux gamins juchés sur un banc l'observaient gesticuler et parler seule. Ils se flanquaient de discrets coups de coude. Aux premières loges, ils assistèrent à l'écroulement subit de tout l'échafaudage. Une acrobatie d'à peine trois secondes. Johanne ne vit pas la marche du trottoir et trébucha sur la chaussée. Son genou fléchit, son buste bascula sur le côté. Elle se retint au sol du bout des doigts et parvint à rattraper son équilibre avant la chute. Incapables de réprimer leur hilarité, les deux mômes pouffèrent. Johanne se massait la cheville quand elle les regarda, puis rit aux éclats à son tour. Elle leur fit peur. *Alors voilà comment la réalité se rappelait à elle ! D'un simple croche-patte, elle tordait ses prétentions ridicules. Elle n'était décidément pas armée pour penser sa révolution.* N'empêche, la sensation était nouvelle, vivifiante même, et sur le moment elle regretta ne connaître ni le nom ni la composition de cette étrange ampoule qui injectait de l'estime de soi en surdose. Était-elle seulement ivre de magnésium ?

Elle était calme en arrivant à son hôtel. Hugo l'attendait en bas de l'immeuble. Il sortit de la voiture de livraison et vint à sa rencontre. Lui était nerveux.

– Alors ?

– Alors quoi ? Qu'est-ce que tu fais là ?

– C'est Cathy qui m'a donné ton adresse. Elle voulait pas, j'ai dû lui expliquer. Alors, tu les as toujours ? Tu en as fait quoi ?

Il était jeune et bête, lui aussi se croyait plus malin. Johanne aurait pu le jeter ou lui dire carrément ce qu'elle pensait de son comportement, elle se contenta de jeter un coup d'œil circulaire pour vérifier qu'on ne les observait pas.

– Laisse-moi le temps de me changer. Après on y va !

– Ils sont pas chez toi ?

– T'es con ou quoi ? Bien sûr que non.

– Je peux monter ? demanda-t-il, méfiant.

– Pas question. Tu m'attends là, point barre.

Trois quarts d'heure plus tard, elle lui demandait de se garer en double file non loin du parvis du Pin'Art et de patienter de nouveau. Hugo protesta, elle ne céda rien. Elle sauta par-dessus la ganivelle et disparut dans les fourrés.

Elle finissait de déterrer le bidon en plastique quand il la rejoignit sur la plage. Ce n'était pas surprenant qu'il contrevienne à son ordre, mais elle tiqua un peu. Un tiers connaissait à présent son île, elle n'y trouverait plus jamais refuge. Quand elle eut fini d'exhumer le paquet de Hugo, ils s'assirent côte à côte sur le sable. Il vérifia le contenu et compta les téléphones qu'il déballa un à un. Bientôt un sourire éclaira son visage juvénile.

– Ils sont tous là.

– Tu me prends pour une voleuse ?

Hugo hocha la tête.

– Si t'es pas voleuse, t'es quoi alors ?

Il regretta aussitôt.

– Pardon...

Johanne ne prit pas la peine de répondre. Hugo saisit le portable noir anthracite sur lequel il avait tant de fois essayé de la joindre quelques jours plus tôt.

– Tiens, cadeau !

Elle le prit sans grande conviction et resta sur ses gardes. Le téléphone avait encore de la batterie, l'écran indiquait : *55 appels en absence.*

– Ouais, j'étais pas tranquille... pas du tout, meuf.

– Ça craint pas ? On peut pas le remonter ? s'inquiéta-t-elle.

Hugo lui reprit l'appareil des mains et en retira la carte SIM. Il se leva et la balança dans le fleuve.

– On va t'en trouver une autre, d'accord ?

Elle se posta sur la berge à son tour. Son regard erra un moment sur les flots, remonta le courant, le suivit, mais il n'y avait plus rien pour l'accrocher.

– Disparue, chuchota-t-elle.

Hugo pivota sur lui-même à 360 degrés.

– On se casse ? On a l'air de naufragés...

Ils s'étaient arrêtés dans un bureau de tabac pour acheter une carte prépayée. Hugo avait effacé le journal d'appels du téléphone, puis tout ce qu'il contenait. Il l'avait réinitialisé et montré à Johanne comment il marchait.

– Voilà, comme neuf. Il est à toi, avait-il répété.

Alors que de retour dans la voiture de livraison elle le regardait attacher sa ceinture, il eut une idée saugrenue.

– Ça te ferait plaisir de conduire ?

Elle fut si déconcertée qu'il tenta de s'expliquer.

– Il doit bien y avoir un endroit tranquille où tu pourrais réessayer, non ?

Il crut bien s'être trop avancé, mais une flamme dansa dans les yeux de Johanne.

– Prends tout droit jusqu'au feu, puis deuxième à gauche, indiqua-t-elle.

La ville n'était que chantiers, ici des bâtiments dédiés au tertiaire. Où qu'elle regarde, les étages s'empilaient sans balcons ni coursives, la mode était aux façades à claire-voie. Elle imaginait mal que des gens sensés puissent faire le choix de vivre derrière des barreaux, fussent-ils en bois exotique. Que d'autres y planchent dans d'identiques bureaux et reproduisent ainsi l'environnement de travail qui les empêchait de voir plus loin, ça oui, c'était concevable.

Pour l'heure, tout était à l'arrêt, déserté. Les ouvriers ne travaillaient pas le samedi, supposèrent-ils, leurs deux têtes penchées sur le parebrise. Ils parcouraient des yeux le dédale du futur quartier.

Ils le découvrirent à l'arrière d'un bâtiment semi-érigé, à l'orée d'un parking goudronné de fraîche date où stationnaient de grosses machines du BTP. L'ancien terrain vague continuait d'échapper à la fièvre promotrice. Sa surface plane miraculeusement préservée dans sa couche de terre battue, jonchée de plastiques et de déchets, restait plus propice aux fouilles archéologiques qu'à l'aménagement urbain. Johanne hésita à sortir de la voiture. Une fois le nez devant les barrières grillagées qui en bloquaient l'accès, elle ne reconnut pas l'endroit tant les alentours avaient changé. Elle se tint droite sans bouger face à l'horizontalité vierge qu'elle pouvait à loisir parcourir ou peupler de souvenirs. Ça ferait l'affaire. Hugo comprit que le lieu occupait une place sensible dans sa mémoire. Elle lui fit signe et, à eux deux, ils eurent vite fait de déplacer un panneau de clôture. Le terrain n'était pas protégé, mais les chantiers tout autour le fermaient de l'extérieur.

Ils roulèrent dans l'enceinte. Hugo avança de quelques dizaines de mètres, puis freina. Ils permutèrent leurs places derrière le volant.

– T'es prête ?

Elle hocha la tête, puis elle mit le contact.

La suite lui appartenait, elle était seule aux commandes. Depuis le siège du passager, Hugo ne comprit pas grand-chose à la chorégraphie qu'elle donna l'air de diriger. Bien que très concentrée, elle cherchait une coordination de gestes qu'elle peinait à retrouver, tantôt les répétant tantôt improvisant des figures. Il se rendit peu à peu compte qu'elle parcourait le terrain vague en quête de réminiscences et se questionna sur la réalité de son ancien métier. *Qu'avait-elle à ce point oublié qu'elle tenait à revivre ? Et pourquoi regardait-elle si souvent leurs pieds et ses chaussures à lui ? Qu'espérait-elle y voir à part ses blanches Air Force 1 – une aubaine à sa pointure « trouvée » dans un paquet ?* Des à-coups succédèrent à de brusques accélérations, autant de tentatives de freinage intempestif. La voiture de livraison vrombissait et ruait. À l'intérieur, Hugo était ballotté et secoué, mais n'osait pas l'interrompre. Sa voisine conduisait avec un casque de réalité virtuelle plaqué sur les yeux. Sur l'écran du parebrise, elle déroulait son film. L'histoire n'avait aucun sens pour Hugo, mais plus elle durait, plus elle lui faisait peur. Il craignait l'accident.

Il fut soulagé quand elle roula sagement jusqu'à l'autre bout du terrain et effectua un demi-tour pour positionner le véhicule tel un avion en bout de piste. Ils tournaient le dos au bassin. Il voulut reprendre sa place de conducteur et commença à décrocher sa ceinture. Mais elle l'arrêta d'un geste.

– Attends, pas encore. Tiens-toi.

Quelle erreur ! Elle n'avait pas atterri. Elle embraya et pressa le champignon. Troisième. Ils allaient décoller. Elle fonça droit vers le mur de l'immeuble dont les tiges armées du béton hérissaient le troisième étage en cours de construction. Elle accéléra avec toute la puissance que lui permettaient les cent dix chevaux du moteur. Quatrième. Plus que cent mètres. Hugo flippa. Cinquante. Il hurla en même temps qu'il eut le réflexe d'appuyer sur la pédale inexistante de son côté.

– Freeeeeine !

Elle avait regardé sa basket droite enfoncer le vide tandis qu'elle-même freinait de son côté. Elle donna un ultime coup de volant. L'utilitaire dérapa et pila net au ras du mur. Une odeur de caoutchouc brûlé leur chatouilla les narines.

– Putain, t'es une malade, toi ! s'exclama Hugo. Wesh, t'étais monitrice ou cascadeuse ?

Johanne ne l'écoutait pas. Elle vérifiait l'espace vide du renfoncement sous les pieds de Hugo, puis le tableau de bord où il avait appuyé ses mains pour se protéger du choc ou l'amortir. Elle ramena son regard droit devant elle et le laissa flotter par-delà le parebrise et le béton.

– Pourquoi l'airbag ne s'est pas déclenché ?

Au ton de sa voix, il ne sut pas si la question s'adressait à lui. Il attendit avant de répondre.

– Kamel le désactive quand sa gamine monte avec lui dans la voiture. Y a jamais personne d'autre devant de toute façon...

– Elle aurait dû freiner.

– Qui ça ?

– Lili.

– De quoi tu parles ?

Johanne regarda de nouveau l'espace vide sous les pieds de son passager.

– Elle n'aurait pas dû être assise là ! C'était ma place.

Stressé, Hugo n'en menait pas large.

– Elle aurait dû freiner, elle a accéléré.

Ils sortirent de l'utilitaire chacun de leur côté. Johanne se planta devant la voiture face au mur de béton. Hugo fit quelques pas. Il jetait de petits coups d'œil craintifs vers elle.

– Y avait quoi là, à la place du mur ?

– Un pylône.

Elle leva la tête vers le ciel.

– On s'est fait repérer, on se casse, prévint-elle, les yeux toujours levés.

Hugo suivit son regard vers la grue haut perchée dans le chantier voisin, bien incapable à cette distance de distinguer quelqu'un dans la cabine de pilotage.

Il la déposa chez elle sans traîner. Au coin du chantier, il avait pourtant cédé à la tentation de l'interroger.

– C'est toi qui étais au volant dans l'accident ?

Elle n'avait d'abord pas répondu.

– Je comprends pas... Si elle devait freiner, c'est que tu as accéléré ? Pourquoi ?

– Je voulais lui donner une leçon, murmura-t-elle.

Elle ne l'avait pas convaincu. Il mourait d'envie de savoir.

– Qu'est-ce qu'elle est devenue ?

Au bout d'un moment qui lui avait paru très long, il avait redémarré. Alors qu'ils quittaient le périmètre, Johanne choisit de sortir du silence.

– Elle n'a pas survécu.

– Wow, c'était si violent ?

– L'airbag n'a pas fonctionné. Elle est morte parce qu'elle est descendue et que je l'ai abandonnée là, au milieu de nulle part. J'étais en colère...

– Pourquoi ? Tu la connaissais bien cette fille ?

Elle l'avait regardé et compris qu'elle ne le lui avait pas encore dit.

– C'était ma sœur.

Hugo restait hébété.

– Tu vois, je ne suis pas une voleuse. Juste une criminelle, avait-elle ajouté.

Une fois dans sa chambre, Johanne fit le plus gros du ménage qui s'imposait : aérer, balancer les bouteilles vides, refaire le lit. Elle prit une longue douche, puis se servit de son nouveau téléphone pour appeler Ida. Elle voulait connaître sur-le-champ son point de vue sur l'accident, ses doutes ou ses certitudes, peu importe, mais l'entendre raconter sa version des évènements. Elles n'avaient jamais parlé autrement du jour de la mort de Lili qu'au passage, en taisant les détails du « drame ». Johanne poussa sa tante dans ses retranchements, tant et si bien que celle-ci admit ne pas s'être suffisamment opposée à l'obstination de son père qui avait toujours chargé sa fille aînée, sans preuve réelle. Au contraire. Oui, elle connaissait le rapport de la contre-expertise qu'elle avait découvert dans le dossier après le procès. Elle l'avait à dessein laissé traîner la veille. Il confirmait que Lili était assise côté passager lors de l'impact, c'est-à-dire à la place du moniteur de conduite. Du sang avait été retrouvé sur le tableau de bord. Le sang de Lili. L'hypothèse l'attribuait à la plaie à la tête provoquée par le choc. Johanne avança que Lili avait accès aux commandes prioritaires du double pédalier, pas elle.

– Mais rien ne prouve qu'elle s'en est servie, non ? contesta Ida.

Bien qu'il se soit précipité pour descendre de son engin, le temps de contourner son chantier, puis de traverser l'étendue du terrain jusqu'à elle, le grutier avait découvert Lili couchée inanimée sur le terrain vague quinze minutes plus tard. Si la tête avait percuté le tableau de bord parce que l'airbag ne s'était pas ouvert, elle avait pu être commotionnée, mais avoir eu le temps de descendre de l'auto-école. Elle était sans doute restée consciente encore quelques minutes. *Si seulement Johanne n'avait pas filé...* s'abstint de poursuivre Ida.

– On était saoules, mais elle était vivante quand je suis partie. J'en suis sûre !

– Tu es partie trop tôt, il est arrivé trop tard... à quoi cela peut-il bien servir à présent de savoir qui aurait pu la sauver ?

– Non, non, non. La question, c'est : qui a provoqué l'accident ? Ça change tout si c'est elle qui a appuyé sur l'accélérateur.

– Mais tu as bien reconnu toi-même que tu l'avais effrayée quand elle était au volant et toi à ta place d'instructrice ?

– Oui, mais j'ai toujours cru que j'avais provoqué l'accident ! On a changé de place. C'est elle qui était assise à droite. Elle a voulu me faire peur à son tour...

– Je ne sais pas...

– Ou alors elle avait encore ces fichues godasses aux pieds.

– Tu as peut-être accéléré, elle n'a pas su freiner...

Ida ne poussa pas plus loin la logique et se retint de répéter qu'elles n'auraient jamais dû se trouver là dans cet état. Johanne ne le savait que trop bien. Elle avait payé pour ça. Elle-même poursuivit seule le raisonnement une fois qu'elles eurent raccroché.

Une des deux avait accéléré – avec la volonté de le faire ou pas – et l'autre n'avait pas freiné. Soit qu'elle n'ait pas pu, su ou voulu le faire. Johanne agença toutes les combinaisons possibles en quête de celle qui provoquerait le déclic mémoriel, l'éblouissement d'un flash auquel on associait communément la compréhension. Elle eut beau interpréter chacune d'entre elles, elle ne put croire l'une plus réelle que l'autre, choisir la plus supportable alors que toutes restaient vraisemblables et n'obtint pas le fin mot de l'histoire. Au bout de longues heures d'assemblage, elle douta toujours de retrouver la scène originelle dans sa complétude et sa vérité. Elle pressentit qu'au moment même où elle l'avait vécue, du fait de l'excès de substances ou de la passion, voire devina-t-elle, d'une cécité par omission, elle l'avait composée et créée tout autant qu'elle l'avait subie et provoquée. La réalité s'était noyée dans la fiction et le point de vue qu'elle adopterait, aussi proche en soit-il, resterait une croyance.

16

Le lendemain, Johanne prit un train en direction de la côte et marcha longtemps avant d'atteindre l'océan. Elle avait peu, mais profondément dormi et s'était réveillée avec l'urgence de fuir la ville. Après tant d'années à tenter de s'en représenter le mouvement et l'étendue, tout autant à y renoncer, elle désirait se fondre dans l'immensité d'un paysage. Par ce froid dimanche de plein hiver au ciel calaminé, son besoin de grands espaces était vif et serait peu partagé. Elle y trouverait la paix.

Elle bifurqua vers le littoral depuis le parking d'une plage isolée. Elle traversa la pinède en préférant aux accès aménagés la sente étroite d'une piste animale. Les troncs noirs des résineux plantés par l'homme s'alignaient à égale distance les uns des autres, identiques et silencieux. Ils repoussaient droit vers le ciel la toile grise du jour. Sa lumière blafarde peinait à colorer la futaie de sa teinte monochrome. Johanne cherchait la vie, mais les arbres ici semblables à de longs barreaux dressés la tenaient à distance. La déflagration d'un fusil de chasse fit pourtant détaler à une vingtaine de mètres un chevreuil. Le cœur blanc de son arrière-train rebondit de ligne en ligne, indifférent à la géométrie des lieux.

Elle accéléra le pas et déboucha du sentier au pied d'une grande dune. Elle en commença l'ascension, le souffle raccourci par l'effort et l'excitation. Le grondement de l'océan se rapprochait. Derrière le mur de sable se tenait l'horizon infini dont elle n'avait que le souvenir du tracé, une ligne pure et ténue qui tranchait dans sa largeur le monde en deux. Elle avait oublié l'ample va-et-vient de l'Atlantique et son souffle iodé. Parvenue sur la crête, elle fut saisie par sa sauvagerie. Il se déchaînait à ses pieds en vagues ourlées d'écume, empruntant sa couleur d'acier au ciel tourmenté et fracassait la grève passive de son ressac impétueux. Elle le contempla de longues minutes, tentant de l'apprivoiser du regard. Elle était arrivée au bord du monde et pouvait laisser derrière elle ses tracas et même sa vie entière.

Elle dévala la dune à la façon dont elles s'y jetaient gamines. En se déhanchant, avec des pas lourds que l'élan entraînait et allongeait dans la déclivité croissante jusqu'à ce que les jambes se transforment en échasses légères. Elle adorait cette sensation où, géante désarticulée, elle s'offrait à la pente tandis que Lili, plus classique dans son choix, plaquait ses bras le long du corps et roulait en bas comme un tonneau. Ensuite, elles se poursuivaient inlassablement jusqu'à la limite du sable sec où elles laissaient tomber en vrac seau, serviette et short avant de se ruer dans l'eau.

Presque trente ans plus tard, au cœur d'un frileux mois de janvier, Johanne ne venait pas raviver sur la plage ses souvenirs d'enfance. Elle était en quête d'une expérience régénérante dont elle cherchait la forme la plus instantanée. Emmitouflée dans la parka fourrée qu'Ida lui avait ressortie d'un placard, elle marcha longtemps sur le bord mouillé en respirant l'odeur piquante et musquée des embruns avant d'oser plonger sa main dans l'eau. L'océan avait atteint l'acmé de sa marée montante et s'était, comme le vent, assagi. Sa température plus élevée que l'air ambiant surprit Johanne. Elle devait peut-être atteindre douze ou treize degrés. Elle se rappelait avoir entendu qu'on pouvait se baigner en eau froide pendant l'équivalent d'une minute par degré, mais elle ne savait plus si ce calcul intégrait ou pas une combinaison de nage. Moins de cinq seraient suffisantes pour exaucer son vœu. Il n'y avait personne d'autre sur la plage. Elle fit un tas de ses vêtements plus haut sur le rivage et pénétra nue dans l'eau sombre jusqu'aux genoux. Sa peau n'avait plus flirté avec le soleil depuis tant d'années qu'elle était aussi blanche que l'écume. Elle se marbra d'un bleu mauve et révéla le réseau des capillaires sanguins qui irriguaient ses cuisses. Johanne s'enfonça dans la noire transparence. Elle en eut le souffle coupé. La mer ténébreuse se souleva de nouveau en vagues couronnées de lumière. Des paquets d'eau lui fouettèrent les flancs, elle ne sentit plus ses muscles ni ses membres. Elle n'opposa aucune résistance au rouleau qu'elle avait vu se former plus au large. Il l'immergea tout entière alors qu'elle tentait de maintenir sa tête hors de l'eau. Pendant quelques secondes, elle entendit la mousse pétiller tout autour de son visage tel un joyeux champagne et désira s'enivrer de ces bulles marines. Mais en se retirant, la lame traîtresse lui faucha les mollets et la culbuta dans son azote liquide. La baïne l'entraîna. Son corps fut malmené, retourné et raclé un temps qui lui parut repousser les limites de sa survie avant d'être brutalement rejeté sur la grève, étranger. À l'intérieur, des flots d'adrénaline la maintenaient plus vivante que jamais. Elle cracha un peu d'eau et roula sur le côté. Elle eut la présence d'esprit de vite se rhabiller et de rabattre la capuche sur sa tête. Elle se remit en route et sentit bientôt les douloureux picotements du retour de la chaleur partout dans ses membres transis tandis qu'une vague d'euphorie n'en finissait pas de gonfler.

Débouchant de la forêt sur une route plus fréquentée, elle eut la chance d'être prise en stop jusqu'à la gare. La conductrice brancha le chauffage à fond tant elle paraissait frigorifiée. La bulle de bien-être dans laquelle elle baignait se déploya tout le long du trajet en TER et se prolongea dans le tram une heure plus tard le long des quais. Alors qu'elle regardait avec nonchalance les paysages défiler, elle réalisa qu'elle voyait plus clair, plus loin. Au point qu'en traversant la ville, elle crut apercevoir Zarrin postée à un carrefour sous un feu tricolore. La jeune femme attendait qu'il passe au rouge et lui tournait le dos, mais Johanne reconnut son châle coloré. Son premier réflexe fut de descendre à la station suivante pour la rattraper, mais alors que la rame commençait à ralentir, la passante se retourna et révéla le visage bouffi d'une inconnue. Elle fut tout à la fois déçue et soulagée. Elle aurait beaucoup aimé revoir l'Afghane, mais dans l'immédiat elle avait hâte de rentrer chez elle pour prendre une douche chaude et se reposer.

Elle se réveilla dans la nuit en sursaut. Son ventre la travaillait tout autant que la fièvre. Mais autre chose la contrariait. Elle n'avait pas recontacté son conseiller d'insertion et de probation. La date de l'entretien était passée depuis trois jours, week-end inclus. Lors de sa dernière visite de contrôle, dans l'enceinte même de son travail, le CPIP avait formalisé ce rendez-vous à l'oral alors qu'elle était toujours défoncée. Depuis, les obsèques de son père avaient eu lieu. Elle rechignait à s'en servir d'alibi pour atténuer le coup de semonce prévisible, mais il était hors de question qu'elle retourne en prison alors qu'elle commençait à goûter sa liberté. Elle jaillit des draps et découvrit à quel point son bain glacé lui avait remué les sangs. Celui des règles avait recouvré sa voie naturelle. D'un rouge carmin, neuf et oxygéné, il roulait au fond de son ventre comme sur un lit de galets.

Elle pointa tôt au SPIP ce lundi matin avant l'ouverture des bureaux. Elle serait la première avec qui son conseiller s'entretiendrait en ce début de semaine. Elle voulait s'enquérir de l'évolution de son dossier, le rassurer et lui faire part de sa nouvelle détermination. Elle attendit longtemps après que les services eurent ouvert leurs portes, mais il ne vint pas. Comme elle insistait pour lui parler, elle finit par apprendre qu'il était en arrêt maladie prolongé. Une de ses collègues la prit entre deux rendez-vous. Plus jeune que son conseiller attitré, madame Dolle – une plaque nominative ornait le coin du bureau bien rangé – manifesta une énergie plus sèche. Elle lui posa des questions au fur et à mesure qu'elle prenait connaissance de son dossier.

– Vous êtes libérée sous conditions depuis bientôt deux mois, comment ça se passe pour vous ? débuta-t-elle sans même quitter l'écran des yeux.

– Plutôt bien, j'ai un travail et un logement.

Johanne observa la main de la jeune femme qui s'activait sur la souris et scrollait à la vitesse de sa lecture expresse. Sa peau très noire contrastait avec le rose tendre de ses ongles vernis et la vivacité de son geste balaya le souvenir de la mollesse de son conseiller blasé.

– Pas si bien que ça, mon collègue a noté que vous aviez du mal à observer vos obligations.

– Comment ça ? s'alarma Johanne. Si c'est pour le dernier rendez-vous, je peux vous expliquer.

– Ben oui, c'est même nécessaire. Vous ne vous êtes pas présentée à deux reprises, deux fois d'affilée. J'espère que vous avez de solides raisons parce que vous êtes en infraction. Si ce n'est pas convaincant, on doit en référer au JAP, annonça-t-elle en la regardant enfin.

À l'évocation du juge d'application des peines et d'une possible révocation de sa conditionnelle, Johanne dut blêmir, car le visage de la conseillère s'adoucit.

– Racontez-moi.

– Qu'est-ce que je dois vous dire ? Je ne sais même pas ce que vous savez !

La CPIP parcourut de nouveau son écran en silence, un laps de temps suffisant pour que Johanne se décide à prendre la parole.

– On a enterré mon père il y a quelques jours. J'ai oublié mon rendez-vous...

– Vous avez apporté un certificat de décès ?

À aucun moment Johanne n'y avait pensé.

– Vous ne me croyez pas ?

– Ce n'est pas la question. Votre peine tire à sa fin, mais elle est toujours en cours. Elle est aménagée et assortie d'obligations, vous devez vous y plier, c'est tout. Si vous rencontrez un empêchement, c'est humain. Mais il faut impérativement nous prévenir et justifier votre absence, c'est le dispositif qui veut ça. Tout doit figurer dans votre dossier. En cas de récidive...

– Quelle récidive ? Je n'ai plus de permis, je ne conduis pas. Je travaille à pied, je fais tout à pied...

L'agente remonta en amont dans le dossier. *Quelle infraction craignait-elle qu'elle répète ?* Johanne mesurait sa chance d'avoir été suivie jusque-là par un conseiller peu à cheval sur la procédure. Celle qui prenait la relève aujourd'hui était soit rigide soit nouvelle dans le métier. Johanne s'effraya des conséquences de tels excès de zèle sur son proche avenir et redouta ne plus en avoir du tout.

– Je vais me procurer un certificat. Je m'en occupe dès aujourd'hui. Comment je m'y prends ?

– C'est la mairie du domicile de votre père qui vous le délivre. Quelqu'un de votre famille l'a probablement déjà fait, non ?

– Peut-être, je vais me renseigner. Est-ce que vous pouvez me dire où j'en suis avec mes droits ? Est-ce que mon compte bancaire est enfin ouvert ? Et pour ma carte d'identité ?

– Vous n'avez pas de compte ? Mais comment faites-vous avec votre salaire depuis deux mois ?

– Je demande des avances cash. Et j'ai un peu d'argent que mon père m'a donné... avant de partir.

Elle n'avait pas prémédité que sa voix s'étranglerait au rappel de ce cruel moment. Ce fut si naturel que la CPIP sortit de sa réserve toute professionnelle et interpréta ce trop-plein d'émotion comme la marque d'un chagrin qu'il n'était pas humain de dédaigner. Elle retira sa main de la souris, recula de son écran et s'adossa à son fauteuil pour réfléchir. Johanne profita de l'instant.

– Il faut que je retourne au travail, je vais être en retard.

– Oui, de toute façon, je n'ai pas le temps ce matin de m'occuper de vous. Vous réunissez les documents et vous revenez en fin de semaine ?

L'une et l'autre soulagées de s'en sortir à si bon compte convinrent de la date et de l'heure du prochain rendez-vous.

En sortant du SPIP, Johanne appela Ida et convint de passer la voir en fin de journée pour récupérer le certificat de décès. Elle avait ensuite prévenu Kamel de son retard avant de rejoindre le travail. Il avait été compréhensif.

– Soyez là dans une heure. J'ai oublié de vous dire que nous avons un module de mise en situation ce matin, suite à ce que nous venons de traverser.

– Ah bon ? Qu'est-ce que je vais faire ?

– Rien de spécial, vous ferez comme nous tous. Vous suivrez l'atelier de cohésion d'équipe proposé par la direction...

Elle n'avait pas posé davantage de questions, elle verrait sur place. Kamel l'avait en quelque sorte avertie : l'initiative était reliée aux vols récents. Elle estima plus prudent de repasser chez elle déposer son iPhone. Elle pouvait se permettre ce détour de vingt minutes si elle empruntait le tram. Une fois dans son studio, elle en profita pour noter son prochain rendez-vous au SPIP sur le calendrier pendu au-dessus du frigo. Et raya la promesse non tenue trois jours plus tôt d'arrêter de boire pour la reporter en lettres capitales au jour même.

Ils avaient fait descendre de leurs bureaux pour l'occasion le personnel des services de com et de compta. Les groupes de cinq à six personnes mélangeaient les rangs de l'entreprise et constituaient un échantillonnage de la pyramide salariale, des étages supérieurs à la rue.

À peine avait-elle rejoint le hangar que Johanne fut incorporée à la « team 3 » dont faisait déjà partie Hugo. Tous deux s'observèrent avec prudence, craignant qu'un piège se referme sur eux. Or, le hasard pouvait aussi bien les avoir réunis dans une même équipe. Chacune était composée a minima d'un manager, d'un infographiste ou d'un assistant de direction, d'un livreur et d'au moins deux distributeurs, petites mains les plus nombreuses. La leur comptait la responsable e-mailing, une trentenaire aux yeux perçants qui tiraient les ficelles de son sourire chaque fois qu'elle les plissait, un type en cravate à gros motifs cachemire qui s'était présenté comme contrôleur de gestion opérationnel et une nana plus farouche tatouée sur le menton d'un fin trait vertical qui lui mordait la lèvre inférieure. Johanne reconnut la nouvelle venue du département des livraisons. Ses autres collègues étaient disséminés dans les équipes, mais elle n'avait jamais croisé aucun des employés des étages. Déchus là en simple tenue de bureau, certains grelottaient de froid. Ils paraissaient impatients d'en finir pour remonter au chaud. Elle avait raté les préliminaires. Un responsable des ressources humaines en manteau et cache-nez – Hugo, sarcastique, l'appela le chauffeur de salle – se démarqua des salariés pour présenter l'objectif de l'exercice. *Renforcer l'esprit d'équipe en brisant la glace*. La seule expression suscita une première réaction collective avec des tapements de pied.

– Nous avons concocté une petite chasse au trésor.

Tandis qu'un stagiaire distribuait à chaque équipe la règle du jeu et ses indices, le RH fit la lecture à voix haute des étapes à suivre : un selfie de la team avant le départ, une course de caddies chargés d'imprimés avec lecture de cartes et orientation spatiale, l'annonce de la récompense par les *winners* eux-mêmes. Autour, les plus récalcitrants tardaient à s'organiser.

– Une chasse au trésor, les bras m'en tombent...

Johanne reconnut la première des voix insurgées qui montait de la « team 4 ».

– C'est ça votre idée de la cohésion du groupe ? Vous vous fichez de nous ! s'exclama Cathy en sortant des rangs.

– On est vraiment obligés de jouer ? demanda un bureaucrate de la « 1 ». On se caille ici.

– C'est pas un trésor qu'on cherche nous, on veut un salaire décent, insista Cathy.

– Oh, tais-toi la rabat-joie ! Pour une fois qu'on peut s'amuser...

Le retraité sportif avait envie de se divertir. Les autres se cherchaient des yeux ou baissaient la tête en attendant que ça passe. Cathy alla seule à l'affrontement.

– C'est pas possible d'être aussi con, y'a personne pour lui dire ?

Le type l'eut mauvaise et s'approcha. Le RH leva une main conciliante.

– S'il vous plaît, ne nous laissons pas emporter, nous sommes réunis là...

– Oui, puisqu'on est tous là, parlons. Pas besoin de ces jeux débiles.

– Mais qu'est-ce que tu nous enquiquines, toi ? On t'a rien demandé. On n'a jamais voté pour que tu parles à notre place… On joue si on veut.

Les bouclettes de Hugo tressautèrent sur sa tête tant il rigolait.

– Oh, pépé, tu te crois à l'Ehpad ? On n'est quand même pas là pour s'enjailler !

Mais le vieux était à présent remonté à bloc.

– Ne me manque pas de respect, petit con !

Tout autour, les groupes au départ imposés se désagrégeaient. Les uns s'éloignaient et s'approchaient d'autres, se retrouvant par appartenance plus que par affinité. Certains prenaient carrément leurs distances. Le mouvement redessina les positions et une ligne de front émergea. Au fond du hangar, la direction battit en retraite. Isolé, le responsable des ressources humaines tenta encore un arbitrage.

– Calmons-nous, messieurs-dames, et rejoignons nos postes. On reporte la team-building d'aujourd'hui…

– C'est ça, courage ! Remontez là-haut gérer vos chiffres et laissez-nous régler nos problèmes, réagit Cathy.

– Voilà, vous êtes contente, vous ? Il n'y a plus rien à faire d'autre qu'à retourner au boulot maintenant… Vous avez tout saboté.

– Qu'est-ce qu'elle espère à son âge celle-là ? Elle peut pas fermer sa bouche ?

Les esprits s'échauffaient. Pour l'avoir vécue maintes fois en détention, Johanne reconnut la tournure que prenait la situation. Cathy n'allait pas tarder à se faire insulter.

– N'empêche que c'est bien que quelqu'un ait le courage de l'ouvrir. Et depuis que je suis là, c'est toujours la même qui le fait !

Johanne avait osé parler, haut et clair. Ceux de la distribution la regardaient, surpris.

– Peut-être, mais ça n'a jamais été au programme du jour, répondit le RH en remballant ses feuilles et ses stylos.

– Alors, prenons rendez-vous, dit Cathy ranimée par l'intervention de Johanne.

– Laisse tomber, c'est le seum ces journées de toute façon...

Hugo avait parlé. Autour, les gens se dispersaient pour regagner leur poste aux étages comme si aucune proposition, qu'elle soit ludique ou syndicale, n'était à prendre au sérieux et leur avait déjà fait perdre trop de temps. Cathy et Johanne se retrouvaient seules. Le fiasco semblait prémédité. Kamel s'approcha d'elles.

– J'ai rien compris, avoua Johanne. C'est fini ?

– Oui, c'est toujours pareil. La première tentative de l'année, c'est chaque fois un flop.

Kamel attendit que Cathy, trop contrariée pour l'écouter, s'éloigne.

– Mais là, avec son intervention, elle leur a servi le prétexte sur un plateau.

– À quoi bon ce cirque, alors ?

Il pointa du doigt les niveaux supérieurs.

– Ils ont signé la charte. Il y a déjà eu des plaintes. Elle les engage dans des actions concrètes pour favoriser le mieux-être des salariés, surtout ceux de la branche Services-Courrier-Colis. Nous, quoi, à la distribution, précisa-t-il. Mais tout le monde y a droit deux fois par an...

C'est la première fois qu'elle entendait son chef se désolidariser de la direction. À l'exception des perdreaux de l'année, elle, Cathy ou la toute nouvelle livreuse, la plupart des employés de la société, obligés d'y participer, toléraient ce jeu de dupes. Kamel comme les autres.

– Bon, vous vous sentez comment ce matin ? Vous restez sur la plateforme aujourd'hui pour faire de l'assemblage.

– Ah. Vous essayez de me la faire à l'envers, vous aussi ?

Kamel rit, de bonne humeur. Elle le suivit dans un local voisin de son bureau où il brancha un chauffage de chantier. Il lui indiqua une palette d'imprimés de l'Agglo. Il fallait insérer un feuillet d'erratum dans chacun des bulletins : une coquille s'était glissée, une date à rectifier.

– C'est une tâche un peu fastidieuse mais vous avez la journée, ce ne sera pas distribué avant mercredi. Faut juste trouver le bon rythme...

Il lui descendit les paquets du haut de la pile et d'un coup de cutter les déballa du film plastique.

Plus tard dans l'après-midi, quand les autres furent revenus de leur tournée, il lui envoya du renfort. Cathy avait accepté de la rejoindre pour alléger la palette à condition que son temps soit comptabilisé et payé. Au cours des deux heures qu'elles passèrent ensemble, les deux femmes renouèrent. Les évènements de la matinée les avaient rapprochées. Johanne fut sensible aux souvenirs de l'ancienne cégétiste qui réveillait ses heures de gloire et partagea avec elle deux anecdotes du temps où elle était monitrice d'auto-école.

– T'étais une bonne prof toi, non ?

– Je crois que oui, j'aimais bien ça.

– J'en suis pas fière, mais je l'ai passé quatre fois mon permis, lui confia Cathy. Bon, j'étais déjà vieille. Et j'ai jamais su négocier les créneaux ! C'est à cause de mes cervicales, j'assure pas en marche arrière...

Elles avaient passé du bon temps.

En fin de journée, les piles sur la palette n'étaient descendues qu'aux deux tiers. Kamel proposa à Johanne de terminer le lendemain matin.

Cathy, le chef et elle se souhaitèrent une bonne soirée au milieu du parking avant de se séparer. La glace dans leur petite équipe s'était bel et bien fendue.

17

La nuit ne tomberait pas avant dix-huit heures, mais les traits s'effaçaient déjà au profit des contours. Johanne douta de ce qu'elle voyait et se demanda si cette femme enveloppée dans le châle de Zarrin mendiait auprès des automobilistes ou les aguichait.

Elle avait choisi d'emprunter un autre itinéraire pour se rendre chez Ida et avait traversé la Garonne au nord par le pont levant. À mi-chemin du tablier, elle s'était penchée sur le bastingage pour observer son île. Depuis le surplomb, une quinzaine de mètres tout au plus, elle n'avait aucun attrait. C'est à peine si on la distinguait prise en étau entre l'estran boueux du chenal et le ponton flottant de la navette fluviale dont c'était le terminus. Un bout de berge peu engageant, ceint d'une végétation défensive que seule l'inclination asociale de Johanne avait pu transformer en décor de robinsonnade.

Sur l'autre rive en pleine mutation foncière, elle avait remonté l'avenue à pied le long du fleuve et s'était étonnée du découpage du territoire en parcelles composites. Des communautés très variées y voisinaient dans une indifférence réciproque. Sur le premier terrain en friche, les ouvriers d'une entreprise de carénage ponçaient la coque d'un yacht de plaisance à trois sur un échafaudage. Leurs silhouettes à contrejour et les flammèches de leurs puissantes meuleuses offraient une performance pyrotechnique. De l'autre côté du grillage, quelques familles roms occupaient un campement en partie évacué. Un monceau de matériaux de récup détruits dissimulait les rescapés. À portée de vue, une faune fumeuse s'amassait devant un bar à bières mitoyen. Chaque scène baignait dans son propre univers sonore, seuls le déclin progressif de la lumière du jour et la permanence du fleuve donnaient un semblant d'unité à cette cohabitation sauvage. À l'approche du troquet, elle avait d'abord accéléré le pas afin de contourner l'attroupement au plus vite, puis s'était arrêtée pour prêter l'oreille. Elle avait reconnu le tempo vif du rock et le timbre nasillard volontiers indolent du chanteur. Bashung avait composé cette chanson au début des années 1980. Elle ne l'avait pas entendue depuis une éternité. *Pousse ton genou, j'passe la troisième/Ça fait jamais qu'une borne que tu m'aimes/Je sais pas si je veux te connaître plus loin/Arrête de me dire que je vais pas bien/C'est comment qu'on freine...* Elle redécouvrait les paroles. Lili lui avait enregistré une compilation disparate de morceaux pour ses dix-huit ans, tous issus de millésimes proches de sa date de naissance. C'est sa sœur qui aimait ce vieil album, *Play blessures*, un peu trop punk à son goût. Où est-ce qu'avait bien pu passer ce CD de Lili ? *Je voudrais descendre de là/C'est comment qu'on freine...*

En poursuivant son chemin, elle s'était souvenue d'autres titres du mitan de la décennie également présents sur le disque. Les deux frangines s'étaient bidonnées des heures durant en matant les clips ringards et leurs interprètes à coupe mulet. Jean-Jacques Goldman, le trio Élégance et son *Vacances j'oublie tout...* Ce tube-là, elles se le repassaient chaque fois qu'elles avaient besoin de danser.

Des aboiements aigus l'avaient ramenée le long des quais, la joyeuse ligne de basse s'était estompée. Des chiens se battaient autour de poubelles éparpillées sur une ancienne voie ferrée. Elle ne traîna pas et longea le skate park dernière génération que des accros de la glisse sillonnaient de long en large. Il annonçait le bout du boulevard rénové de fraîche date et le quartier plus vivant où elles avaient vécu. Un dernier embranchement à traverser avant de s'engouffrer dans les ruelles du quartier de la cordonnerie.

C'est là qu'elle aperçut la femme à l'étole chamarrée. La même que la veille quand elle était rentrée de l'Océan. Elle toquait à la vitre des conducteurs arrêtés au feu rouge. À cette heure de pointe, l'intersection embouteillée s'éclairait de mille feux et Johanne se retrouva quasi nez à nez avec elle. Avec sa mine chafouine et son comportement agressif, il était impossible de la confondre avec Zarrin, celle-ci eut-elle connu la dureté de la rue au cours des semaines passées. Johanne l'observa rejoindre un groupe de mendiantes réunies autour d'un banc avant de s'approcher. Toutes étaient étrangères, d'origines diverses, lui parut-il, mais aucune d'elles ne ressemblait à son amie. La femme au châle dut noter son regard insistant, car elle vint sur elle, poitrine et menton tendus.

– Qu'est-ce que tu veux, toi ?

Johanne montra le pashmina qu'elle portait.

– Zarrin ? Vous connaissez Zarrin ?

La femme la scanna de la tête aux pieds. Estimant que Johanne ne présentait pas de danger, elle lui indiqua de la tête l'entrée d'un parc de stationnement de l'autre côté du carrefour.

Squatté, l'endroit lui parut peu sûr. Johanne ne s'enfonça pas dans le parking plongé dans l'obscurité. Elle devina les corps qui se frôlaient en chuchotant ou se rencognaient dans la pénombre. Elle appela deux ou trois fois le prénom de son amie. La prudence l'incita à renoncer.

Elle était bien décidée à regagner l'appartement familial situé à quelques centaines de mètres et ne se retourna qu'une fois pour vérifier si elle était suivie. Il lui avait semblé entendre l'écho de pas discrets sur ses traces.

Elles s'étaient installées dans la cuisine. Ida gardait les yeux fixés sur la table tandis que Johanne lisait machinalement la copie de l'acte de décès qu'elle tenait entre ses doigts. Au-dessus du nom et à côté de l'année figurait un numéro sur lequel son regard venait sans cesse buter. N° 31. Cela signifiait-il qu'il était le trente et unième mort déclaré à la mairie la première semaine de janvier ? Était-ce peu ou beaucoup ? L'information n'avait d'autre importance que retarder la lecture des lignes suivantes. Elles déclinaient l'état civil et attestaient l'irrévocable : la fin de son père. Il était mentionné qu'Ida, son épouse, avait fait la déclaration le surlendemain. Johanne dévisagea sa tante. Recroquevillée sur le tabouret, la bouche sèche et les traits creusés, elle semblait au bout de sa vie. Ses cheveux grisonnants aux racines étaient peignés, mais ternes et gras, ils paraissaient plus clairsemés. À y regarder de près, la tache sur son chemisier et le boutonnage décalé de son cardigan trop grand trahissaient sa distraction. Tous ces détails tendaient à la rendre méconnaissable. Ida avait perdu tout intérêt pour son apparence. Johanne réalisa qu'à trop tourner son regard sur elle-même, elle était restée aveugle aux autres.

– Tu veux manger une soupe chinoise ? proposa Ida qui avait peut-être senti sur elle le regard inquisiteur de sa nièce.

– Seulement si tu en prends une avec moi.

Johanne la devança et se leva pour remplir la bouilloire. En quête des sachets lyophilisés, elle ouvrit les placards quasi vides, puis le frigo. Sa tante ne faisait plus ses courses.

– Il faut que tu manges un peu quand même. Je peux préparer des œufs avec la soupe, si tu veux ?

– Oh laisse, je ne sais même plus de quand ils datent...

Elle servit l'eau chaude dans les bols et se rassit en face d'elle. Elle se souvint d'une anecdote qu'elle eut envie de partager.

– Tu te rappelles à la mort de maman la première fois où tu nous en as préparé une ? T'y connaissais rien en soupe instantanée, tu voulais nous faire plaisir. Et tu avais tout versé d'un coup avec les condiments sous plastique !

Ida esquissa un sourire.

– Ouais, la soupe de sachets ! Vous vous étiez bien fichues de moi...

Penchées sur leur bol fumant, elles laissèrent la chaleur se diffuser et les réconforter. Des images fugaces s'animaient en chacune qui voulaient s'arracher au passé. Il n'y avait plus qu'à tirer un peu sur le lé.

Ida retint d'abord sa propre sœur cadette, la mère de Johanne. Mais déjà fantôme de son vivant, elle restait difficile à saisir et son passage n'eut d'autre effet que celui d'un rafraîchissant courant d'air. Lili n'eut pas à jouer des coudes longtemps pour s'inviter à table. Ce fut comme si son couvert l'y attendait déjà. Elles partagèrent durant quelques minutes sa joie contagieuse jusqu'à rire aux éclats de ses provocations puériles. Quelques larmes roulèrent des yeux, emportant avec elles les grains de poussière incrustée. Puis elles se turent, chacune absorbée dans son bol de nouilles et la relation qu'elle entretenait avec ses morts.

Au bout d'un moment, Johanne rompit le silence.

– Pourquoi tu l'as épousé ?

Ida lui en voulut de réveiller si tôt la douleur.

– Quoi que tu puisses penser de ton père, je l'aimais.

– Depuis longtemps ?

Ida s'agaça du caractère abrupt de sa question.

– Après le drame, on s'est rapprochés lui et moi.

– Tu parles de quel drame ? La mort de maman... ou celle de Lili ?

Ida joua avec des miettes éparses sur la toile cirée.

– Au fond, tu sais, toutes les deux, on est un peu pareilles. On a chacune perdu notre sœur. Trop tôt... Le malheur se répète dans une famille.

– Toi, tu n'es pas accusée d'avoir tué la tienne !

– Pourtant, je n'ai pas su la protéger non plus.

– Qu'est-ce que tu veux dire ?

– Ta mère avait ses idées sombres depuis des années. Depuis l'adolescence, ça allait, ça venait...

– Je sais. Qu'est-ce que tu veux dire par « non plus » ?

– Comment ça ?

– De quoi je n'ai pas su protéger Lili ?

Ida haussa les épaules. Elle réunit les miettes du tranchant de la main en un petit tas au coin de la table.

– De lui, je ne l'ai pas protégée de lui. C'est ça mon crime, hein ?

– Ne me fais pas dire ce que je n'ai pas dit, Jo.

– Mais enfin, tu vivais à côté, toi aussi. Tu sais bien que ce n'était pas sain leur relation !

– Ton père était entier. Il avait sa façon d'aimer...

– Pfff. Toujours des excuses.

– Lili était sa préférée parce qu'elle était le portrait craché de ma sœur, mais avec le tempérament joyeux de ceux qui aiment la vie. Il la choyait et la protégeait comme il n'avait pas pu le faire avec ta mère. Y a rien d'autre à comprendre !

– Tu es vraiment sûre ? Il l'a protégée de rien du tout. Ah, non, ne te lève pas, je t'en supplie. Réponds-moi !

Irritée, Ida lâcha sa poignée de miettes dans son bol vide.

– Je ne sais pas quoi te répondre… Lili était heureuse, non ?

– Elle était surtout très perturbée.

Johanne s'était levée et tournait autour de la table.

– Tu étais jalouse, Jo. Comme moi. C'est ça l'effet qu'avait ton père sur les femmes.

– Mais on était ses filles !

Épuisée, Ida se laissa tomber sur sa chaise. Johanne l'observa, avant de se rasseoir à son tour. Sa tante cédait enfin à la pression, elle s'adoucit.

– Alors, tu l'aimais depuis longtemps ?

– Je crois bien, oui, depuis la première fois que je l'ai vu. Je m'en suis voulu, je me suis tenue à distance… Et quand elle est partie, je suis venue m'installer pas loin pour m'occuper de vous, ta sœur et toi.

– Votre histoire date de là ?

– Non, pas vraiment. Il y a bien eu une ou deux fois, mais ton père ne voyait en moi que sa belle-sœur et je me sentais coupable.

– Moi, je ne t'en aurais pas voulu ! C'était bien que tu sois là. Comme tu as dû souffrir toutes ces années…

Johanne avait posé sa main sur celle d'Ida, mais elle la dégagea pour se tamponner les yeux.

– Oui, personne n'a été épargné.

– Et vous vous êtes mariés…

– On a fait comme on a pu. Cela faisait des années qu'il avait le cœur fragile, tu sais. Ça a commencé par des fibrillations, puis il y a quatre ans, il a fait cet infarctus.

Johanne se renfrogna.

– Non, je ne savais pas.

– On était en pleine crise sanitaire, c'était difficile de communiquer avec toi en prison, se défendit Ida. Et puis il s'en est remis. C'est là qu'on a décidé de se marier, pour que je ne sois pas sans rien au cas où ça s'aggrave.

– Alors sa mort n'était pas si suspecte.

– Non. Le chagrin tue lui aussi. À petit feu.

Johanne ne voulut pas en entendre davantage et se leva pour partir. Elle débarrassa d'abord les bols dans l'évier, puis serra rapidement l'épaule d'Ida. C'est à ce moment-là qu'elle reconnut le gilet boutonné de travers. C'était le préféré de son père. Un cadeau de sa mère qu'elle l'avait vu porter une bonne partie de son enfance et de son adolescence. Il aimait l'enfiler quand il retournait travailler à la cordonnerie après dîner, les soirs d'hiver. Ida en resserra les pans autour d'elle.

– Tu sais que j'ai l'usufruit ici. Mais quand il sera temps, on vendra la cordonnerie pour toi...

– Je reviendrai demain soir avec de quoi manger ! coupa court Johanne.

Elle partit sans lui laisser le temps de protester.

– Jo !

Le chuchotis la cueillit dans la rue alors qu'elle quittait l'appartement familial. Il lui pinça le cœur et la fit douter un instant de la réalité. Johanne attendit un deuxième appel avant de se retourner.

– Jo, c'est moi. C'est Zarrin...

La jeune femme sortit de l'ombre et se jeta dans ses bras. Elle puait la rue et la galère, mais c'était bien elle, vive et tonique sous ses couches de vêtements sales. Dans la minute, Johanne l'embarqua chez elle.

Sur la route, elle avait acheté de quoi la nourrir et lui avait préparé un riz amélioré pendant qu'elle épuisait le ballon d'eau chaude. Elle l'aida à démêler sa longue tignasse brune et coupa les pointes cardées. Quand elle lui sécha les cheveux redevenus doux et lisses, elle glissa l'appareil dans son encolure pour qu'il diffuse sa chaleur à tout son corps. Zarrin ronronna de plaisir.

Les deux femmes n'avaient que très peu parlé ce premier soir, mais s'étaient beaucoup touchées. Chacune avait ce même besoin de confirmer la réalité de l'autre en l'effleurant ou la palpant. Elles passèrent la nuit ensemble, couchées sur le lit du petit studio, lovées dans les bras l'une de l'autre, comme deux sœurs se retrouvent après une séparation forcée.

Au petit matin, Johanne se leva pour aller travailler. Elle fit peu de bruit pour ne pas réveiller Zarrin. Son profil bien découpé se détachait sur l'oreiller blanc aussi net que le littoral d'un pays côtier sur la carte du monde. Sa tasse de café à la main, Johanne s'évada en la regardant dormir. Puis une légère appréhension la ramena sur terre. *Dans quoi s'embarquait-elle ?* Elle allait se mettre en retard. Elle déposa ses clés sur la table avant de partir. Elles avaient convenu de se retrouver dans l'après-midi.

Elle croisa Hugo alors qu'elle traversait la cour de Distreet. Il partait en tournée dans sa voiture de livraison en compagnie de la nouvelle fille tatouée. Il discutait avec elle et ne la vit pas. Ils passèrent pourtant si près qu'elle distingua le trou de l'écarteur dans l'oreille de la fille tandis qu'elle allumait un joint.

Elle traversa le hangar et se rendit directement dans le petit local. Elle reprit son poste devant la palette des tirages de l'Agglo. En ouvrant au hasard un des exemplaires pour y glisser le rectificatif, elle s'amusa de tomber sur les plans de l'aménagement du quartier qu'elle avait traversé la veille. Un camaïeu de vert harmonisait les aquarelles où tout répondait aux exigences d'un « urbanisme négocié ». Elle ne connaissait pas l'expression. Elle rêvassa devant le concept d'une petite échoppe individuelle entourée de jardins en bord de fleuve, soixante mètres carrés de bois et de baies vitrées. Un encart signalait que le coût du mètre carré de ces logements vendus inachevés serait inférieur à celui du marché. Plusieurs milliers d'euros tout de même. *Où irait-elle vivre quand elle serait libre et qu'elle aurait touché l'argent de la vente de la cordonnerie ? Une cabane lui suffirait, enfin, plutôt une caravane ou un chalet.* La seule désignation de la première appelait les six ans qu'elle y avait déjà passés. En tout cas, il lui faudrait faire son nid bien au-delà de la rive droite.

– Je vais vous filer un coup de main, ça ira plus vite.

Kamel l'avait rejointe et empoignait déjà une pile des imprimés. Elle lui fit une place à côté d'elle devant la table, ils improvisèrent à eux deux une microchaîne.

Au bout de cinq minutes, ils étaient rodés. Lui attrapait sur sa droite un bulletin et l'ouvrait à la bonne page, elle y glissait la feuille volante avant de le positionner sur la pile de gauche. Tous les dix, elle inversait la tranche afin de les recompter et distribuer plus facilement par la suite. Tous les cent, ils faisaient une petite pause histoire de se dégourdir les jambes et les poignets, de refaire la mise au point oculaire. Chaque fois, ils échangeaient un regard, parfois un sourire, puis ils s'y remettaient, attaquaient une nouvelle rame.

Ils s'arrêtèrent pour boire un café. Johanne, intriguée par la brillance des yeux noirs de Kamel, s'enhardit à scruter ses iris. C'est eux qui rendaient son regard hypnotique. Elle suivit le mouvement concentrique de leur ruban de bitume tiède. Conscient du trouble qu'il pouvait générer, il la laissa faire. Johanne daigna enfin quitter sa parka. La soufflerie de chantier n'était pas seule responsable de son coup de chaud. Sa température intérieure continua de se dérégler à peine eurent-ils repris et terminé la quatrième pile. Une légère décoordination dans leurs gestes lui fit attraper l'annulaire de Kamel au lieu du fascicule qu'il lui tendait. Dans la confusion, elle n'identifia pas ce petit morceau de chair ferme et douce et le serra de manière compulsive. Cela ne dura pas plus d'une ou deux secondes, mais elle sentit le doigt de Kamel se raidir dans sa main. Interrompu dans son mouvement, il avait été tout bêtement surpris.

– Pardon, murmura-t-elle sans plus le regarder.

Elle peina à raccorder le rythme. Réduire le tas de droite pour ériger celui de gauche, ce n'était pourtant pas compliqué. Ils échangèrent une trentaine d'imprimés supplémentaires. Mais à partir de ce simple contact érectile, son imagination et la mitoyenneté de leurs flancs avaient continué de faire grimper le mercure dans son corps. *Était-il lui aussi sensible à la propagation de cette chaleur ?* Elle se jeta un seau virtuel d'eau froide. *Enfin quoi, qu'est-ce qui lui prenait ? Cet homme ? Son chefaillon ? La honte. C'était vraiment le dernier avec qui frayer.* Toute sa concentration se scinda en deux tâches distinctes dont les finalités se contrariaient. Elle ne quittait plus ses propres mains des yeux. Un, superviser le pilotage automatique du geste d'assemblage au bout de ses bras. Deux, résister à l'attraction magnétique exercée par Kamel sur sa droite chaque fois qu'il lui tendait l'imprimé. La sueur recommença à rouler le long de son dos, puis perla à son front. *C'est tout entière dans le baquet qu'il fallait qu'elle plonge !* Elle se noya dans la vapeur.

– Ça ne va pas ? demanda Kamel, inquiet.

Elle avait cessé de compter. Elle croisa le brai liquide de ses yeux et s'embrasa à son contact. Une bouffée de soufre lui monta aux joues tandis que lui revenaient deux autres vers de la chanson d'Alain Bashung entendue sur les quais. *Ça sent le cramé sous les projos/Regarde où j'en suis je tringle aux rideaux.* Elle laissa échapper un petit jappement.

– Ça va ? Vous préférez que je coupe le chauffage ?

Avait-il compris avant de lui poser la question ou le fit-il à l'instant ? Une lueur d'amusement, petit feu follet, étincela dans son œil. L'incendie s'étendait. Le mercure grimpa aussi d'un coup dans la colonne de Kamel. Et la porte s'ouvrit sur une bouffée d'air glacé.

– Alors, y a des heures sup à se faire aujourd'hui ? interrompit Cathy.

Johanne incandescente en profita pour s'échapper du local alors que l'ex-syndicaliste s'exclamait.

– C'est le sauna ici. Pourquoi on se gèle les miches à côté ?

Elle s'absenta le temps d'endiguer la fièvre et le flux quasi hémorragique de ses règles dont elle avait oublié le retour. Aussi improbable qu'un foyer se ranimerait dans la forge d'une industrie démantelée, son corps avait retrouvé la puissance d'un haut-fourneau. Quand elle revint des toilettes, elle fut soulagée de finir la palette seule avec sa collègue. Le chauffage était éteint et Kamel avait disparu dans son bureau.

Quelques heures plus tard, le gérant de l'hôtel l'interpella dans l'escalier alors qu'elle regagnait sa chambre. Il la rappela à l'ordre sans cacher son mécontentement. Elle n'avait aucun droit d'héberger une personne étrangère à l'établissement. Il le lui avait déjà signifié à son entrée dans les lieux et si elle ne réglait pas le problème illico, il se verrait dans l'obligation de la mettre dehors. Sa rudesse la surprit, mais elle promit une solution dans l'heure. Ça ne se reproduirait pas.

Elle fut soulagée de découvrir Zarrin assise en tailleur sur son lit tant elle avait craint que l'homme l'ait déjà chassée. La jeune femme avait lavé ses habits qui séchaient un peu partout dans la pièce et lui avait emprunté un long pullover. Johanne lui tira du placard une culotte et un pantalon trop grands qui feraient momentanément l'affaire. Elles réunirent tous les vêtements mouillés dans un sac et descendirent dans la rue.

Elles marchèrent côte à côte en partageant le peu de mots qu'elles avaient en commun. Johanne comprenait l'essentiel de la situation de la jeune Afghane qui avait l'air de compter sur elle. Sur le plan juridique, c'était insoluble et elle n'y pouvait pas grand-chose, mais elle espérait pouvoir l'aider à se mettre à l'abri des dangers de la rue.

Elles traversèrent le fleuve et parvinrent à proximité du carrefour où Johanne l'avait cherchée la veille et à partir d'où Zarrin l'avait suivie en catimini. Elles le contournèrent et s'enfoncèrent dans le quartier de la cordonnerie. Mais avant destination, Johanne tint sa promesse et s'arrêta faire quelques courses dans un libre-service.

Ida ne sut comment réagir quand elle ouvrit la porte de son appartement et découvrit derrière sa nièce la seconde femme qui se détachait de son ombre. La beauté acérée de ses traits l'incommoda. Johanne la lui présenta comme une amie d'infortune qu'elles se devaient d'aider et d'accueillir. Ida et Zarrin se méfièrent l'une de l'autre au premier regard qu'elles échangèrent.

Elles aidèrent pourtant Johanne à préparer le repas en s'arrangeant pour la tenir entre elles et parvinrent au cours du dîner à chasser la défiance mutuelle qu'elles s'inspiraient.

18

Son nom en lettres dorées brillait de l'éclat d'une légitimité toute neuve. Elle glissa la carte bancaire dans la fente du distributeur et savoura l'instant.

Tapez votre code à l'abri des regards.

Mme Dolle lui avait annoncé la réouverture de son compte courant. Johanne n'avait pas cherché à comprendre si les démarches de son ancien CPIP avaient fini par porter leurs fruits. Elle préféra considérer sa nouvelle conseillère de probation comme une alliée. Lors de leur dernier entretien, elle avait agrafé l'acte de décès dans son dossier et tourné avec lui une page d'incertitude. Elles avaient révisé ensemble le contenu de la suivante, un parcours circonscrit et toujours restreint par ses obligations, mais qui s'achèverait, s'il était bien tenu, avec sa libération définitive. Encore quelques mois à tenir. Johanne ne doutait plus d'y parvenir.

Elle tapa un coup au rideau métallique, puis deux plus rapides. Aucune réaction dans la cordonnerie. Elle monta chez Ida et trouva la porte de l'appartement ouverte. Depuis le palier, elle entendit la voix de sa tante.

– Il faut être plus discrète, tu m'entends ?

Elle se tenait devant la salle de bains fermée et s'irritait de ne pas obtenir de réponse.

– Tu n'es pas chez toi, articulait-elle en détachant les syllabes. Tu ne peux pas aller et venir comme bon te semble !

– Ouais, ouais, ouais, ouais... chantonna la voix claire de Zarrin.

Le son dru de la douche mit fin au dialogue mal engagé. Excédée, Ida se retourna.

– Tu es là, toi ? Et ça te fait rire ? Elle se comporte comme si elle était chez elle et que tout était normal !

– C'est bon signe ! Après tout ce qu'elle a traversé, ça veut dire qu'elle se sent bien ici...

La mauvaise humeur de sa tante lui fronçait tout le visage.

– Pas moi. Ça va bientôt faire une semaine. On avait convenu qu'elle ne resterait que quelques jours, et en bas la journée avant que tu arrives. Je ne sais même pas comment elle est entrée ! Tu lui as donné ta clé ?

– La porte devait être ouverte.

Johanne l'entraîna vers la cuisine et emplit deux tasses d'un café maintenu au chaud.

– Tu sais bien que si je la prends avec moi, je perds mon logement.

– Je ne peux pas m'occuper de cette fille, insista Ida.

– Je vais lui demander de s'installer dans la cordonnerie, y compris pour dormir. Elle viendra juste prendre sa douche quand tu le permettras, c'est tout à fait normal.

– Parce que tu trouves ça normal, toi, qu'on héberge une clandestine ? Dans ta situation ? Et puis, tu me rends complice... je n'aime pas ça du tout.

– Complice de quoi ? C'est pas interdit d'aider quelqu'un dans la galère, non ?

– Juridiquement, non. Tant que notre aide lui permet d'assurer des conditions de vie décentes et qu'on n'en tire pas avantage. Je me suis renseignée.

Agacée, Johanne avait pris place à table. Son café à la main, elle observa sa tante avec une pointe de suspicion.

– Tu t'es renseignée où ?

– Sur des forums sur internet. Je voulais savoir où je mettais les pieds. Tu n'as jamais entendu parler du délit de solidarité ?

– Non, s'étonna Johanne.

– Ce n'est plus un délit selon la loi, mais des gens sont surveillés par les autorités pour avoir aidé des sans-papiers.

Soulagée d'avoir vidé un peu de son sac, Ida tempéra ses inquiétudes.

– Je n'ai rien contre elle, comprends-moi, mais ce serait plus prudent de trouver une association pour l'accompagner.

La douche s'était tue depuis un moment, elles n'avaient pas entendu les pieds nus de Zarrin longer le couloir. Ida tournait le dos à la porte. Elle sut en regardant Johanne que l'Afghane s'y tenait en retrait. Elle ne distinguait que son ombre portée sur le sol et le mur de la cuisine, mais une lumière joyeuse éclairait le regard de sa nièce, plus vivace que jamais. Elle n'eut pas le cœur de contrarier davantage Johanne et les observa en silence descendre à la cordonnerie un des deux matelas de l'ancienne chambre de Lili. Il valdingua dans la cage d'escalier et les filles s'égayèrent de leur maladresse. Zarrin avait enfilé une longue robe colorée qui virevoltait sur ses hanches fines.

C'était bien sûr une idée de Johanne d'héberger la réfugiée chez Ida. Elle ne lui avait pas vraiment laissé le choix quand après dîner le soir où elle les avait présentées, elle avait entraîné la jeune femme dans la pièce qui lui servait de buanderie, écarté la table à repasser et préparé le lit.

L'accueil moelleux de la couette et des oreillers avait impressionné Zarrin autant que l'insolence de l'héroïne de *Pulp Fiction* affichée au-dessus. Elles avaient étendu ses affaires mouillées et sorti du placard un carton de vêtements ayant appartenu à Lili. Zarrin y avait trouvé son bonheur.

Depuis, cinq autres nuits s'étaient écoulées, ponctuées par un rituel que Johanne honorait au quotidien. Elle arrivait le soir après son travail, des courses sous le bras, et se collait aux fourneaux avec Zarrin. Elle dînait et restait là quelques heures avant de regagner son studio à l'autre bout de la ville.

Les deux premiers soirs, Ida les accompagna, puis finit par renoncer pour s'isoler dans le salon ou sa chambre. Il était plus commode pour toutes de mettre ce repli sur le compte du deuil récent et surtout confortable pour Johanne de minimiser l'effort qu'elle exigeait de la veuve. Elle avait beau se raconter que ses visites profitaient à l'une et l'autre, entièrement tournée vers le bien-être de sa nouvelle amie, elle négligeait celui de sa tante. Peut-être pressentait-elle l'effroi qui ne manquerait pas de se produire si elle levait le voile de son aveuglement sur sa nouvelle dépendance affective. Au fond, elle désirait plus que tout que cette fille l'aimât comme une sœur. *Khôr*. Elle adorait quand Zarrin l'appelait ainsi. Ça claquait comme un gnon, mais produisait l'effet d'un baume. En présence de son amie, elle retrouvait la joie de vivre. De toutes les façons, aucune n'ignorait que ça ne durerait pas.

Elles glissèrent le matelas derrière le comptoir du point clés et aménagèrent la niche qu'il offrait avec l'angle du mur. La lumière de la lampe d'établi en partie tamisée n'attirerait pas trop l'œil des passants nocturnes. Johanne en testa le résultat en se plaçant dans la rue tandis que Zarrin, couchée dans l'alcôve, allumait et éteignait l'interrupteur à plusieurs reprises. Chacune d'un côté du rideau de fer s'amusa de cette parodie de signal qui scella leur entrée en résistance. Puis Johanne fit chauffer de l'eau dans la bouilloire entartrée pour boire le thé. Un temps simple et précieux qu'elle avait érigé en recueillement, soir après soir, depuis qu'elles s'étaient découvertes partager ce même goût, rêveur ou méditatif, pour le silence. Tapies dans la boutique de l'artisan, assises en tailleur sur le lit posé par terre, elles renouvelèrent l'origine d'une singulière communion qui avait commencé trois mois auparavant dans la chambre d'un centre d'hébergement d'urgence.

La senteur d'herbe coupée du thé vert se mêlait aux tanins obsédants du vieux cuir. Johanne ferma les yeux et porta toute son attention sur la respiration de Zarrin près d'elle dont elle perçut peu à peu le cycle s'allonger. Soutenu par son souffle, le calme s'ancra en elle. Elle se mit au diapason de la ville dont les sons, plus étouffés au rez-de-chaussée, restaient perceptibles. *À quel niveau stagnait leur rumeur ? À quelle altitude la placer ? Se situait-elle au-dessus ou en dessous ?* La présence réconfortante de Zarrin à ses côtés favorisa l'assimilation acoustique de cet environnement familier, sa propre dissolution dans les limbes d'un milieu auquel elle avait cessé d'appartenir.

L'emprisonnement avait transformé le bruit des autres en un épais brouillard dont elle avait pris l'habitude de se couper. Elle avait vécu ces six dernières années à côté du bruit comme elle avait vécu à côté des autres. Le mur tombait. Elle pouvait lâcher prise pour s'aligner sur la fréquence. Se laisser absorber dans la sourde pulsation du monde.

Elle perçut son mouvement près d'elle. Elle ne réagit pas de suite au toucher humide de sa bouche contre la sienne. Une pression ferme et charnue, plus collante que veloutée. Elle maintint les yeux fermés alors que la pointe de la langue se glissait entre ses lèvres et en faisait le tour langoureux pour les mouiller dans le sens des aiguilles d'une montre. C'était chaud et délicieux. Sa bouche s'entrouvrit et son pouls enfoui vint palpiter à sa surface. Johanne était tout entière concentrée au bord de ses lèvres gorgées de désir, aveuglément accrochée à celui de cette autre bouche ventouse, de plus en plus vorace. Elle salivait au point de sentir le liquide tiède dégouliner sur son ventre frémissant. Une langue durcie forçait maintenant le passage entre ses dents et, aussi rugueuse qu'une lime, coulissa jusqu'à la gorge. Elle manqua s'étouffer et ouvrit grand les paupières. L'épouvante la figea quand Lili se détacha de sa bouche dans un bruit de succion. La chair des joues avait disparu et les os tendaient la peau sur ses pommettes en creusant les orbites. D'une mollesse suspecte, seule la bouche avec sa fossette en coin était épargnée. Lili avait pris son visage entre ses mains glacées et la toisait. Johanne voulut hurler, mais les doigts de Zarrin lui pressèrent davantage les joues jusqu'à ce qu'elle remonte à la surface d'une réalité plus soutenable et distingue les traits de la jeune femme. Elle lui parlait dans une autre langue. Sa bouche lippue restait monstrueuse.

– *Khôr, you're dreaming…*

L'anse de sa tasse toujours prise au doigt, elle avait renversé son thé sur elle en s'assoupissant. Agitée et honteuse, elle s'arracha au lit et retrouva l'équilibre. Elle s'excusa, prétendit travailler tôt et s'enfuit dans la nuit.

Marcher sur les quais balaya le cauchemar. Ne persistèrent que le malaise profond et un goût de fer dans la bouche. Elle s'était mordu l'intérieur de la joue en dormant. Elle agaça du bout de la langue l'endroit où sa chair avait été meurtrie, en titilla le minuscule lambeau sur le point de se détacher. Elle voulait le cracher et avec lui, toute l'obscénité de ses rêves. Chaque fois qu'elle éprouvait du désir en rêvant, l'angoisse montait puissamment avec lui et renforçait cet affreux présage : jouir serait mourir.

Il était encore tôt quand elle perçut les lumières tapageuses et les voix amplifiées de la fête foraine. Elle eut envie de s'étourdir et traversa l'avenue pour s'y perdre. Elle déambula entre les stands et s'acheta une gaufre au sucre. Au milieu des familles et des grappes d'adolescents, elle se noya dans l'insouciance artificielle des lieux et chercha à quelle sensation unique elle pourrait s'adonner. Elle observa un immense bras articulé pivoter à 360 degrés et essorer une vingtaine de passagers électrisés. Non loin, des wagonnets à la queue leu leu s'engageaient sur un rail pour un looping. Elle jeta son dévolu sur la grande roue d'une majesté pérenne. Du haut de ses cinquante mètres, elle surplombait l'esplanade offrant un panoramique inégalé sur la ville aux bas étages.

Johanne décolla du sol et regarda les gens, puis les toits s'éloigner. Au deuxième tour, la roue s'immobilisa à son zénith quelques minutes, plaquant le gros du brouhaha de la foire au sol. Seule dans sa nacelle, Johanne avait atteint l'altitude des cabines des grues les plus hautes de l'ancienne zone portuaire et des chantiers partout dans l'agglomération. Le point de vue grisait l'esprit d'un surcroît de puissance. Il lui fut impossible de chasser le souvenir du conducteur de l'une d'elles qui, six ans en arrière, s'y était laissé prendre et l'avait enfoncée plus bas que terre.

Durant le procès, c'est à la verticale de la scène qu'avait été pointée une intention criminelle, à plus de trente mètres au-dessus, là où le grutier à son poste fut le témoin unique de ce qui se déroula. L'homme, mélangeant au français l'espagnol de ses racines, décrivit le rodéo chaotique, « *espectacular* », auquel il assista tôt ce matin-là. Il mima la plongée fâcheusement privilégiée de son point de vue sur le terrain vague jouxtant son chantier encore désert. Et comment cette voiture rouge, folle, agitée de soubresauts l'avait intrigué. Elle avait freiné des quatre fers, puis accéléré en ruades. « *Un toro furioso* dans l'arène. » Le conducteur d'engins exprima l'idée nébuleuse que les desseins du conducteur étaient sans cesse contrariés par une force supérieure. « *¡Dios mío!* » Il ignorait qu'il observait une auto-école. Plus loin dans son témoignage, l'homme, encouragé par la ola frissonnante qu'il crut voir traverser l'audience, chargea l'accusée de façon irrémédiable. Il raconta comment le véhicule avait soudain perdu sa conductrice et, « *coño* », l'avait poursuivie comme animé d'une volonté propre avant de la percuter. Il admit à contrecœur ne pas avoir vu toute l'action ni le moment de l'impact, gêné par le chariot en transit sous la flèche de sa grue.

Johanne se pencha pour regarder plus bas. Des dizaines de toits métalliques couvraient la plupart des attractions.

Le type n'avait rien compris de la scène dont il avait été un témoin caricatural et créatif. Il n'avait pas hésité à retourner les représentations hâtives à son avantage et à combler les trous du récit. Il était allé trop loin, mais le mal était fait, il avait jeté le doute raisonnable sur une intention de donner la mort jusque dans la tête de l'accusée silencieuse. Elle était à présent au moins sûre d'une chose : il avait raté le moment crucial où Lili et elle avaient échangé leurs places.

Johanne porta le regard au firmament et compta les rares étoiles qui perçaient l'écran noir. Un essaim de satellites clignotait plus au sud. Elle avait entendu dire qu'ils volaient parfois en formation de trois ou quatre, assez proches les uns des autres pour cartographier la terre ou faire du renseignement militaire. Le compte à rebours obséquieux du manège voisin la tira de sa méditation. Ses lumières s'éteignaient et se rallumaient en simulant la panne. Elle resserra la pression de sa main sur le garde-fou, de la même manière qu'elle l'avait fait avec Lili quand elles aussi avaient fait l'expérience de l'accélérateur de vitesse. Vingt ans après, elle revenait au spectacle.

– Trois… deux… égrena la voix autotunée.

Une brochette de jeunes hystériques dégringola le mât dressé. Dans sa sagesse de vieille dame, la grande roue tarda à suivre le mouvement. Johanne entendit s'éteindre le rire de Lili.

En descendant du manège, elle fut prise d'un vertige et se retint au bras du forain qui plaisanta pour la forme.

Elle souriait encore quand elle croisa Kamel et sa fille qui flânaient entre les stands. Surpris, ils s'adressèrent un simple signe de reconnaissance. Johanne regarda trop longtemps la gamine lécher une pomme d'amour, du caramel rouge plein la figure. Elle pressa soudain le pas pour rentrer chez elle. *Bêtasse.*

Elle ne retourna pas chez Ida le lendemain soir. Elle avait hésité toute la journée, mais préféra faire une pause et remettre sa visite au lendemain. Sa tante ne répondit pas à son appel ni ne lui téléphona une fois qu'elle eut laissé son message pour les prévenir, elle et Zarrin, qu'elle avait accepté de faire des heures sup.

Puis elle laissa passer encore un jour.

Pour le suivant, cela ne relevait pas entièrement de sa volonté. Elle n'avait pas pu refuser à Cathy de participer au pied levé à une réunion des salariés suite à une annonce de la direction. Ça s'était terminé tard.

Ce n'est qu'au quatrième matin, après une bonne nuit de sommeil, qu'elle éprouva le besoin de retrouver son amie à la cordonnerie et projeta de s'y rendre après sa journée de travail. Mais celle-ci s'annonça vite plus longue encore que prévu.

19

Garées en vrac dans la cour de Distreet, les voitures avaient l'air abandonnées par leurs conducteurs. Tous étaient déjà rassemblés dans le hangar où Cathy était montée au créneau. Juchée sur une palette, elle apostrophait ses collègues avec la ferme intention d'obliger la direction à descendre. Ses traits crispés sous ses yeux rougis en disaient long sur sa nuit de veille. Elle l'avait en toute vraisemblance passée à plancher suite à leur précédente réunion et n'était plus à court d'arguments. En tous les cas, elle avait toujours du coffre.

– Ce dispositif « Oui Pub » va nous faire perdre nos emplois, c'est évident. Hier, ils nous ont parlé des manquements du texte de loi. Eux ne nous formeront pas ou ne proposeront pas d'alternative pour évoluer. Vous les avez écoutés, non ? Ce serait à nous de nous battre pour garder leurs clients et nos jobs ! À nous de sauver leurs miches en sauvant les nôtres ! C'est ça la fameuse cohésion de groupe ? avait-elle haussé la voix. Que les plus petits portent les plus grands ?

– Trop lourds les mecs, réagit une femme au pied de la lettre.

Beaucoup avaient baissé la tête. Malgré la virulence du discours, ils sentaient poindre le désespoir.

– Pour un peu, ils nous demanderaient d'aller les coller nous-mêmes ces fichus autocollants !

Vingt heures auparavant, on avait réuni au débotté toutes celles et ceux du secteur pour leur faire part de la prochaine mise en place de la mesure visant à lutter contre le gaspillage publicitaire. Elle interdisait aux annonceurs le dépôt des tracts promotionnels non adressés dans les boîtes aux lettres des consommateurs. Sauf si ces derniers y avaient apposé le sticker « Oui Pub ». L'exact inverse de ce qui se pratiquait jusque-là.

Inspirée par les propositions de la Convention citoyenne pour le climat – Johanne était si peu au fait qu'elle en avait appris l'existence la veille –, la loi prévoyait l'expérimentation du décret à grande échelle sur de nombreux territoires, dont le leur.

Dès son premier jour de travail à Distreet, Johanne avait trouvé absurde de déverser des tonnes de flyers dans les boîtes. La plupart n'étaient jamais lus et partaient droit dans la poubelle. L'impression de distribuer des déchets était si flagrante qu'elle-même s'était sentie dégradée. Elle avait essuyé à plusieurs reprises des remarques désobligeantes à ce sujet. Les habitants les plus sensibles à l'environnement et ceux qui se disaient acteurs de leur consommation – souvent les mieux lotis – avaient pour la plupart déjà collé « Stop Pub » sur leurs boîtes. Mais parmi ceux nombreux à ne pas l'avoir fait – peut-être 80 % –, les écœurés par le gâchis ou les mécontents chroniques ne se gênaient pas pour lui en faire porter plus ou moins poliment la responsabilité.

Ils n'auraient bientôt plus de raison de se plaindre. En attendant, elle gagnait sa croûte avec cette pollution et c'était sa seule façon d'entrapercevoir le bout de sa conditionnelle.

Hier, elle avait écouté avec tous les autres et beaucoup d'attention la réaction et les propositions de la direction. Des groupes comme Distreet dont toute l'activité reposait sur la vitalité des annonceurs étaient aux premières loges des catastrophés. Le responsable des ressources humaines, celui-là même qui avait exhibé puis remballé sa chasse au trésor, était de nouveau descendu pour leur faire part, cette fois, du grand désarroi. « Oui Pub » reflétait les négligences du texte de loi dans son ensemble : les politiques n'avaient pas pris en compte le contexte du marché ni le temps d'analyser l'impact environnemental du papier, encore moins associé les salariés de tous les secteurs concernés à une large consultation. Résultat, ils étaient tous dans le même bain, il allait falloir faire preuve de solidarité ! La voix du RH conquise par la force fédératrice d'un terme si peu usité à son étage en avait tremblé. Cathy avait cru entendre une parodie d'elle-même et manqué s'étrangler. Johanne se souvenait comment ils s'étaient tous interrogés du regard. Beaucoup avaient franchi le seuil des cinquante ans, et, pour pas mal d'entre eux, depuis un bon bout du temps. Ceux-là, dont Cathy, avaient besoin d'un complément de retraite. Et quand ils étaient encore sous la barre, c'est qu'ils étaient soit femmes en situation monoparentale, jeunes sans formation ou plus rarement repris de justice.

Tous avaient attendu la suite, voulu comprendre à quel bouillon ils allaient être mangés, vérifier s'il allait vraiment falloir serrer ses coudes à ceux moins calleux des patrons en macérant dans la même eau grise. Mais le discours avait alors perdu de sa clarté. Il forçait à savoir lire entre ses lignes et ça – ils s'en étaient les premiers persuadés –, ce n'était pas donné à tout le monde. Pourtant, une fois qu'ils s'étaient retrouvés entre eux, ils avaient beaucoup parlé, émis des hypothèses. Ils se savaient au bout du circuit, à court de recyclages, comprenaient bien qu'ils ne pesaient pas grand-chose face à la crise du papier et à des enjeux écologiques colossaux. Beaucoup s'étaient livrés, tous s'étaient écoutés et considérés avec intérêt, une fois n'était pas coutume. Après tout, eux seuls étaient en mesure de le faire. Certains craignaient la chute, car même à si peu de hauteur, elle les briserait. Les plus jeunes rebondiraient, ils s'inquiétaient moins. Il y en avait eu parmi eux pour s'affliger de la disparition programmée des catalogues publicitaires. Le couple à la Mercedes collector faisait un usage privé des coupons de réduction qu'il distribuait. Tous deux s'étaient lamentés de cette prochaine baisse de leur pouvoir d'achat.

Après coup, Johanne devait admettre qu'elle avait aimé écouter les uns et les autres, apprendre d'eux et partager leur situation. Elle s'était sentie impliquée, leur devenir était pareillement menacé. Aucun d'entre eux n'était entré chez Distreet en s'imaginant y rester plus d'un an. Le type râblé, la nuque encrée, celui qui à son arrivée lui avait évoqué la taule et avec qui elle ne parlait jamais, s'exprima.

– C'est un métier où quand on arrive, il n'y a pas d'avenir, aucune perspective d'évolution, on se dit que ça va être provisoire. Mais trouver autre chose, c'est encore plus compliqué que d'y rester. Et puis, ça a aussi de bons côtés... Moi, j'aime être dehors et m'organiser comme je veux. Ça fait douze ans que je suis entré à Distreet. Et si on peut plus distribuer les pubs, je vois pas ce que je vais pouvoir faire d'autre !

– Pareil pour moi, renchérit une femme, je ne peux pas vivre avec ma pension de réversion. Même payée douze heures par semaine, c'est toujours bon à prendre. Qu'est-ce qu'on va faire ? Quelqu'un a compris quelque chose à leurs propositions ?

Dans la nuit, Cathy s'y était attelée. Le message en filigrane n'avait pas été si compliqué à décrypter, mais définir la contre-offensive lui avait bouffé ses heures de sommeil. Elle avait joint ses anciens collègues du syndicat, ils l'avaient dirigée vers de nouveaux contacts ou des ressources en ligne, elle avait lu en détail le décret. Et au matin, elle s'était perchée sur son prétoire de fortune.

– Ils n'ont pas le droit de le faire, alors ils nous suggèrent de démarcher nous-mêmes les gens pour les convaincre d'apposer l'autocollant « Oui Pub ». Ce serait à nous au cours de nos prochaines tournées de faire du porte-à-porte pour défendre nos emplois. À nous de mendier pour la survie de la filière !

Bien qu'acquis, son public renâclait à la contestation. Trop rincé pour s'emballer. Un pourtant s'avança du fond et s'engouffra dans la brèche.

– C'est désespéré. À terme, les prospectus vont de toute façon disparaître...

Tout le monde avait reconnu la voix et s'était tourné vers Kamel. Il avait parlé haut et fort. Lui aussi avait les yeux pochés.

– Alors ils doivent nous permettre d'évoluer et nous former pour maintenir nos emplois.

– Vous ne comprenez pas, Cathy ? Il est trop tard pour changer de modèle. Même si l'idée n'est pas d'arrêter totalement la distribution de prospectus dans les boîtes, mais de la réguler, d'ici deux ou trois ans elle disparaîtra d'elle-même. Peut-être même avant, c'est dans l'ordre des choses. Si les annonceurs doivent renoncer à ces formats, ils vont se tourner vers une communication à 100 % digitale.

Chacun en tirait les mêmes conclusions. Aucun ne deviendrait infographiste. Personne n'aurait besoin d'eux.

– Alors, on fait grève ?

La question resta en suspens, ils étaient déjà tous au bout du rouleau. Cathy n'insista pas plus. Elle descendit de sa palette.

– Il faudra bien qu'on se batte ! Au moins pour nos indemnités.

– On ira aux prud'hommes, enchérit une voix, paraît qu'ils ont déjà plein de contentieux...

– On se battra, Cathy, quand viendra le licenciement économique ! On n'y est pas encore, mais on se battra.

Tous regardèrent Kamel à nouveau. Quand cela adviendrait-il ? Johanne aussi se demanda si elle aurait le temps d'aller au bout de sa conditionnelle ou s'il lui faudrait encore trouver un job à la con. Cathy n'en avait pas tout à fait fini et s'approcha du responsable du service.

– Tu dis ça pour qu'on reprenne le taf ? T'es de quel côté, toi, exactement ?

Déçu, il avait secoué la tête et lui avait tourné le dos. Puis tous avaient rempli leurs caddies ou leurs coffres avant de partir en tournée. Les kits « Oui Pub » étaient déjà arrivés, prêts à être distribués.

Johanne appela Ida sur son parcours. Elle avait fait une exception ce matin-là. Elle n'emportait plus son téléphone volé sur son lieu de travail, mais alors qu'il chargeait, elle l'avait arraché à son câble juste avant de sortir de chez elle. Cette fois sa tante décrocha, mais elle resta évasive quand elle lui demanda des nouvelles de Zarrin. Par la suite, elle se souviendrait avoir pressenti que quelque chose ne tournait pas rond. Elle lui promit au téléphone de passer les voir en fin de journée. Elle s'en voulait de les avoir délaissées trois jours durant et s'impatientait déjà.

Alors qu'elle se trouvait à proximité du Pin'Art, elle hésita à faire un crochet par la presqu'île. Depuis que Hugo l'y avait suivie, la berge avait perdu sa qualité de refuge. Elle enjamba pourtant la clôture de lattes et s'engagea sur la piste qu'elle avait elle-même frayée au fil de ses passages dans le bosquet.

Elle remarqua bientôt les canettes de bière balancées dans les fourrés. Les boîtes froissées n'étaient pas arrivées là avec la marée. Deux intrus picolaient sur sa plage. Avec un petit pincement au cœur, elle fit demi-tour avant d'être aperçue.

Elle poursuivit jusqu'au dépôt. Elle y prendrait son déjeuner et rechargerait son cabas pour une deuxième tournée. Elle ne pouvait deviner que la suite du programme serait à ce point chamboulée.

Dès qu'elle eut terminé son sandwich, Kamel lui demanda d'accompagner Inès à l'imprimerie. Elle apprit comment s'appelait la fille aux lignes tatouées. C'était urgent : elles y récupéreraient un complément de réclames à diffuser, l'offre commerciale n'était bientôt plus valable. La nouvelle livreuse tirait la tête. Johanne ne souhaitait pas se mettre en retard et avait demandé pourquoi Hugo ne s'y collait pas, c'était lui son tuteur. Kamel lui apprit qu'il était absent depuis deux jours. Elle ne s'en était même pas rendu compte. Devant son embarras, il précisa qu'elles n'en auraient pas pour longtemps et qu'il les aiderait à décharger.

Au volant de la voiture de livraison, Inès ne décrocha pas un mot et lui présenta tout du long son profil en partie rasé. Il mettait en valeur le trou élargi par l'écarteur dans son lobe. Johanne eut envie d'y glisser le bout de l'index pour lui tirer l'oreille. Elle conduisait comme un pied. Une fois qu'elles furent arrivées et descendues de voiture, son impression se confirma. Inès était défoncée. Johanne se coltina en grande partie le chargement de la cargaison tandis que l'autre enchaînait les textos sur son portable. Elle la surveillait du coin de l'œil, passablement énervée, quand elle la vit soudain partir à pied.

– Hé, tu vas où là ?

Johanne courut pour rattraper la fille et la força à revenir vers la voiture.

– Tu fais quoi ? Je conduis pas moi, c'est toi qui nous ramènes.

Inès ne roula pas plus de cinq cents mètres et stoppa au pied d'un ensemble de logements collectifs que Johanne reconnut pour avoir fait partie de ses premiers secteurs. La plupart des boîtes aux lettres y étaient disloquées, le courrier indésirable et les imprimés s'entassaient sur le sol, piétinés.

Inès se fendit d'une brève excuse avant qu'elle ait le temps de réagir. Elle en avait pour deux minutes tout au plus. Elle emporta un paquet caché dans le vide-poche de sa portière. Elle n'avait pas coupé le contact. La radio en sourdine continuait de jouer un reggae. Johanne l'observa se diriger vers un square et rejoindre un groupe de gars qui zonaient là, un pack de bières posé dans l'herbe, en renfort. Il lui sembla reconnaître Hugo, si c'était bien celui qui avait vissé une casquette sur ses bouclettes, elle n'en était pas sûre. Il était le seul à regarder partout alentour. Quand trois minutes se furent écoulées, Johanne n'y tint plus et descendit de voiture. Il la remarqua venir vers eux et lui fit un signe de la main pour qu'elle n'aille pas plus avant. Ça sentait l'embrouille. Elle eut à peine le temps de retourner s'asseoir que des policiers contrôlèrent toute la bande dans le parc. Les plus vifs parmi les types se carapatèrent tandis que d'autres étaient avec rudesse aplatis au sol et fouillés. Inès fut embarquée. Hugo fit un pas de côté, épargné. *Dans quel merdier s'étaient-ils fourrés tous les deux ?* Tout s'était passé très vite. Johanne ne s'interrogea pas davantage. Elle se glissa derrière le volant. C'était leur histoire, elle ne les suivrait pas.

Elle conduisit hors du quartier avec une lenteur calculée, vérifia qu'elle n'était pas repérée comme complice de leur petit trafic. Elle avait vu les fioles circuler entre les jeunes usagers avant même qu'ils soient interpellés.

Elle bifurqua vers l'échangeur tout proche. Sur la quatre voies, alors qu'elle appuyait sur l'accélérateur, la dose d'adrénaline maintenue sous le piston du stress se libéra. La poussée fit hennir quelques chevaux sous le capot. Elle poussa un cri jubilatoire.

À présent, Johanne roulait à fond sur la rocade. Elle avait monté le son de la radio qui diffusait un groove sexy dont elle reprenait le court refrain à tue-tête. Accélérer, déboîter pour doubler, changer de vitesse, c'était si bon de retrouver cette sensation. Elle maîtrisait. Le véhicule entre ses mains – et tant pis si c'était un utilitaire sans grande reprise – s'était transformé en extension de son corps. Ensemble, chargés à bloc, ils filaient vers l'aventure et le frisson.

Le flash du premier radar la prévint. *Elle se mettait le doigt dans l'œil.* Six kilomètres plus loin, le second le lui répéta. *Elle allait droit dans le mur.*

Trente minutes après la descente de flics dans le parc, elle avait contourné l'ouest de la ville et décidé de sortir rive droite. Elle aurait continué à carburer aux sensations fortes si un regain de prudence ne l'avait pas freinée. Elle réfléchit vite, conclut qu'elle trouverait quelque chose à raconter à Kamel s'il n'avait pas déjà donné l'alerte. Il n'avait aucun moyen de la joindre. À court de batterie, son téléphone avait rendu l'âme. Elle prolongea le trajet jusqu'à la cordonnerie.

Elle s'était déjà engagée dans la rue à sens unique quand elle vit Ida en bas de l'immeuble discuter avec deux gendarmes. *Étaient-ils déjà sur place pour l'arrêter ?* Enclenchant la marche arrière, elle emboutit un plot. Le choc fit tourner les trois têtes dans sa direction, mais aucune ne lui accorda trop d'intérêt. Il n'y avait pas de place disponible dans la rue. Un coup d'œil dans le miroir frontal lui confirma la présence d'un autre véhicule derrière, elle ne pouvait plus reculer. Elle espéra pouvoir compter sur Ida, elle saurait détourner l'attention des deux uniformes. Alors qu'elle dépassait le trio devant l'ancien magasin, la phrase l'atteignit par la vitre ouverte.

– Elle est partie par là...

Dans le rétroviseur latéral, elle vit Ida pointer du doigt le bout opposé de la rue.

Ça lui laissait un peu de marge pour tenter de mettre ses idées au clair et réfléchir à la suite.

20

Johanne s'assura d'être hors de vue des gendarmes avant de prendre de la vitesse. Le parechoc à l'arrière s'était déboîté d'un côté et brinquebalait sur la chaussée déformée. Elle s'engagea à gauche au bout de la rue de la cordonnerie. La voiture dans son rétro prit à droite et s'éloigna. Il lui restait cinq cents mètres avant d'atteindre le boulevard, une longue minute pour fuir la menace de l'interpellation. Mais c'était sans compter sur la déviation qui la contraint plus loin à tourner de nouveau à gauche et à s'enfoncer dans les rues étroites. Son cœur tressauta dans sa poitrine en précipitant le battement des secondes. Si la voirie ou un sens unique l'obligeait encore à bifurquer du mauvais côté, elle tournerait en rond et se jetterait dans la gueule du loup. La panique détourna son attention du nid-de-poule. La voiture s'y enfonça de tout son poids, celui des imprimés chargés à l'arrière écrasa les amortisseurs. Le parechoc n'y résista pas et se décrocha. Sa garniture en plastique se mit à racler le pavé aussi détectable à son oreille que des casseroles qu'elle traînerait aux fesses. Elle serait repérée ni une ni deux.

Un bref instant, elle pensa quitter la voiture et la laisser en plan dans la ruelle pour courir. À perdre haleine, quitter cette ville, s'évanouir hors ses murs.

Mais elle n'irait pas loin. En abandonnant le véhicule de livraison à deux pas de chez son père, elle prouverait qu'elle l'avait volé. Alors elle poursuivit sa route et ne put tourner à droite qu'au dernier croisement. La voie goudronnée y était plus large. Elle regarderait comment remonter le parechoc quand elle se serait dégagée de là. Tout au fond, la circulation signalait le rond-point et l'accès aux grandes artères. Elle accéléra.

Le stress avait encore étréci son champ visuel, il allongeait la rue en un long tunnel. Au bout, dans le halo, une chance de s'en tirer. Elle se fondrait parmi les autres et aurait bientôt la voie libre. Elle passait la quatrième quand une femme jaillit de l'angle mort sur sa droite. Elle courait, la tête comme dévissée, tournée vers ce à quoi elle tentait d'échapper. C'est à peine si elle eut le temps de reconnaître les vêtements qu'elle lui avait donnés. Johanne freina d'un coup sec, mais heurta Zarrin qui roula et disparut sous l'avant de la voiture. Le moteur cala. Pendant quelques secondes, elle crut l'avoir écrasée. La jeune femme se releva et, en appui sur le capot, lui fit face, portrait échevelé dans le cadre du parebrise. La peur de l'une était le miroir de l'autre. Elle fut si surprise de reconnaître Johanne au volant qu'elle parut un instant prête à détaler de nouveau. Au lieu de quoi, elle se précipita sur la portière du passager et grimpa dans le véhicule. Johanne subissait toujours l'onde d'un choc plus spectaculaire qu'important. Elle tremblait.

— *Come on, we have to go*. Allez ! *Go, please !*

Zarrin lui secouait le bras et s'y accrocha. Elles roulèrent droit vers le boulevard. Le parechoc frottait par terre d'un côté, mais il tenait encore le coup. Des coups d'œil de part et d'autre leur assurèrent que personne n'était à leurs trousses. Elles se glissaient déjà dans le trafic urbain au niveau du carrefour quand le véhicule d'intervention apparut dans le rétro frontal. Loin derrière, les gendarmes avançaient au pas en ratissant le quartier. Ils n'avaient pas vu Zarrin s'engouffrer dans la voiture, peut-être même ignoraient-ils à quoi elle ressemblait. Elle lui serra davantage le bras et lui désigna l'entrée du parking couvert, celui qu'elle avait un temps squatté. Elle insista jusqu'à ce que Johanne braque et coupe la file inverse, aussitôt huée par les avertisseurs. La barrière automatique se souleva, le véhicule de livraison s'engagea dans le parc de stationnement. Johanne ralentit dès qu'elle vit une place vide. Mais Zarrin la pressa encore. Elle connaissait une issue de l'autre côté qui leur permit de gagner la voie de berge. Johanne fut soulagée de retrouver l'air libre.

Plus loin sur les friches industrielles, hors de la zone de danger, Zarrin consentit à ce qu'elle coupât le contact. Elles se tournèrent l'une vers l'autre et leur premier réflexe fut d'éclater de rire. Une réaction plus nerveuse que complice. N'empêche, elles l'avaient échappé belle.

– Qu'est-ce qui s'est passé ? demanda enfin Johanne.

Zarrin plongea son regard dans le sien comme si la réponse à sa question se cachait là. Elle parut remonter le courant des trois derniers jours jusqu'à venir buter sur cette ultime soirée et son départ précipité. Johanne sentit le froid la mordre. Zarrin cessa de forer. Les traits de son visage durcirent comme un acier qu'on trempe.

– Ida, prononça Zarrin en se détournant d'elle.

Johanne ne parvenait pas à se recentrer. Le flot d'adrénaline avait repoussé les neurones aux limites de son cerveau engourdi.

– Quoi, Ida ?

– *Fuck Ida ! Fuck you !* cria soudain Zarrin.

Un accès de colère glaçant dont elle seule se croyait capable. Pire, c'était la haine qui affilait le profil si proche de celle qui avait été son amie.

– Pourquoi ? Je ne comprends pas. *We help you !*

Les yeux de Zarrin furetaient partout autour d'elles en prenant soin de l'éviter. Elles étaient seules, garées sur un terrain vague enchâssé entre une casse nautique et un dépôt de matériaux municipal.

– *Please, Zarrin, tell me.* Explique-moi.

Elle sentait Zarrin lui échapper.

– Je n'aurais jamais dû te laisser seule avec Ida. *Sorry, khôr...*

Elle n'eut pas le temps de caresser sa main, Zarrin la repoussa.

– *No khôr... never !*

– Pourquoi es-tu en colère ? insista Johanne en lui comprimant le bras.

– *I'm not your sister. You kill her !*

Elle fut trop stupéfaite pour l'empêcher de sortir. Zarrin avait tranché. Et quand elle fit claquer la portière pour s'enfuir, elle rompit le fil ténu qui les avait reliées toutes ces semaines par-delà le gouffre de leur existence. Johanne tenta d'avaler le peu d'air qui parvenait à ses poumons. Elle suffoquait. Jamais elle n'avait raconté à Zarrin les circonstances de la mort de sa sœur. *Comment l'avait-elle appris ?* L'Afghane marchait loin devant sur le terrain quand elle démarra pour la rattraper.

– Zarrin, attends-moi. Stop !

Johanne avait ouvert sa vitre et roulait à sa hauteur. Encore une cinquantaine de mètres et elles déboucheraient du no man's land sur la voie passante. Elle devait l'arrêter. Après, elle la perdrait aussi. Quand Zarrin hâta le pas et se tourna vers elle, elle fut frappée par la correspondance. Ce dernier regard l'épingla. La peur s'était emparée de la jeune femme au même titre qu'elle l'avait fait avec Lili six ans auparavant. Elle se mit aussi à courir pour lui échapper. Saisie, Johanne freina.

Elle ne reconnaissait que trop bien cette expression d'effroi. Elle se tenait pétrifiée en un masque suspendu dans quelque obscur couloir de sa mémoire. Sortie droit des enfers, la gorgone la dardait de sa colère. Dans les vêtements de Lili, Zarrin ranimait l'image enfouie.

Johanne la regarda disparaître au coin de l'avenue pour s'accrocher à ce souvenir. Elle le tenait entre ses griffes et devait le fixer avant que lui aussi se dérobe.

Six ans plus tôt, elles s'étaient disputées très fort. À cause de lui, elle en était à peu près sûre. Lui, le père. Elles étaient saoules. Johanne voulait entendre l'indicible de la bouche de Lili qui refusait d'abonder dans son sens. Elle s'était glissée derrière le volant de son auto-école quand Lili s'en était extirpée, fuyant cette leçon punitive qu'elle lui imposait. Elle l'avait pourchassée sur le terrain vague comme elle n'avait pas lâché Zarrin aujourd'hui, jusqu'à les effrayer l'une et l'autre. Mais si elle avait pris plaisir à terroriser sa sœur sous l'influence des substances par le passé, elle avait su la convaincre de remonter dans la voiture. Peu après, l'une des deux avait accéléré et elles avaient percuté le pylône. À aucun moment, elle n'avait eu l'intention d'affoler Zarrin aujourd'hui, mais elle l'avait bel et bien perdue.

Elle n'eut ni la force ni l'envie de la suivre, encore moins de conduire dans la circulation. Cette journée n'en était pas à sa moitié qu'elle la broyait déjà sous les épreuves. Parmi les urgences, la première était de remettre de l'ordre dans ses pensées. Elle revint se garer au bout du terrain, face au fleuve, à l'abri des regards. Ils avaient levé la travée centrale du pont au nord pour laisser passer un paquebot de croisière haut de sept étages. Le *Golding Muse* fendait les eaux de l'estuaire, écrasant de mépris. Johanne suivit des yeux la vague qui gonflait dans son sillage jusqu'à ce qu'elle vînt claquer le quai devant elle.

L'injustice balayait tout sur son passage. Elle arrachait le moindre espoir, pliait toute confiance en soi et les autres. N'en restait que le sentiment vif et amer. Johanne en aurait mordu le volant de rage. Elle se contentait de le cogner de ses poings serrés. Elle faisait face au territoire où elle travaillait depuis sa remise en liberté. Il s'étendait sans relief sur la rive opposée, comme pressé par le poids du ciel. Moteur coupé, elle se tenait toujours derrière le volant et tentait de raisonner depuis bientôt une heure. Une fine bruine commençait à mouiller le parebrise. Elle n'arrivait pas à se désolidariser de la voiture. Elle s'était persuadée qu'elle ne quitterait l'habitacle que pour rejoindre la prison. Elle n'avait d'ailleurs toujours pas décroché sa ceinture de sécurité.

Lorsqu'une libération conditionnelle était révoquée, les mois passés dehors ne comptaient pour rien et l'incarcération reprenait là où elle s'était suspendue. Sans même compter le vol de véhicule ni le délit de fuite, elle risquait une nouvelle condamnation pour avoir seulement conduit. Un faux air de récidive. Elle calculait qu'elle repartirait en cellule pour au moins deux ans, dix-huit mois dans le meilleur des cas. *Une éternité*. C'était d'autant plus cruel qu'elle n'aurait rien à tirer de cet échec. Aucune autre solution ne se présentait. *Prendre la fuite ? Entrer dans la clandestinité comme Zarrin ? Ou tout bêtement arguer d'un coup du sort et implorer l'indulgence ?* Toutes étaient vaines, perdues d'avance, idiotes. Elle s'apitoyait sur elle-même, dressait la liste de ses malheurs dont l'addition aboutissait chaque fois au même résultat salé : la prison et la solitude. Cette double peine ne lui avait jamais autant pesé. Car quand bien même obtiendrait-elle la liberté au bout de tous ces jours opaques, elle craindrait de la perdre de nouveau ou de n'avoir personne avec qui la partager. Exception faite de sa tante, sa famille était morte et enterrée. Il n'y aurait pas d'enfant, elle ne pinçait jamais plus fort ce nerf-là. Possible que l'amitié ait aussi sa date de péremption, si rien ne repoussait sur le charnier de relations fauchées cette même nuit. Elle n'exercerait plus jamais sa profession ni ne trouverait un travail digne de ce nom sans une formation préalable. *Sans attaches ni perspectives auxquelles s'accrocher, comment tenir le cap ?* Sa mère flotta sous ses yeux tel un corps-mort oublié au mouillage hors saison. Elle repoussa l'image vers le large. Tout comme elle rejeta provisoirement celle d'Ida qui revenait sans cesse hanter ses pensées et s'échouer sur leur grève. Ida effrayée, Ida loquace. Ida réticente, Ida mutique. *Le malheur se répétait.*

Toc, toc. Des doigts cognèrent contre la vitre côté passager. La portière s'ouvrit et un homme grimpa. Elle n'en revenait pas. Kamel la regarda à peine et fouilla le vide-poche du tableau de bord anticipant sa prochaine question.

– Comment vous m'avez trouvée ?

– Vous ne regardez jamais votre téléphone ? Je vous ai appelée dix fois...

Il soulevait toutes sortes de papiers, à signer, à rouler, à jeter. Il dégagea un petit objet connecté qu'il agita avec une pointe de fierté.

– Voilà, le GPS de la badgeuse ! Celle que vous n'avez jamais prise sur vos tournées. Hugo a laissé la sienne dans la voiture...

Johanne regarda de tous côtés. Ils étaient seuls sur le terrain.

– Vous êtes venu à pied ?

– Non, on m'a déposé. Il n'y avait plus aucun véhicule disponible.

– Qui ça ? flippa Johanne.

– Peu importe, je ne vous voyais pas revenir. Je me suis inquiété, mais je n'ai encore prévenu personne, rassurez-vous.

Elle scrutait le rétro attendant l'escouade qui allait surgir d'un moment à l'autre.

– J'aurais dû ? s'alarma Kamel à son tour. Où est Inès ?

Le soulagement de Johanne fut de courte durée. Il n'était pas au courant de l'arrestation d'Inès. *S'il n'avait pas porté plainte pour vol et si les flics n'avaient pas relié la fille aux piercings à son travail, que faisaient donc les gendarmes chez Ida ?* Aussi difficile soit-elle à admettre, la déduction s'imposait. Plus aucun doute à avoir. S'ils n'étaient pas venus pour elle, ils étaient là pour Zarrin. Elle avait été dénoncée. Johanne se raccrocha à l'idée qu'un voisin pouvait l'avoir aperçue malgré leurs précautions et s'être questionné sur la présence d'une étrangère dans l'atelier du cordonnier défunt. Mais ça ne tenait pas. Il en aurait d'abord touché un mot à Ida. Les gens se connaissaient et se parlaient dans le quartier, elle aurait trouvé une excuse. Ou pas.

– J'ai appelé l'imprimerie, vous avez récupéré le chargement dans les temps. Alors vous m'expliquez ce qu'il s'est passé après ?

D'un geste, Johanne fit rempart aux questions de Kamel. Elle n'avait pas fini de réfléchir. *Ida*. Zarrin avait prononcé son nom. Ida qui craignait tant être compromise. Les gendarmes étaient-ils là pour ce fameux délit de solidarité ? Non, livrée à elle-même depuis plusieurs jours, exaspérée par Zarrin en qui elle voyait une intruse, elle avait été capable de prendre une telle initiative. *Elle est partie par là*... Ida traîtresse. La vraisemblance logique de la délation chassa le peu d'illusions que Johanne aurait voulu préserver.

– Vous avez eu un accident ?

Kamel lui secoua l'épaule pour la tirer de la torpeur dans laquelle elle s'enfonçait.

– Le véhicule est embouti à l'arrière. On vous est rentré dedans ?

Sa voix lui parvint assourdie. La paroi transparente derrière laquelle elle s'était retranchée ne cessait de s'épaissir. Sur l'avenue, quelqu'un balança des bouteilles vides dans un conteneur. Du verre se brisa. Un son clair, acéré, qui en entraîna d'autres. En cascade.

La carafe d'eau valse sur le plateau d'une table de chevet.

Une bouteille de gin explose sur le carrelage de la salle de bains.

Le vol en éclats de la vitrine de la cordonnerie et...

Lointain écho, l'étoile filant le parebrise de l'auto-école.

Encore et toujours le choc de la collision, le fracas de la chute. Lili, Zarrin. Tout était de sa faute. Du bris et des tessons jonchaient partout le sol. La seule image de marcher pieds nus dessus et de s'y entailler lui fit serrer les poings. Elle klaxonna sans le faire exprès. Ils sursautèrent.

– Mais enfin, dites-moi ce qui vous arrive, Johanne !

Kamel ne lâcherait pas le morceau.

Il s'était mis à pleuvoir de plus en plus dru. L'eau cinglait le parebrise et troublait le monde autour d'eux. Elle avait fini de raconter comment elle s'était retrouvée là, échouée, après l'arrestation d'Inès. En omettant toute la partie avec les gendarmes et Zarrin. Elle avait un peu brodé autour d'un accident qu'aurait provoqué la fille tatouée et lui avait reproché, à lui Kamel, de l'avoir mise une fois de plus en péril en l'envoyant à l'imprimerie avec une conductrice toxico. Il se défendit. Lui aussi en avait plus que ras-le-bol de devoir manager – il avait dit ménager – tout un service dans ces conditions, avec pour tous moyens des clopinettes et des bras cassés. Il était pressurisé de toutes parts.

Au bout du compte, tous deux maltraités par les circonstances étaient livrés à eux-mêmes. Il trouvait vain de se tirer dessus.

– On a mieux à faire, non ?

C'était sorti comme ça, comme d'une chaussette qu'on retourne. Elle le regarda. Les yeux noirs se rapprochèrent et emplirent tout son champ visuel. Ils la canalisèrent malgré elle comme la limaille sous l'aimant. Lui regarda sa bouche et alors qu'il approchait la main de son visage, elle se jeta sur lui pour l'embrasser. La ceinture de sécurité la coupa net dans son élan. C'est lui qui la libéra. Elle ne vit plus que la lumière floue de ses pupilles caracoler dans le tunnel. Elle s'y engagea à l'aveugle tandis qu'il se penchait vers elle. Sans détacher sa bouche de la sienne, elle le repoussa sur son siège, se contorsionna pour lui grimper dessus, heurta du genou le volant et le levier de vitesse pour y parvenir. Kamel, assiégé, se laissa prendre. Bustes plaqués, corps encastrés, ils se cognèrent beaucoup dans l'habitacle, se débattirent avec leurs vêtements, ne parvinrent à ôter ou baisser que ceux qui empêchaient leurs sexes de se trouver.

Ils s'étaient peu après extraits de la voiture embuée, le corps toujours tendu après la lutte bâclée qui les avait laissés sur leur faim. Des portières grandes ouvertes s'échappaient les effluves d'une intimité devenue incommodante.

La pluie avait cessé.

Kamel tenta de remonter le parechoc. Le feu arrière droit était fendu de part en part. Le bas de caisse avait également subi l'impact du bloc de béton. En contournant le véhicule, il découvrit un renfoncement dans l'aile avant droite, là où

Zarrin avait percuté la carrosserie. Johanne laissa glisser sa main sur la dépression.

– Il faut que je trouve comment justifier ces dégâts, commenta Kamel.

– Là ici, on doit pouvoir débosseler avec de l'eau chaude.

Il ne fut pas convaincu.

– Et si je la déclarais volée ?

Johanne envisagea un court instant cette option.

– Non.

– Pourquoi pas ? L'assurance prendrait tout en charge. Ce serait peut-être plus simple. Si Inès l'a laissée en plan avec les clés dessus, c'est tout à fait plausible.

– J'ai été flashée, avoua Johanne. Deux fois.

Il se mordit la lèvre, de plus en plus contrarié.

– Je vous rembourserai... enfin, je rembourserai Distreet.

– Et pour les points ? Deux fois le même jour, on n'est pas loin du retrait, là...

– Vous savez bien que je n'ai plus de permis.

– Alors qui va porter le chapeau ?

– Hors de question que je retourne en prison !

Ils se turent, chacun réfléchissant au meilleur moyen de se sortir de là. Johanne le regardait, mais hésitait à lui parler. Il la devança.

– Non, je vous arrête tout de suite. Je ne peux pas me le permettre, je n'ai plus que six points. Je dois pouvoir récupérer ma gosse et conduire au travail.

– Jamais je ne vous demanderai une chose pareille !

– Pardon, j'ai cru que...

– Non, vous vous trompez. Mais je crois savoir à qui je peux demander, continua Johanne.

– Un service comme celui-là ?

– Je sais, mais elle me le doit bien.

– Il faut que ce soit quelqu'un de l'entreprise.

– Ah bon ?

– Question d'assurance.

Johanne se dégonfla. Solliciter Ida lui avait semblé la bonne alternative : elle devait payer pour avoir dénoncé Zarrin, mais surtout, elle n'avait ni voiture ni besoin de conduire. Six ou huit points en moins ne l'auraient pas affectée plus que ça.

Kamel prit les choses en main. Il la fit grimper dans le véhicule de livraison. Il souhaitait connaître l'endroit exact où il avait été stationné au moment de l'arrestation d'Inès. Il raconterait qu'il l'avait retrouvé là-bas grâce à la géolocalisation. Un demi-mensonge. Ensuite, ils rentreraient au dépôt et s'occuperaient de décharger la voiture. Se montrer sur son lieu de travail la rendrait moins suspecte.

Ils restèrent silencieux durant tout le trajet. C'est Johanne qui alluma la radio pour dissiper la gêne. Le fond musical leur permit de réfléchir et, surtout, leur épargna d'avoir à exprimer de quelconques regrets. Ce fut un moment presque agréable.

Une fois au pied des logements sociaux, Johanne lui indiqua la place où Inès s'était garée, puis le square où elle avait été interpellée. Elle ne lui avait pas donné tous les détails. Aussi quand elle crut reconnaître Hugo au bout de la rue, elle prétexta ne pas habiter loin et vouloir passer chez elle se changer avant de retourner à Distreet. Il hésita. Elle lui garantit qu'elle le retrouverait au travail, sans faute.

Chacun s'éloigna de son côté, l'un en voiture, l'autre à pied.

Kamel parti, Johanne courut pour rattraper Hugo. Il avait ôté sa casquette, c'était bien lui qui pénétrait dans le bâtiment A.

21

– Et si je refuse ?

– Écoute, Hugo, je te le demande, mais t'as pas vraiment le choix. Tu ne m'as pas posé la question, toi, quand tu t'es débarrassé des iPhone !

Ils parlaient bas. Une note un peu aiguë ou un simple haussement de voix se répercutait jusqu'au dixième étage.

– Combien de points ? Ça va coûter une blinde si je dois repasser le permis...

Johanne profitait de la peur que l'effet de surprise avait suscitée. Hugo venait de traverser le hall de l'immeuble quand elle s'était engouffrée à sa suite. L'ascenseur était en panne, elle l'avait coincé dans la cage d'escalier. Il avait d'abord cru à une agression et lâché un cri fluet dont l'écho avait résonné partout dans le bloc. L'avoir reconnue ne l'avait pas totalement rassuré.

Depuis, vive et précise, elle surfait sur cette vague.

– Il t'en reste combien ?

– Pas beaucoup.

– Donne-moi ton permis !

– Hein ?

– Vas-y, donne je te dis.

– C'est pas marqué dessus !

– Non, mais on va regarder ensemble.

Sans grande conviction, il lui avait tendu son titre plastifié. Elle avait aussi réclamé son portable. En tapant le numéro du document sur un site gouvernemental, ils avaient pu vérifier.

– Neuf points, c'est cool, ça va le faire. Je le garde pour l'instant, avait-elle précisé en empochant le permis. Je te le rendrai au boulot quand on recevra le PV.

– J'ai été viré !

Johanne ne laissa rien paraître et relut le permis.

– C'est toujours la même adresse ?

Peut-être interpréta-t-il la question comme une menace. Il opina.

– Alors, tranquillise-toi, je te le rendrai.

Elle regagnait le vestibule quand Hugo l'interpella.

– Hé meuf, je t'ai quand même avertie ce matin !

Elle se retourna.

– Mais pas ta copine. Vous avez bien failli me mettre dedans tous les deux.

– Je pouvais pas savoir que tu serais là !

– Ah ouais, c'est jamais ta faute. Et elle, elle savait qu'ils seraient là ?

– T'inquiète, c'est rien qu'une baltringue.

– Et toi t'es quoi, Hugo ?

Il baissa la tête et se cacha derrière ses bouclettes.

– T'es dure. C'est chaud pour moi, là, tu sais.

– Pourquoi ils t'ont pas embarqué ?

– Je te jure, j'avais pas le choix !

Elle fit un pas vers lui.

– Moi non plus, j'ai pas le choix. Si je retourne pas en taule, t'y vas pas non plus. En tout cas, pas à cause de moi...

Cette fois, il avait bien compris.

Une fois dehors, Johanne s'éloigna à pas rapides sans chercher à dissimuler le début d'un sourire conquérant. Une brèche s'ouvrait enfin dans le mur par où entrait la lumière. Confiante, elle se dirigeait droit vers elle.

À proximité de son meublé, elle fut pourtant prise d'un doute et ralentit pour surveiller les parages. Aucun gendarme ne l'attendait, ni en bas de l'hôtel ni sur son palier. Elle fut à peu près certaine qu'ils n'en avaient pas après elle en se rendant chez sa tante, mais elle devait en avoir le cœur net. Une fois dans son studio, elle brancha son portable et tenta d'appeler Ida à plusieurs reprises. Elle ne laissa pas de message. Elle irait la trouver le soir même.

La douche dissolut les fluides organiques de son rapport brutal avec Kamel, mais n'apaisa en rien la tension sexuelle que le goût du risque avait rehaussée. Elle s'était tant cognée aux manettes du véhicule dans ses efforts pour forniquer que ses tibias et ses cuisses étaient parsemés de bleus. Quand elle les découvrit, elle appuya sur les plus gonflés en espérant que les ondes de douleur surpasseraient celles de son excitation. Mais le supplice s'avéra aussi délectable qu'agaçant. Elle ne parviendrait pas seule à apaiser son corps survolté. Elle essaya une des anciennes tenues de Lili qu'elle s'était réservée : une robe courte en lainage noir qu'elle passa sur un legging rouge. Maintenant qu'elle avait minci et que tous les kilomètres parcourus l'avaient affermie, elle s'y trouva bien. Elle enfila dessus sa parka, aux pieds des bottes à zip et claqua la porte. Dans l'escalier, elle fit demi-tour et revint chercher son téléphone.

Profitant d'un moment où elle était seule ou presque sous le hangar, Kamel vint la trouver. Elle avait évité son bureau en pariant de façon hasardeuse qu'il ferait le premier pas. En attendant, elle avait traîné dans l'entrepôt et pris plus de temps que nécessaire pour remplir son chariot. Aussi fut-elle soulagée de le voir approcher. S'il remarqua la nouvelle allure que lui donnait la souplesse de ses vêtements en maille, il n'en montra rien. Lui n'avait pas eu le temps de se changer et avait endossé une blouse de travail qui lui descendait à mi-cuisses. Leur corps-à-corps avait dû laisser des traces, elle retint son envie de rire et repoussa celle de recommencer là, tout de suite. En relevant les yeux, elle croisa son regard sombre aussi mat qu'étanche. Il lui tendit son pendentif en lapis-lazuli. La chaînette était brisée. Elle sentit monter le feu à ses joues en même temps que le souvenir, à califourchon dans la voiture, d'avoir arraché le bijou en retirant son pull à la hâte.

– Il me semble que ça vous appartient.

Aucune complicité dans le ton, aucun sens caché. Elle acquiesça, refroidie.

– Je me suis renseigné. L'assurance devrait prendre en charge les frais de réparation de la voiture, vous ne serez pas inquiétée. Et vous n'aurez pas à remonter dans un de nos véhicules, ça ne se reproduira pas.

Elle entendit l'écho de sa dernière phrase. *Ça ne se reproduira pas.*

– Et pour les radars ?

– Ah ça, je n'ai pas de solution. Vous n'avez pas trouvé ?

– Si, mais il vient d'être viré.

– Hugo ? Et il a accepté ?

Ses doutes le maintenaient à distance.

– Oui. Ça ira ?

– On cachera qu'il a été renvoyé avant d'avoir été flashé.

Il ne se défilait pas complètement, mais il prenait soin de ne rien laisser transparaître. Johanne enviait son sang-froid, elle était incapable de cloisonner les faits comme lui semblait y exceller. S'il s'agissait bel et bien de faux-semblants dans le cadre étriqué du travail, il méritait une médaille. Il est vrai qu'ici il restait son chef et c'était sans doute mieux ainsi. Insaisissable, il n'en était que plus attirant. Bien que consciente du caractère illusoire et foutraque de ses sentiments, elle le désira plus fort encore. Elle se pinça et contint l'irrépressible demande. Et alors qu'il regagnait son bureau, elle laissa échapper le dernier mot qu'elle ait cru avoir besoin de prononcer.

– Merci.

Lui-même en fut surpris.

Lors de sa tournée, elle téléphona de nouveau à Ida qui, sans doute de guerre lasse, décrocha au bout de deux sonneries. Elle s'était préparée.

– Je t'ai aperçue en voiture aujourd'hui.

– Qu'est-ce qu'il s'est passé ? Pourquoi les gendarmes étaient à la maison ?

– Tu faisais quoi au volant de ce véhicule, Jo ? C'est n'importe quoi...

– Je t'expliquerai, je n'ai pas eu le choix. Et Zarrin ?

– Ta copine s'est enfuie. Avec du fric et des doubles de clés.

– Je te crois pas. C'est pas une voleuse.

– Qu'est-ce que tu en sais ? Avec ces gens-là...

– C'est toi qui l'as dénoncée ?

Johanne avait d'abord ralenti son pas, puis cessé de marcher. Elle voulait rester concentrée, ne rien perdre des nuances de l'échange avec sa tante.

– Alors ? C'est toi qui as appelé les gendarmes.

– J'ai tout de suite senti qu'on aurait des problèmes avec cette fille. C'est une voleuse, je te dis !

– Mais elle t'a volé quoi à la fin ?

– Dix euros qui traînaient dans la cuisine.

– C'est rien de plus qu'une tentation, ça.

— Je suis persuadée que d'autres choses ont disparu.

— Je passe te voir tout à l'heure, proposa Johanne.

– Non, pas ce soir. Je ne veux pas. Tu passeras un autre jour.

Ida lui avait raccroché au nez. Elle pesta.

Dans la foulée, elle tenta de joindre Zarrin. Trois fois. Sans surprise, son téléphone restait éteint. Pas même un répondeur. Elle n'entendrait plus sa voix. Elle eut un moment de panique et fouilla dans les replis de son manteau. Elle mit du temps à retrouver la pierre polie. Son bleu profond veiné d'un fil blanc de calcite était parsemé de paillettes. Il évoquait la voûte céleste. Elle serra le bijou dans sa paume et le rempocha.

Marcher et distribuer les prospectus dans les boîtes l'apaisa. Dans chacune, elle se déchargea de quelques grammes de son fardeau. Et si l'ample yoyo émotionnel de cette folle journée l'avait de toute évidence chamboulée, il avait aussi généré un surplus d'énergie qu'elle pouvait mettre au profit de sa réflexion. Sobre, décollée d'elle-même, elle ajusta l'angle et la distance comme elle aurait réglé les trois rétroviseurs d'un véhicule. Elle eut bientôt une vision panoptique de son comportement. Elle vit combien elle faisait peur avec ses demandes excessives et ses besoins primaires. Elle croyait ne rien espérer des autres, mais elle en attendait tout, en tout cas bien plus qu'elle n'était capable de donner. Or, chacun avait ses attentes légitimes. Son séjour en prison ne lui octroyait aucun droit ni aucune priorité. Les gens dehors n'étaient pas beaucoup plus libres qu'elle, se rendait-elle compte. Elle avait tant de choses à réapprendre. Des barreaux à tordre, des portes à dégonder. Et tout autant de décisions à prendre. Elle reconnut l'esquisse et les schémas sous le calque de sa conduite actuelle, la confusion du désir et la reproduction du manque, l'impuissance et la violence unies dans un même acte non assumé, cette pulsion du meurtre inachevée. Elle n'aurait de cesse de croire perpétuer le geste chaque fois qu'elle aurait envie d'aimer jusqu'à n'avoir plus d'autre choix que de le retourner contre elle.

Afin d'abroger la menace de cette récidive grossière et de ne plus en avoir peur, elle devait accepter d'avoir tué Lili. Ce qui était fait ne serait plus à faire. Seul le coupable accédait au pardon. Et elle était responsable du sien. Enfin, elle voyait clair. Sa lucidité transmutait le plomb de ses agissements récents en un or lustral. Il coula en elle et illumina les recoins les plus sombres. Elle leva les yeux. Le soleil tombait du ciel. Tout en elle brillait de son envie de vivre. Brûlante.

Quelle ne fut pas sa déception en retournant au dépôt de ne pas y trouver Kamel.

– Non. Il avait hâte de partir, ça se voyait, lui répondit Cathy.

Et quand Johanne lui avait demandé si elle voulait manger un bout à l'extérieur, elle aussi lui avait fait faux bond.

– Pas ce soir, ma belle. Je suis rincée ! Mais pour sûr, on remet ça...

Elle ne souhaitait pas rentrer chez elle en sortant du travail. La nuit finissait de tendre sa bâche sur Distreet et les entreprises voisines. Au loin, une couronne lumineuse flottait au-dessus de la zone commerciale. Elle évita le rond-point et son bar en coupant à travers des plates-bandes et la piste cyclable pour arriver sur le parking du multiplexe. Les courbes graphiques des néons roses et la promesse des dix affiches exercèrent sur elle leur pouvoir d'attraction. Un film américain avec une comédienne qu'elle aimait bien commençait dans le quart d'heure. Elle s'acheta une place et se perdit un peu dans les étages du cinéma avant de rejoindre sa salle et de choisir son fauteuil pile au milieu des premiers rangs inoccupés. Un regard pesait sur sa nuque tandis qu'elle retirait sa parka, mais elle préféra l'ignorer. La salle fut bientôt plongée dans le noir et elle s'immergea dans les bandes-annonces, puis l'histoire au parfum de scandale d'une femme tombée en disgrâce pour avoir aimé un homme de vingt-cinq ans son cadet. Julianne Moore avait vieilli. Au début, elle tourna la tête à gauche et à droite pour parcourir la totalité de l'écran. Pour les plans rapprochés, elle s'était placée trop près. Puis elle cessa. Elle était fatiguée et si bien installée qu'elle lutta contre le sommeil dès le premier tiers du film, s'endormit à sa moitié. Elle ne rouvrit les yeux qu'avec les lumières qui éclairaient de nouveau la salle et le déroulant du générique sur des accords de piano envoûtants à l'origine composés pour un autre film par un musicien français.

Il avait fait le tour des fauteuils et, depuis la travée centrale, l'observait pour s'assurer que c'était bien elle. Ce ne fut pas compliqué de reconnaître l'ancien serveur, elle l'avait croisé au supermarché voisin trois mois auparavant. Ce soir, il était accompagné d'une femme, aussi jeune et jolie. Peut-être la mère de ses enfants. Elle le regardait la regarder et, impatiente, dansait sur un pied. Johanne planta son regard dans celui de Romain. Ils échangèrent un minuscule signe de tête. Et ce fut tout. Elle se leva pour enfiler sa parka. *Il l'avait reconnue, et alors ?* Du coin de l'œil, elle l'observa s'éloigner et ne douta pas qu'il était en train de commenter cette rencontre fortuite à l'oreille de celle qui n'osa pas se retourner. *C'est cette monitrice d'auto-école dont je t'ai déjà parlé, tu sais, celle avec qui j'ai appris à conduire et qui a tué sa sœur en voiture parce qu'elle était bourrée.* Elle s'en fichait. Elle n'avait qu'une hâte : rentrer chez elle, dormir.

Une nuit noire, puits sans rêve.

Au matin, la lune montait haut dans le ciel. Levée à peine plus tôt que le soleil, elle teintait d'un argent pâle les surfaces métalliques. Johanne slaloma entre les conteneurs grillagés et les bacs roulants de stockage qui encombraient la cour de Distreet jusqu'au bureau de Kamel.

À son habitude, il était le premier arrivé et n'avait pas encore eu le temps d'ôter sa veste. Il sursauta quand elle toqua à sa porte restée béante.

– Bonjour Kamel, osa-t-elle.

Il ne répondit pas de suite et laissa son regard détourer sa silhouette. Elle était habillée comme la veille de sa robe en lainage et de ses collants rouges, mais il ne sembla se rendre compte qu'alors de la nouveauté de sa mise et de l'aisance gracieuse qu'elle lui donnait. Très vite, il reporta son attention sur son bureau et fit du tri.

– Vous êtes matinale. Je viens juste d'arriver.

– Je sais, je voulais vous parler avant que les autres arrivent. Je...

Elle se racla la gorge, hésita à poursuivre. Rien chez son interlocuteur ne l'encourageait à partager ce qu'elle s'était préparée à dire. Tête baissée, il continuait de ranger des documents qui n'étaient pas arrivés là dans la nuit. L'anomalie de ce silence lui fit pourtant lever les yeux. Elle croisa son regard et la vit. Sourde, mais présente. Elle en reconnut l'ombre tapie avant même que la mèche vacille. Plus insondable en lui qu'en elle, la crainte dictait son attitude. Elle avait étouffé sous ses yeux le feu follet d'un désir spontané, trop mince pour résister à son emprise. Johanne sut combien il était vain et cruel de suggérer qu'ils aient une chance de s'appliquer à refaire ce qu'ils avaient une première fois expédié. La bougie était soufflée. Elle le mettrait dans l'embarras et devrait essuyer son refus maladroit. Elle l'avait brusqué, il s'était senti utilisé.

– J'arrête. Je vais trouver un autre travail, lâcha-t-elle tout à trac.

Il cessa de s'occuper les mains et les posa à plat sur la surface dégagée. Elle eut envie de leur caresse sur sa peau. Juste encore une fois.

– Vous êtes sûre ?

Quand il la regarda, sa reconnaissance avait relayé la peur.

— Bien, je comprends. Mais prenez votre temps... le travail, ça court pas les rues.

Johanne hocha la tête.

— Voyez d'abord avec votre conseiller de probation quelles sont les autres possibilités...

Ce n'était pas ce qu'elle avait envisagé d'entendre ni de dire, mais d'évidence sa décision s'imposait. Même si sa voix à lui avait légèrement tremblé.

– Je vais préparer ma tournée, dit-elle.

– Prenez le 3 aujourd'hui, je m'arrangerai. C'est plus proche de chez vous.

– Pas la peine de tout déranger, je prends le secteur prévu sur le planning.

Elle ne fit aucun bruit en sortant, elle marchait sur des cendres.

Une fois dehors, elle aperçut Cathy dans sa voiture garée dans la cour qui tardait à en sortir. Elle se tenait immobile derrière son volant et, quand Johanne vit qu'elle n'était pas en train de téléphoner, elle s'approcha et se pencha sur sa vitre pour vérifier que tout allait bien. Ses traits étrangement détendus faisaient paraître son visage aussi étale que l'astre, là-haut, dont il avait pris la teinte, cireuse et douce. Mais ses yeux restaient fixement ouverts. Inquiète, Johanne tambourina du bout des doigts contre sa fenêtre. Cathy sursauta. Elle mit du temps à ouvrir la portière, plus encore à balancer ses jambes dehors. Elle bâilla.

— Tu dormais ? s'étonna Johanne.

— C'est plus de mon âge ces conneries. Je crois que je vais me contenter de ma retraite... Pourquoi tu rigoles ?

Johanne tendit sa main pour l'aider à sortir de la Twingo.

— T'es belle, toi ! Une bonne coupe de cheveux et tu paraîtras dix ans de moins, plaisanta Cathy qui voulait faire bonne figure.

Elle se tenait toujours en appui sur elle. Johanne posa tendrement sa main sur la sienne.

— Vas-y cool, tu as bien le droit. Moi je fonce, j'ai le dédale aujourd'hui.

C'était le nom donné au quartier le plus alambiqué de tous leurs secteurs, celui qui rallongeait considérablement la tournée. La vieille femme compatit avec une grimace.

Avant de quitter la cour, Johanne se retourna. Cathy claudiquait pour se rendre au hangar tellement elle était fatiguée. Derrière la fenêtre de son bureau, Kamel s'éclipsa.

Des heures plus tard, de retour chez elle, Johanne entreprit de faire des listes et d'annoter son calendrier. Sa longue marche l'avait de nouveau inspirée en la décidant à reprendre les choses en main. Cela commençait par compter et planifier. Calculer le nombre de jours qu'il lui restait :

— *avant la fin de la semaine*

— *avant son entretien de contrôle du SPIP*

— *avant la fin de sa conditionnelle*

— *avant les prochaines règles*

Elle avait durant sa tournée effectué quelques recherches et appels. Elle entreprit de reporter sur l'almanach tous les rendez-vous qu'elle avait obtenus. Les trois premiers, au degré d'urgence relative, s'étalaient sur les deux prochains jours :

— *RV SPIP*

— *loyer mars*

— *coiffeuse*

Puis venaient pêle-mêle, écrits dans la marge ou la case des week-ends :

— *ophtalmo : 14 mars 15 heures*

— *laverie/courses*

— parler à Ida (souligné deux fois)
— rendre permis Hugo : retrait points ?
— rembourser Kamel 20 euros. L'inviter ?

La main se déliant, la liste se transformait en pensées abrégées, un jeté d'intentions parfois résumées en un symbole ou étoffées d'un gribouillage. Ainsi à côté d'un verre barré avait-elle tracé d'une autre couleur : *J+18*.

Quand elle s'allongea sur son lit, l'éphéméride entre les mains, elle relut le programme de ses jours. Elle cercla aussi le 20 mars, date du prochain équinoxe de printemps. Puis, elle s'endormit apaisée.

Dès le lendemain, sur le pied de guerre, elle ne différa pas plus longtemps sa visite à Ida. Ce fut houleux, mais elle obtint confirmation de ses doutes. Sa tante avait appelé la préfecture pour signaler la présence de Zarrin. Elle n'en était pas fière et s'était laissée choir sur sa chaise de cuisine. Entre les éclats et les pleurs, elles avaient parlé. Plutôt que de passer l'éponge, Johanne, très affectée, avait au bout d'un moment invoqué son travail pour s'en aller.

En réalité, outre le ressentiment qu'elle comptait bien nourrir quelques jours encore, elle avait rendez-vous dans le salon de coiffure où elle s'était, sur un coup de tête, arrêtée la veille. Une petite coupe dynamique payée sur le pouce à l'heure du déjeuner. Dix ans de moins, avait prédit Cathy. En tout cas suffisamment pour troubler Kamel quand elle revint au dépôt, bien qu'il se gardât d'y faire la moindre allusion. Peu importe, elle avait eu confirmation. Et cette légèreté lui donnait des ailes. L'élan pour partir.

Deux jours après, elle pénétra dans les services du SPIP à l'ouverture des portes. C'est elle qui avait demandé ce rendez-vous d'urgence, sans attendre sa prochaine convocation. Persuadée qu'elle n'arriverait pas au bout de sa peine si rien n'évoluait dans son aménagement, elle sortit de sa réserve et fit part de son besoin de trouver un autre travail à sa nouvelle conseillère de probation. Elle allégua les risques liés à la délinquance de certains collègues à laquelle elle ne voulait pas être associée. Mme Dolle, qui avait définitivement remplacé l'ancien CPIP, comprit le contexte difficile et la nécessité de changer de décor. La jeune travailleuse sociale ayant foi dans sa mission lui facilita l'accès à un accompagnement spécifique du pôle de l'emploi. En attendant, Johanne devait continuer son boulot à Distreet. Toujours en comptant les jours et les ruses pour éviter Kamel le plus souvent possible.

J+20

J+21

J+23

...

22

32e jour sans alcool.

Elles grignotaient les pousses des arbres, dévoraient les prémices du printemps. Par centaines elles effaçaient le vert tendre du paysage comme on gomme un coloriage. Elles ne laissaient derrière elles que les gibets des branches d'où pendaient leurs longs fils de soie. Ils se balançaient tels des trapèzes au gréement de la brise, d'une victime à la suivante, et révélaient à contre-jour un funeste calcul. Johanne avait levé la tête et observait leur manège. Un fléau. Les chenilles avaient bouffé près d'un tiers des bourgeons et menaçaient tous les feuillus du plus vieux cimetière de la ville.

Ida l'avait entraînée jusqu'au caveau familial, elle n'avait pu se dérober. Elle détestait les cimetières. Pas tant par déni de la mort qu'en réaction aux sentiments qu'ils convoquaient et à l'inconvenance présumée de s'y soustraire. Le deuil était pour elle une aventure solitaire dont elle refusait de socialiser la forme, le lieu et la durée.

La tombe était aux deux tiers moins remplie la dernière fois qu'on l'avait obligée à s'y recueillir. Un vertige. Deux décennies plus tard, elle se penchait sur sa mère, sa sœur et son père, vide de tout affect. Seul le silence, un courant d'air. Une certitude la glaçait plus encore que de s'imaginer compléter la brochette sous la dalle : son cœur entier était une crypte.

Sans perdre de vue Ida, elle préféra divaguer entre les allées.

Pas plus qu'à celles de son père, elle n'avait assisté aux obsèques de Lili. Soit qu'elle n'ait pas fait la demande écrite auprès du juge en charge de l'instruction de son dossier, soit qu'il la lui ait refusée ou encore qu'il n'ait pas eu le temps de la traiter. Elle n'en avait aucune idée tant la majeure part d'elle-même, alors qu'on l'avait placée en détention provisoire, était aux lendemains de l'accident plus morte que vivante. Celle inhumée avec sa sœur.

Johanne s'était assise dans l'herbe et regardait Ida arranger les fleurs au loin.

Elle se souvint comment, à l'enterrement de leur mère, sa tante s'était soudain accrochée à leur père quand il avait jeté son lys dans la fosse, manquant l'y projeter. Tout le monde s'était accordé pour voir dans son geste la maladresse et la douleur ; seules Johanne et Lili avaient cru qu'elle le poussait dans le trou et en avaient plus tard un peu rigolé.

Par la suite, Johanne se demanderait si Ida ne les avait pas rejointes à la mort de leur mère pour les protéger. Bien sûr, elle n'avait jamais osé poser la question qui les aurait obligées à transgresser le non-dit. Assumer des accusations pouvait mener à porter sa part de responsabilité. Et le magnétisme de ce père fauve à l'odeur de cuir scellait jusqu'aux intentions. Puis elle avait compris qu'avec le temps Ida s'était elle aussi mise à l'aimer. Aucune n'y échappait. Elle ne connaissait d'existence à sa tante que par procuration, palliant l'absence d'une mère, puis d'une fille, puis encore d'une femme quand toutes disparaissaient. Elle sentit monter une bouffée de compassion pour elle.

Quand elle la chercha de nouveau du regard, elle se tenait devant elle.

– Qu'est-ce que tu fais la tête en l'air ? la surprit Ida en levant les yeux.

À son tour, elle observa le ballet des gloutonnes.

– Les tordeuses sont de retour. On ne peut plus les réguler. Il paraît qu'à la campagne, elles mangent des forêts entières !

Johanne écoutait sa tante plantée droit comme un de ces ifs autour d'elles, gardiens des morts et seuls rescapés de l'hécatombe.

– On y va ? demanda Ida. On va être en retard.

Une heure plus tard, le laser du télémètre traversait la cordonnerie de part en part. Postées en retrait dans le point clés minute, Ida et Johanne observaient l'agent immobilier prendre des notes. Il ne resta pas plus d'un quart d'heure.

– Je vous envoie l'estimation d'ici la fin de la semaine. Et pour répondre à votre question, je ne peux pas m'engager à vous donner une fourchette sans les autres statistiques du quartier. Ce qu'il y a de positif, c'est qu'avec le tram pas loin, ça a pris de la valeur... mais, ça reste un petit volume au rez-de-chaussée. Tout dépend si l'acheteur conserve le bail commercial ou pas !

Ida détenait l'usufruit des lieux en tant qu'épouse du défunt. Mais soucieuse que la fille puisse disposer d'une avance sur son héritage pour redémarrer dans sa vie, elle avait décidé de la mise en vente du magasin. Sa nièce pourrait en toucher le produit quand elle serait libérée dans quelques mois. Ida, elle, garderait l'appartement. D'abord réticente, Johanne lui en était à présent reconnaissante. Son initiative lui permettait de caresser l'espoir d'un avenir meilleur.

Les deux femmes avaient surmonté la dispute qui les avait opposées deux semaines auparavant. Si Ida avait reconnu du bout des lèvres avoir dénoncé Zarrin, elle avait argué l'avoir aussi fait pour elle, sa nièce, aveugle à ce qu'elle avait nommé « la récidive de ses sentiments ». Johanne avait bien dû reconnaître depuis que sa mise en garde initiale était fondée et qu'elle-même avait utilisé la jeune femme de façon puérile et inconsidérée. À la fin, c'est encore Zarrin qui avait pâti de leurs projections, elle qui n'avait eu d'autre choix que de se fondre à nouveau dans l'ombre, spectre parmi les spectres.

Minée par le remords, Johanne était retournée dans le parking souterrain, avait interrogé les mendiantes du carrefour, rendu visite au CHRS où elles s'étaient connues. Elle avait exigé d'Ida qu'elle s'informe de la suite donnée à sa délation auprès des autorités – préfecture et centre de rétention administrative. En vain. Elles n'avaient trouvé trace nulle part de la jeune Afghane. Elles y avaient consacré une journée entière. Un temps plus que nécessaire selon l'évaluation d'Ida, à peine suffisant pour donner bonne conscience à Johanne qui s'en était pourtant contentée. Elle ignorait ce qu'Ida avait suggéré à Zarrin et celle-ci compris de sa tragédie, mais elle s'effrayait d'un effet boomerang en affrontant de nouveau dans son regard la peur que son histoire générait. Le lapis-lazuli au bout de la chaînette qu'elle avait réparée et portait autour du cou attestait à la fois de l'existence de la sans-papiers et du seul lien dont elle souhaitait conserver l'irradiance. Celui d'un temps trop court entretenu où le dénuement et la sororité les avaient rapprochées.

Le sujet restait délicat, Ida et Johanne ne l'avaient bientôt plus évoqué, mais chacune consciente de sa bassesse pouvait à présent espérer que l'autre tourne vers elle le visage qu'elle-même lui offrait. Une compréhension quasi contractuelle qui les plaçait à égalité et tenait à distance les zones sombres du récit familial. Johanne ravalait toujours l'amertume des suspicions qu'elle devrait digérer seule.

– Tu ne connais pas quelqu'un à qui fourguer ça ? demanda Ida en indiquant la machine à dupliquer les clés et tous les doubles pendus aux crochets.

– T'es sérieuse ? s'offusqua Johanne qui ne savait à quel degré interpréter la soudaine saillie de sa tante.

Ida la regarda d'une drôle de manière.

– Ben quoi, il n'y a pas de monte-en-l'air au quartier des femmes ?

Le silence ne dura pas. Elles rirent. De la maladresse, de l'expression vieillotte, ou de l'idée de contacter « le milieu » et de transformer leur complicité renouvelée en association de malfaitrices. Puis Johanne s'approcha de la Singer, l'antique machine à coudre à pédalier de son père.

– Celle-là, je veux bien la garder !

Ida acquiesça. Il leur faudrait vider la boutique des outils et de tous les souvenirs qu'elle abritait.

– Tu vas partir ? demanda Ida, émue.

– Je ne resterai pas en ville. Je n'en ai ni les moyens ni l'envie.

– Tu me laisseras seule, alors ?

Pourtant peu habituées à laisser percer leurs sentiments, les deux femmes se prirent dans les bras.

– Tu es ma seule famille, Jo ! Tu es comme ma fille. J'aurais tant aimé vous réconcilier... Si tu savais combien de fois j'ai essayé !

Johanne se détacha d'elle pour la regarder.

– Ah oui ?

– Oui, bien sûr, mais il ne voulait rien entendre.

– Alors, pourquoi insister ?

Ida soupira.

– Je crois qu'au fond, il se sentait aussi coupable que toi...

Sur le point de se produire, l'instant qu'elle avait tant attendu la tétanisa.

– Coupable de quoi ?

Ida hésita. Le cœur battant, Johanne sentit la révélation toute proche. Elle poussa encore un peu Ida.

– Tu sais ce qu'il y avait entre eux, hein ? Vous en avez parlé ?

Sa tante se raidit. Elle insista.

– Dis-moi ce que tu sais, Ida ! Je ne peux pas rester seule avec ça, j'ai besoin de cette confirmation. On n'est que toutes les deux maintenant.

– Non.

Johanne se découragea d'un coup. Elle n'obtiendrait rien d'Ida et devrait rester avec ce doute dévorant d'avoir peut-être tout inventé et entaché la famille de ses crasseuses présomptions.

– Il n'en a jamais parlé, mais comme toi, je sais.

Johanne se redressa sur le siège où elle s'était laissée tomber. Ida était blême, la bouche crispée sur des mots refoulés qui tardaient à sortir.

– Je les ai surpris. Une seule fois. Tu avais déjà quitté la maison. Ils étaient dans la chambre de ta sœur. Elle avait quinze ou seize ans.

Johanne était suspendue à ses lèvres, le souffle court.

– Elle était nue debout face à lui tandis qu'il la regardait...

Ida baissa la tête et poursuivit dans un murmure.

– Ça semblait si naturel, on aurait dit un rituel amoureux. C'est ce qui m'a le plus choquée, je crois. Que ça puisse être beau... J'ai compris que ce n'était pas la première fois.

– Tu n’as rien fait ?

La voix de Johanne n’était plus qu’un filet elle aussi.

– Pas sur le moment. Ils ne m’ont même pas vue.

– Et tu n’as rien dit ? parvint-elle encore à articuler.

– J’ai voulu en parler avec Lili, mais tu sais comme ils s’entendaient tous les deux ! C’était fusionnel. J’ai préféré croire que j’avais tout imaginé… Comme toi, n’est-ce pas ?

Johanne respirait de plus en plus mal et ne parvint pas à démentir autrement que par un mouvement de tête.

– Non ? Toi, tu en as parlé à Lili ? Mais à quel moment, Jo ?

Sa gorge exhala un râle étranglé au lieu des mots qu’elle avait depuis si longtemps souhaité exprimer. Ida comprit quand elle vit ses yeux s’emplir de larmes.

– La nuit du drame ? C’est pour ça que vous vous êtes disputées ?

Elle avait perdu sa voix. Ida se rapprocha et posa ses deux mains en coiffe sur la tête de sa nièce.

– C’est fini, Jo. Nous ne saurons jamais vraiment ce qui les unissait…

Si, on sait et on sait qu’on sait. On le sait toutes les deux maintenant.

– Et si c’était vraiment ce à quoi on pense, alors peut-être ta sœur, comme ta mère, n’aurait pas pu survivre.

Johanne n’était pas sûre d’avoir compris. Ida avait resserré la pression de ses mains sur ses oreilles pendant qu’elle lui parlait. *Lui faire répéter ? Non, ça suffisait. Une autre fois. Quand la parole reviendrait. Ou peut-être pas.*

Elles repoussèrent le tri des outils de la cordonnerie à un autre jour. Johanne était pressée de quitter les lieux. Elle resterait sans voix quelques heures encore. Aucune importance, elle n’avait plus grand-chose à dire. Elle avait à faire. Toute une liste qu’elle avait continué à dresser chez elle au fil des jours. Elle avait hâte de continuer à en rayer les lignes.

Bientôt, à la mi-mars, elle put biffer celle de son rendez-vous au centre ophtalmologique. L'examen de son champ visuel révéla une hypertonie oculaire responsable de son rétrécissement. On lui prescrivit des gouttes pour faire baisser la tension anormalement élevée dans ses deux yeux et réaliser un fond d'œil afin de détecter la présence des signes d'un glaucome. Et là, le verdict tomba. Les lésions à droite étaient irréversibles. La dégradation de son nerf optique, dépistée tôt, pouvait être contenue par une intervention chirurgicale peu intrusive et, à plus long terme, un régime alimentaire approprié. Le diagnostic fut moins alarmant côté gauche. Quelques séances d'orthoptie l'aideraient à mettre en place une gymnastique oculaire qui lui permettrait d'entretenir sa vision périphérique et de repousser la cécité. Elle fut soulagée tant elle avait imaginé le pire. Ne jamais sortir du tunnel. Et elle vit dans le conseil de ne plus boire une seule goutte d'alcool une motivation supplémentaire.

Tant qu'elle gardait son travail, la plupart des éléments de sa liste étaient simples à barrer.

~~— *Ophtalmo : 14 mars 15 heures*~~
— *prochain RV SPIP : 18 mars 8 h 30*
— ~~*vérifier virement*~~
— ~~*laverie*~~
— ~~*loyer mars*~~
— ~~*rendre permis Hugo : — 6 points*~~
— *dette Distreet : contravention 440 euros*

Mais elle aurait préféré en effacer certaines. *Dîner Kamel ?* flottait depuis plus de deux semaines sur le calendrier au-dessus du frigo et son indécision était telle qu'elle ne lisait plus que le point d'interrogation. Elle continuait d'ignorer l'hypothèse plutôt que d'avoir à raturer la ligne.

Ils se croisaient chaque jour ouvré. Très vite, la honte s'était retranchée derrière la façade d'une dignité en carton-pâte qui durcissait de jour en jour. L'un et l'autre parvenaient à se parler, des considérations toutes de travail et toujours en présence d'autres distributeurs. Une forme d'indifférence avait fini par donner le change. Dans des endroits aussi désolés que Distreet, un feu à peine couvé s'embrasait comme la paille ou alors était sitôt étouffé. C'était le propre des milieux fermés que de restreindre le choix et le champ des possibles. Avec son lot de frustrations. Pourtant il arrivait encore que Johanne surprenne le regard de Kamel juste avant qu'il dévie sa trajectoire, l'éclat d'une escarbille. Ses yeux noirs ne s'étaient donc pas complètement éteints. Le simple fait qu'elle s'en aille avait ranimé la braise. L'un et l'autre ne pouvaient s'offrir le luxe de mépriser le peu d'attention qu'il était capable de susciter. Le désir s'alimentait à ce faible voltage. À peine le risque d'un faux contact, ils avaient déjà tout consumé. Et bientôt, Johanne se volatiliserait.

Quelques jours plus tard, alors qu'elle regagnait l'entrepôt en fin de tournée, Johanne reconnut le véhicule au capot ouvert avant d'en distinguer la propriétaire. Ses warnings clignotaient dans la nuit tombante. La Twingo était en panne dans la zone artisanale à deux rues de Distreet. Johanne s'approcha et trouva Cathy assise dans sa voiture en train d'essayer de déchiffrer la notice à la lumière faiblarde du plafonnier. Ses lunettes n'étaient pas adaptées, elle tenait le manuel collé à dix centimètres sous ses yeux.

– Ah, tu tombes bien. Je comprends rien ! Elle s'est arrêtée d'un coup. Ça peut pas être la batterie ?

– Non.

– Je rentrais au dépôt. Elle s'est mise à brouter, puis plus rien.

– T'as de l'essence ? plaisanta à moitié Johanne.

– Ben oui, j'ai mis vingt balles hier...

– Pousse-toi, je vais regarder.

– Ah, merci. Si tu me tires de là, je t'offre un verre... enfin non, tiens, à bouffer !

– J'étais pas mécanicienne, tu sais.

Johanne s'assit derrière le volant et tourna la clé dans le contact. L'icône de la pompe à essence s'alluma en rouge sur le tableau de bord.

– Trop facile. T'as plus de jus !

– Non ? Merde, mais comment ça se fait ?

– Ton voyant fonctionne bien ou il s'allume tout le temps ?

– Non, enfin, j'ai pas fait gaffe.

— Bah si, tu l'aurais vu !

— J'ai pas déjà fait tant de bornes, quand même ?

Cathy se tenait les bras ballants, plus désappointée que jamais.

– Peut-être que je me trompe... c'était avant-hier que j'ai pris de l'essence !

– Bon, qu'est-ce qu'on fait ? On va en chercher avant ou après manger ? la taquina Johanne.

Cathy la prit au mot et claqua deux doigts, l'index tendu vers elle.

– Pizz ou self ?

Prudentes, elles avaient opté pour repasser au boulot récupérer un bidon vide afin de remplir le ventre de la Twingo avant le leur. Johanne pourrait ôter sa tenue de travail et y laisser son chariot.

Quand il les avait vues arriver à pied, Kamel était venu au-devant d'elles et s'était informé de leurs déboires, sans trop oser regarder Johanne. Puis, il avait proposé d'aller à la station leur chercher de l'essence d'un coup de voiture.

– Voilà ce que m'a coûté ma tournée de distribution aujourd'hui ! s'était plainte Cathy en lui tendant, preuve à l'appui, un billet de dix euros.

Quinze minutes plus tard, il avait vidé les cinq litres dans le réservoir et Cathy avait embarqué sa collègue dans sa voiture rose.

Dans le restaurant d'une chaîne en libre-service, Cathy avait pris un quart de poulet rôti, plus un de rouge pour accompagner. *Ça te gêne pas, t'es sûre ?* Johanne, un filet de poisson pané sauce tartare et une eau pétillante. Quand elles étaient arrivées devant la caisse, chacune son plateau en main, Johanne avait insisté pour payer sa part. 8,99 €, mais les légumes étaient à volonté.

Assises au chaud derrière leurs assiettes, les deux femmes avaient passé un agréable moment à discuter. Johanne avait raconté le strict nécessaire à Cathy pour qu'elle comprenne à quel point il lui était à présent inconcevable de rester bosser chez Distreet. Elle ne le lui avait pas encore annoncé.

– Je suis en train de chercher un autre boulot.

– Tu sais, je comprends. Y'a rien de positif dans cette boîte. Et dans quoi il s'est mis Hugo ? En même temps, on nous paie au lance-pierres, faut bien que les gens se débrouillent...

– Ouais, mais c'est devenu trop risqué pour moi, avait insisté Johanne.

– Tu en as parlé avec Kamel ? Au fond, c'est pas un mauvais bougre...

Johanne avait secoué la tête avant de baisser les yeux.

Si elle soupçonnait quelque chose entre eux, Cathy n'en avait rien dit. Au contraire, elle l'avait chaleureusement encouragée, à son habitude. La roue tournait pour tout le monde, elle trouverait un travail, elle allait s'en sortir, forcément. Alors tant pis s'il fallait recycler ses compétences, leur donner une direction inédite. On s'en fichait du nombre de chances, l'important c'était qu'elles se renouvellent et Cathy, elle, elle y croyait. *T'as déjà les codes, non ?* C'est sa vie que Johanne devait conduire maintenant, elle avait tout en main pour le faire. Bientôt, elle serait libre d'aller où bon lui semble... même si la route commençait à pied !

Ses paroles renforçaient la détermination de Johanne. Elle les buvait comme un philtre.

À défaut de trinquer, Cathy avait tenu à offrir le dessert. En plongeant la cuillère dans son île flottante, Johanne réalisa qu'une nouvelle saison était sur le point d'éclore.

23

J -139.

Elle s'était toujours levée très tôt depuis ses années de prison. Au fil du temps, l'astreinte pénitentiaire s'était peu à peu érodée en une douce habitude où cette heure de l'aube, suspendue à l'apparition de la lumière, était aujourd'hui intrinsèquement liée à la saveur de sa proche libération. Dans quatre mois et dix-huit jours exactement. Le plus gros de sa conditionnelle était passé, elle restait confiante.

Cela faisait près d'un mois et demi qu'elle avait quitté la ville. La CPIP ne l'avait pas lâchée. Elle s'était démenée pour que la réinsertion de sa détenue ait des chances de réussir et, au bout de quelques semaines, ce job saisonnier s'était présenté, presque inespéré. Une commune landaise, située en bordure d'un lac à une vingtaine de kilomètres de l'Océan, recherchait un agent polyvalent pour son camping municipal. Celui-ci serait chargé de la mise en service des locaux et de l'entretien des espaces verts avant l'ouverture au public un mois plus tard, puis de la maintenance courante durant toute la saison estivale. Le contrat, un CDD de six mois, couvrait un peu plus du temps qu'il lui restait à tirer.

Elle avait le b.a.-ba des connaissances techniques pour le jardinage, la taille et, en forçant un brin, pour l'élagage, la rigueur dans les consignes – pli carcéral oblige –, un peu moins le profil pour ce qui concernait l'esprit d'initiative et les qualités relationnelles curieusement exigées dans la fiche de poste. Mais une fois devant le responsable de l'équipe d'employés municipaux et le couple de gérants de la base de loisirs, bien préparée par sa conseillère avec laquelle elle avait répété l'entretien d'embauche, elle s'était pas mal débrouillée. Et comme elle n'avait pas de prétentions salariales ni de réticences aux heures sup et astreintes de week-end, on lui avait accordé la mise à disposition d'un mobile home en complément de son smic. Elle ne paierait que les charges. Johanne avait eu envie de boire un verre pour fêter ça. Elle s'était abstenue d'en parler et surtout d'y succomber.

Elle ne laissait pas grand-chose derrière elle, en tout cas rien de solide. Elle n'avait jamais eu confirmation de ce qui était arrivé à Zarrin. Elle n'avait pas su si la jeune femme errait toujours sans papiers en ville ou si elle avait fini par être rattrapée par la machine étatique et expulsée. Ida n'avait jamais pu prouver qu'elle lui ait volé quoi que ce soit et, après leur discussion, avait abandonné sa plainte. Au fond d'elle, Johanne lui en voulait encore un peu et attendait avec impatience la vente de la cordonnerie et le recouvrement de sa part d'héritage. Elle ne pourrait faire ces démarches qu'une fois libre. Elle espérait qu'elle saurait pardonner à l'unique membre encore en vie de sa famille et, dans un coin de son cœur, qu'elles garderaient durablement le lien.

Toute relation qui faisait le pont entre son passé et l'avenir était l'objet de contradictions. Cathy était la seule personne qu'elle avait prévu de revoir à coup sûr, tout au moins les premiers temps. Celle-ci avait déjà réservé un emplacement pour sa caravane et comptait venir avec deux de ses petits-enfants lors d'un des ponts de mai en profitant du tarif mi-saison. Mais c'était avant la brutale cession d'activité de Distreet qui n'avait pu cacher plus longtemps son surendettement. Avant qu'ils se soient dit au revoir avec Kamel sans jamais évoquer cette éruption aussi intempestive que désespérée qui les avait embrasés une heure durant sur le siège avant d'une bagnole. Johanne, que le retour de ses règles avait néanmoins rassurée, avait payé l'amende. Elle partait quitte, pensait-elle. On lui avait retenu la moitié de son dernier salaire juste avant que le tribunal de commerce prononce la décision aussi nette qu'un couperet. *Liquidation judiciaire*. Avec la mort de l'entreprise, dix mille emplois fauchés. Les salariés n'auraient plus qu'à battre le pavé pour que dalle. La sidération. À un mois près, Johanne échappait au sort de ses collègues. Elle avait bien pensé à eux, mais comme on se recueille. Elle était déjà passée à autre chose.

En cinq semaines, elle avait eu le temps d'installer une routine qui sécurisait ses journées et leur enchaînement. Elle avait peu à peu ponctué son quotidien de gestes et repères insignifiants qui, se répétant de jour en jour, lui avait d'abord permis d'affronter une peur vertigineuse, puis de tenir à distance l'anxiété.

La première semaine, la rupture l'avait tout autant soulagée qu'effrayée. Il lui avait fallu gérer la nouveauté de son travail, la relation au peu de gens qu'elle y côtoyait, leur regard et l'insatisfaction de leur curiosité. Mais elle avait traversé sa crise de confiance et trouvé une parade acceptable. Elle passait pour quelqu'un de fiable et discret. Son attitude quelque peu taciturne imposait une distance dont chacun semblait s'être rapidement contenté. Et si sa nouvelle situation lui avait procuré son lot d'angoisses, elle lui avait également offert l'environnement idéal pour les apaiser. Son champ d'action couvrait les six hectares de pinède aménagés en emplacements de camping traditionnels et location de chalets au bord d'un grand lac. Les lieux n'ouvriraient pas leurs portes aux touristes avant la fin du mois, elle était seule à y vivre avec le couple qui en assurait la gérance. Son mobile home se tenait à l'exact opposé de leur pavillon situé à l'entrée. Ils y habitaient avec leurs deux enfants, âgés de six et huit ans, qu'avec le temps ils laisseraient s'aventurer dans ses parages. Elle aimait la proximité de ces gamins joueurs et expansifs. Leur regard dénué de toute représentation lui renvoyait l'image d'une femme peut-être un peu spéciale, mais rigolote et digne de leur intérêt.

Son travail lui plaisait. Physique, en plein air, une part de sa mission faisait appel au bon sens, l'autre à des connaissances et une technicité qu'elle devait acquérir et développer. Elle apprenait la plomberie, l'électricité et pas mal d'astuces pour rafistoler et peindre. Un challenge à sa portée.

L'autre employé municipal qui l'avait accompagnée et formée dès le départ avait fini par abandonner son scepticisme, au fond plus dépendant d'une vision sexiste de la charge que réellement fondé. Johanne était plus jeune, plus forte et moins blasée que lui, elle avait de la ressource. Il avait largement cédé sur le terrain de la confiance et celui des espaces verts. Ils se retrouvaient deux à trois jours par semaine pour les travaux de maintenance des sanitaires et des locaux techniques, la taille des grands arbres ou de ceux couchés par la récente tempête. Les autres jours, elle avait un planning précis auquel elle se tenait. La municipalité lui avait fourni un micro-utilitaire électrique, deux semaines après son arrivée. Il lui permettait de circuler dans l'enceinte du camping avec une benne à l'arrière pour ses outils et les déchets. Sans permis et d'une grande maniabilité, l'engin lui procurait un plaisir durable dont elle souriait.

Elle ne ressentait pas déjà l'ennui lié à la routine des tâches à effectuer, mais l'aurait-elle vu venir qu'elle aurait eu la faculté de s'en détourner par la contemplation ou le rêve éveillé. Son nouvel environnement lui offrait l'écrin de nature dans lequel elle se sentait protégée. Une faune variée y pointait souvent son nez et, pour le bonheur de ces rencontres fortuites, elle avait délibérément laissé béant le trou dans le grillage, à l'abri des regards tout au bout du terrain. Il favorisait la libre et discrète circulation d'une famille de faisans, parfois d'un renard. Les cervidés, eux, sautaient par-dessus la clôture.

De sa vie, elle n'avait jamais assisté avec autant d'attention à l'affirmation du printemps ni n'aurait imaginé y trouver la clé de sa réparation en développant une aptitude aussi simple que celle de laisser ses sens libres de vagabonder sur tout ce qui les entourait. Ses yeux – bien que toujours en attente d'une opération différée –, son nez et ses oreilles étaient passeurs d'une tacite sagesse dont elle avait bien dû pressentir la force et la stabilité lors des ateliers au jardin de la prison.

Ils gagnaient chaque jour en acuité.

Elle avait vu se dérouler fin mars les crosses vert tendre des fougères, puis les avait observées s'étirer en frondes finement découpées jusqu'à créer d'élégants jeux de lumière dans le sous-bois. La dernière étape de la mue d'une couleuvre en bordure de lac l'avait bouleversée. Elle avait observé, ébahie, le serpent se débarrasser de sa vieille peau en se frottant la tête contre une pierre.

Elle savait combien la vie pouvait éprouver durement ces landes – les gens parlaient encore des mégafeux qui avaient ravagé les forêts à moins de quinze kilomètres de là, quelques étés auparavant. Le simple fait de contempler son pouvoir de régénération agissait sur elle en profondeur.

Dès les premiers jours, en la mettant en contact d'une nature à domestiquer, le jardinage avait, sans réel étonnement, appelé des souvenirs de détention. En premier lieu, celui de Simona lorsqu'elle avait découvert les rosiers grimpant à la pergola et qu'elle avait eu pour mission de les tailler. Mais au fil des semaines, en apprivoisant peu à peu leur fulgurance, elle avait su les reconnaître pour ce qu'ils étaient, un peu de poids dans ses bagages dont il était vain de chercher à se délester. Ils étaient sa vie, partout ils la suivraient. Viendrait un temps où elle se satisferait de leur fidélité. Elle avait ri un soir quand, se détachant du pin auquel elle venait de s'adosser, elle avait retrouvé ses cheveux et son tee-shirt englués de sève. Elle s'était rappelé les effusions bien moins poisseuses d'Amira avec le tilleul dans la cour de prison.

En cette aube d'un des derniers jours d'avril, comme chaque matin depuis qu'elle vivait là, elle attendit le chant du rouge-gorge pour se lever. Ses notes roulées avec frénésie précédaient les premiers rayons du soleil et les trilles plus lyriques du merle. Il siffla le début de sa journée, identique à la veille et sans doute au lendemain.

Comme tous les jours, assise à la table de sa cuisine, elle consulta son almanach. Un temps de recueillement un peu plus long ce matin-là qui marquait le septième anniversaire de la mort de Lili.

Elle saisit son stylo et poursuivit la rituelle addition : J+75.

Viendrait bientôt le jour où elle en aurait autant sans alcool derrière elle que ceux qui lui manquaient encore pour triompher de sa conditionnelle. Cent trente-neuf au décompte de sa libération définitive.

Elle observa le tournoiement du café noir dans sa tasse et leva les yeux vers les premiers rais de lumière que striaient les lamelles du store entrouvert. Des rayures où le blanc était ouateux, traversé de milliers de grains de poussière qui la fascinaient déjà, enfant, quand elle observait comment les bandes noires du volet persienne les absorbaient un rang sur deux. Elle se mettait en tête de les compter avant qu'ils ne disparaissent dans le néant, n'y parvenait jamais. La tâche était déjà tout à la fois terrifiante et merveilleuse.

Elle sortit sur le seuil de son mobile home et, au premier coup d'œil qu'elle jeta vers la cime des pins, sentit palpiter la liberté. Les aiguilles bruissaient d'impatience tandis que la lumière poudreuse du soleil montant ensemençait la forêt.

Quelques chansons citées accompagnent Johanne sur son parcours de libération :

« Daughters for sale », Sonita Alizadeh, 2016
« A mi manera », Concha Buika, *Mi Niña Lola*, 2006
« C'est comment qu'on freine », Alain Bashung, *Play blessures*, 1982

REMERCIEMENTS

À celles et ceux qui ont accompagné de près ou de loin l'écriture de ce roman. En premier lieu, à l'écrivain Vincent Ravalec et à Michaël Delachenal, Alice Giordan, Sonia Gozlan, Stéphanie Hahusseau, Ruddy Williams Kabuiku, Pauline Lefevre, Estelle Lilla, Yann Raffray, Eliane Vigneron.
À Soizic de la librairie Racines pour sa lecture.
À mes proches et amis pour avoir su patienter.
Enfin et surtout, à mon éditrice Nathalie Démoulin pour m'avoir d'emblée encouragée, puis accordé son entière confiance.

Votre livre est fabriqué en France sur un papier certifié PEFC,
pour une gestion durable de la forêt.

Ouvrage réalisé par Cédric Cailhol Infographiste

Achevé d'imprimer sur Roto-Page en décembre 2024
par l'Imprimerie Floch à Mayenne

Dépôt légal : avril 2025 – N° d'impression : 106104
ISBN : 978-2-8126-2676-0

Imprimé en France